ハヤカワ・ミステリ

CAMI

三銃士の息子

LE FILS DES TROIS MOUSQUETAIRES

カミ

高野　優訳

TOKYO HAYAKAWA BOOKS

A HAYAKAWA
POCKET MYSTERY BOOK

LE FILS DES TROIS MOUSQUETAIRES

by

CAMI

1919

装幀／水戸部 功

挿絵／カミ

目　次

三銃士の息子

おもな登場人物

三銃士の息子……………………………三銃士の息子
ミロム…………………………………三銃士の息子の従者
ブルータス……………………………三銃士の息子の番羊
プランシェ……………………………食料品屋の主人
ジャンヌ………………………………プランシェの家政婦
ブランシュ＝ミニョンヌ……………プランシェの養女
アブドン………………………………プランシェの店の店員
バチスタン……………………………同
トリスタン・ド・マカブルー………公爵
情け無用の側用人……………………公爵の側仕え
バロッコ………………………………悪党団の首領
キュウリモミータ……………………人道的闘牛士
鉄仮面…………………………………？

1

読者はここで文豪デュマが創作した好人物と出会うことになる

一六八〇年のある晴れた八月の午後のことである。この物語と深い関わりのあるパリのロンバール通りは、平素なら思いもよらない〝熱狂〟のさなかにあった。

女たちのかたまりが、あちらからもこちらからも、いっせいに通りに出てきて、《金《きん》の杵《きね》亭》という食料品屋を目指していく。その大半は近所のかみさん連中であったが、なかには若い娘も交じっていた。いや、いったい何事が起こったのかという騒ぎだが、いざその場に行ってみると、〝熱狂〟の原因は誰の目にも明らかだった。その店の軒上《のきうえ》には、幅の広い横断幕が張ってあって、そこには大きな文字でこう書かれていたのである。

白きぬ　大売出し《グラン・デクスポジシオン・ド・ブラン》

純白の衣装やシーツ、ハンカチはいつだって女たちの憧れの的《まと》である。〈白衣《しろきぬ》の大売出し〉があるなら、黙って見すごすわけにはいかない。店の前は黒山の人《ひと》集《だか》りだった。

だが、そこで、目の色変えて《金の杵亭》に飛びこんだ女たちは、中に入ると、すぐに目を白黒させることになった。店内のどこを見まわしても、純白の衣装はおろか、白い布の切れ端さえ、見つからないのである。「あら」と思って、カウンターに目をやると、そ

こには店の小僧たちを脇にしたがえ、顔に満足の色を浮かべて、微笑んでいる店主のプランシェの姿がある。

　それを見ると、

「ちょっと、プランシェさん」女たちの何人かが口ぐちに尋ねた。「今日は《白きぬ　大売出し《グラン・デクスポジシオン・ド・ブラン》》はやってないんですか？」

「やってますとも！　ええ、もちろん、やってますとも！　皆さん、どうぞ買ってってってください」

　この店主の言葉に、女たちは今度は合唱した。

「買ってってって！　ここにはシーツ一枚、ないじゃありませんか？」

　すると、店主はしらっと答えた。

「シーツですって？　そんなものがあるわきゃない。皆さん、うちは食料品屋ですよ」

「でも、表の横幕には、《白きぬ　大売出し《グラン・デクスポジシオン・ド・ブラン》》って、書いてあるじゃありませんか？」

「はい、はい。確かに書いてありますよ。ちょうど、スペインから白ワインのいいのが来ましてね。夏は来《き》ぬ、白も来《き》ぬ。〈白きぬ　大売出し《グラン・デクスポジシオン・ド・ブラン》〉ってわけで……。さあさあ、商品はカウンターにたくさん並んでますよ。この機会をお見逃しなく。さあ、買った、買った！」

　それを聞くと、女たちの何人かは文句を言おうと口を開きかけたが、店主のプランシェがあまりに陽気に白《しら》を切るので、なんだか拍子抜けし、しまいにはそろってプランシェを持ちあげることになった。

「まあ、こんなこと思いつくのは、プランシェさんしかいませんからね」どこかのかみさんが言った。

「商売人としたら、たいしたものだわね」そうしかつめらしく口にしたのは、年輩のご婦人だ。

「それになんといっても、お客のことをいちばんに考えてくれるもの」今度は、また別のかみさんが言った。

「このくらいのことで怒っちゃ、罰があたるってもんだわ。だってプランシェさんときたら、お店の扉に呼び鈴をつけて、それを鳴らせば、どんな時間にだって品物を売ってくれるんだから……」

「そう、そう」その言葉に、太ったかみさんが相槌《あいづち》を打った。「こないだの晩だって、うちの亭主のアンセルムが夜中の二時に、急にタラの油漬けが食べたいって言いだしてさ。そりゃ、大切な亭主のためだもの、なんとかしたいと思って、この《金の杵亭》の呼び鈴を鳴らしたら、店をあけて売ってくれるじゃないか。おかげで、亭主は大満足さ」

そうして、こんなふうに楽しげにおしゃべりが弾んでいる間にも、スペインの白ワインはどんどん売れていくのである。

店に入ってくる客は、夕方になっても、引きも切らない。プランシェは大忙しだ。まさに、「白は来《き》ぬ。客も来《き》ぬ」である。

そのうちに、あたりがだんだん暗くなって、最後のお客が買い物を終えると、プランシェはようやく店の扉を閉めて、奥に入った。

「やあ、今日も一日、終わったよ」陽気な声で、家政婦のジャンヌに声をかける。「ご機嫌はどうだい？」

ジャンヌはちょうど大きなかまどの前で夕食の支度をしているところだったが、プランシェから声がかかると、そのでっぷり太った身体を揺すって答えた。

「ああ、旦那様、あたしの機嫌なんてどうだっていいですけど、旦那様は少し働きすぎですよ。このままじゃ、死んでしまいます！」

「いや、ジャンヌ。おれはもっと働いて、金を稼がな

くちゃならん。なにしろ、おれのかわいいブランシュ＝ミニョンヌを——色が白くて、かわいいブランシュ＝ミニョンヌを幸せにしてやると、亡くなったあの子の母親に約束したからな」

「旦那様は本当に誠実でいらっしゃる！ あの子の母親の頼みを聞いて、みなし子になったブランシュ＝ミニョンヌを十八年も大切に育ててきたんですから……。まるで本当の父親のように……。突然、お店に訪ねてきて、あの子を託して死んでいった、あのかわいそうな母親との約束を守って……」

「いや、まあ、その……」ジャンヌに言われて、ブランシュは感激に声を詰まらせた。「そんなことができたのは、ジャンヌという素晴らしい女性がいて、おれがあの子を育てるのを助けてくれたからだよ。どんな大変なこともいとわず、献身的に……。あの子を心からかわいがって……。二十代のころからもう十八年もな」

それから、ふとブランシュ＝ミニョンヌが部屋にいないことに気づいて、言った。

「ところで、あの子はどうしたんだ？ 自分の部屋から降りてこないようだが……。まさか、具合が悪くて、伏せっているんじゃないだろうね」

「いえいえ、伏せっているわけではありませんよ。ご安心くださいまし。ブランシュ＝ミニョンヌは、サン＝メリ教会に行ったんですよ。いつものようにね。そうやって、かわいそうな母親のために、毎日お祈りをしているんです。かわいそうな母親と、それから、きっと旦那様のために……」

「ああ、自分の身の上も知らないで、なんと気高く純潔な魂を持っているんだ！　あの子の母親は、本当に辛く悲しい目にあったんだよ。そうして、絶望しながら死んでいったんだ。あの恐ろしく、また奇怪な事件のせいで……。もちろん、その事件のことは、今まであの子には黙っていた。でも、明日になったら、話さなくちゃならん」

それを聞くと、ジャンヌが心配そうな声を出した。

「明日ですか？」

「明日だ。明日はブランシュ＝ミニョンヌの十八歳の誕生日だ。おれは『あの子が十八歳になったら、目の前で読みあげてほしい』と言われて、あの子の母親から書きつけを預かっている。その書きつけには、あの子の母親がどんなに辛く不幸な目にあったか、その詳細がつづられているんだが、かわいそうに、あの子の母親はいまわの際にその書きつけをおれに託すと、『どうか、どうか、ここに書かれた内容を十八歳になったブランシュ＝ミニョンヌに伝えてほしい』と懇願し、『必ずそうする』と、おれに誓わせたんだ。だから、おれはその誓いを守って、あのかわいそうな母親の最後の望みを叶えてやる必要がある。いや、ブランシュ＝ミニョンヌの前で、その書きつけを読みあげることは、決して意味のないことじゃない。その書きつけのなかで、あの子の母親は、自分をこんなに不幸にした出来事に復讐してほしいと、あの子に……」

「ああ、神様！」その言葉がまだ終わらないうちに、ジャンヌが天に両手をさしのべた。「復讐ですって？　旦那様は、あの虫を殺すこともできない、かよわくて、みなし子のブランシュ＝ミニョンヌに復讐ができるとお思いですか？」

「いや、わかっている……。わかっているよ、ジャンヌ」ブランシェは口ごもりながら言った。「今のあの子に、そんなことができるわけがない。でも、あの子は若くて、きれいだ。いつの日か、誠実で、勇気のある、立派な若者に見そめられるだろう。そうしたら、その若者に手伝ってもらって復讐を成しとげる――それがあの子の母親の望みなのだ」

「でも、そんなおあつらえむきに、誠実で、勇気のある、立派な若者なんかに巡り合うものなんでしょうか？　そう、この方みたいな……」

　そう言って、ため息をつくと、ジャンヌは壁に掛かっていた肖像画を示した。そこには、勇敢で、知略に富んだダルタニャンが描かれていた。

「あるいは、この方のようにな」

　プランシェは自分も壁に掛かっていた別の肖像画を示して言った。そこには、高貴なアトスの姿があった。

「じゃなかったら、この方のように……」

　三番目の肖像画を示しながら、ジャンヌが続けた。背が高く、太っちょの好人物、ポルトスの肖像画である。額縁のなかで、ポルトスは窮屈そうに見えた。

「ああ、ダルタニャン様、アトス様、ポルトス様……。三銃士の皆様……」プランシェはため息をついた。

「ジャンヌ、確かにおまえの言うとおりだよ。この方々は、まことに〝男〟でいらした。〝男のなかの男〟で……」

訳注　本書にはアラミスの名前はなく、ダルタニャンも三銃士のひとりに数えられている。

敬愛する三人の銃士の名前を口にすると、プランシェは心のなかに、突然、おびただしい思い出の波が押しよせてくるのを感じた。もうずいぶん前から忘れかけていて、幽霊のようにぼんやりとしていた記憶が、はっきりとよみがえってきたのである。プランシェはかつての主人であるダルタニャンの肖像画をしみじみと眺めた。

そうなのである。プランシェはあの有名な三銃士のひとりで、ガスコーニュ生まれの熱血漢、ダルタニャンの従者だったのである。主人の肖像画を見ながら、プランシェは主人の忠実な友であったアトスやポルトス、そして、その従者であるグリモーやムスクトンとともに行なった、強烈で、また胸のすくような冒険の数々を思い出した。

だが、悲しいことに、今はもう、皆、死んでしまった。

政治や社会が激しく揺れた、あの動乱の時期にあって、三人の銃士はまごうかたなき〝不滅の英雄〟であった。だが、その英雄たちも次々に死んでいき、最後に残ったダルタニャンも、一六七三年にオランダのマーストリヒで帰らぬ人となってしまった。包囲戦のさなかに、胸に銃弾を受けて、命を落としてしまったのである。

それから、七年、後に文豪アレクサンドル・デュマが傑作に仕立てた冒険物語の登場人物のうち、まだ生きているのはプランシェひとりになってしまった。その物語のなかで〝伝説の英雄〟の従者として脇役を演じ、その後、パリのロンバール通りで〝金の杵〟の看板を掲げて、食料品屋を始めたプランシェだけに……。

ああ、過ぎ去った時は、二度と戻ってこない。あの青春の日々は……。それはもう、思い出のなかにしか残っていない……。三銃士の肖像画をひとつひとつ見ていきながら、プランシェはその青春の思い出を心のなかで生きなおした。すると、目からつと熱い涙があふれでてきた。

「旦那様、お泣きになっていらっしゃるんですか？」

ジャンヌが驚いて、声をあげた。

プランシェはびくっと身体を震わせた。ジャンヌの声に、甘酸っぱい青春の夢から覚めて、現実に戻ったのだ。

「いや、なんでもないよ。なんでもない」プランシェは言った。

それから、先程までジャンヌと何を話していたか、急に思い出して、言葉を続けた。

「そうだよ、ジャンヌ。おまえの言うとおりだよ。ブランシュ＝ミニョンヌが母親の遺言にしたがって復讐を成しとげるなら、この三人の銃士様のどなたかのような方がお力を貸してくださらなければ……」

「本当ですわね。それにしても、こんな素晴らしい方々がおひとりも後継《あとつ》ぎを残していらっしゃらないなんて！　ご子息がいらしたら、さぞかし優秀な資質を受け継いでいらしたでしょうに……」

その言葉に、プランシェは悲しげに言った。

「アトス様には、ラウル様というご子息がいらしたがな。そうだ。ブラジュロンヌ子爵様だ。だが、おかわいそうに、ラウル様もまだお若いうちに死んでしまわれた」それから、急に何かを思いついたような顔をすると、期待と絶望が入りまじったような声で続けた。「実はもうひとりいらっしゃるのだが……。まあ、もし無事に大きくなっていらっしゃるなら、ということだが……。そうしたら、まだおひとりいらっしゃるのだ。三銃士様のご子息が……」

「三銃士様のご子息ですって？」

「そうだよ、ジャンヌ」

「それはダルタニャン様のご子息で？」

「ちがうよ、ジャンヌ」

「じゃあ、アトス様の？」

「ちがうな、ジャンヌ」

「ということは、ポルトス様のご子息ですか？」

「いやいや、ジャンヌ。三銃士様のご子息だ。ダルタニャン様のご子息でも、アトス様のご子息でも、ポルトス様のご子息でもない」

「ああ、旦那様、あたしにはさっぱりわかりません」

「まあ、待ってくれ。これから説明するから……。おれが言うのは、三人の銃士様のどなたかおひとりのご子息ではない。三銃士の皆様のご子息だということだ」

「ますます、わからなくなってまいりましたわ」

「ふむ、そうだろうな。おまえは事情を知らないのだから……。聞いてくれ。あれは一六五八年、フランス・スペイン戦争の終結を宣言する〈ピレネー条約〉が結ばれる前の年のことだ。三銃士の皆様は、国王様の護衛で、南フランスのベアルンの宮廷にお供なさったのだが、そこで、若く、美しく、金持ちの未亡人と契《ちぎ》りを交わすことになったのだ」

「お三方はそのご婦人と？　ああ、イエス様、なんてことでしょう！」そう言いながら、ジャンヌは胸の前で十字を切った。

「三銃士の皆様は、それぞれ魅力的でいらしたからな。ダルタニャン様は小柄だが、均整がとれて、身体じゅうに才気があふれるような様子をしていらした。また、アトス様は高貴で、まるで領主様のような威厳を備えていらした。そして、ポルトス様は鋼《はがね》のような筋肉を持った偉丈夫《いじょうぶ》でいらした。

そこで、ベアルンの未亡人は三銃士の皆様を素敵だと思い、銃士様のおひとりおひとりに胸をときめかせることになったというわけだ。

まずは、ダルタニャン様の機知に、
それから、アトス様の気高さに、
最後に、ポルトス様の精力に。

だが、こんなふうにお三方を愛しながらも、ベアルンの未亡人は自分が銃士様たちを裏切っているという印象は持っていなかった。というのも、お三方は切っても切れない関係で、心もひとつ、身もひとつ、それこそ一心同体でいらしたからだ。

だいたい、ジャンヌ、おまえも銃士様方のモットーは知っているだろう？《みんなはひとりのために、ひとりはみんなのために！》銃士様方はそれを三人の友情の証《あかし》としていらしたのだ」

「それにしたって！ああ、聖母様……」そう言うと、ジャンヌはまた十字を切った。

プランシェは話を続けた。

「さて、三銃士の皆様はパリに戻ると、ベアルンのご婦人と交わした〝かりそめの恋〟のことは忘れてしまわれた。あの方々は恋をなさるのも早いが、お忘れになるのも早いからな。だが、そこでこの話は終わりにならなかった。それから一年もたたないうちに、お三方様宛てに、ベアルンのご婦人から手紙が来たのだ。息子が生まれたといって……。はたして、それは、
ダルタニャン様の息子なのか？

ポルトス様の息子なのか？

アトス様の息子なのか？謎だった！

しかし、三銃士の皆様は、さすがは一心同体、こんなことで仲間割れなさったりはしない。それどころか、この出来事をたいそう面白いとお思いになって、婦人に手紙を書き、その子供に〈三銃士の息子〉という名前をつけて、『二十歳《はたち》になるまで、しっかり育ててほしい』と、お頼みになったのだ。息子が二十歳になったら、パリに送りだしてくれといって……。そうしたら、あとは自分たちが面倒を見て、息子を勇敢で忠誠心にあふれる、立派な銃士にするからと約束してな。

だが、それだけじゃない。その頃、おれはもうダルタニャン様の従者であることをやめて、この《金の杵亭》を始めていたんだが、三銃士の皆様は、もしかしたら戦争で、自分たちも命を落とすことになるかもしれぬと、ご心配なさったのだろう、三人が三人ともお亡くなりになった時のことも考えて、お母上を通じて、ご子息様にこうお命じになっていた。『おまえが成人した時、仮に私たちが死んでいたとしても、それでもやっぱりパリに行き、ロンバール通りの《金の杵亭》という食料品屋を訪ねてみよ。そして、そこの店主に預けてある〝三人の父からの遺言状〟を読みあげてもらうように』と……。

それから二十一年の月日が流れ、銃士様方はお三人とも亡くなってしまわれた。そこで、おれは三銃士様のご子息が、お父上たちの遺言の内容を知りに、この店にやってくるのを待っているというわけだ」

「ああ、イエス様、なんてお話でしょう！」プランシェの話を聞きおわると、ジャンヌが大声で言った。

「三銃士様たちの……いえ、そのうちのおひとりのご子息がいらしただなんて！」

「三銃士の皆様のご子息だよ、ジャンヌ」プランシェは誤りを正した。「三銃士の若様だ」

「では、その若様がそろそろ二十歳くらいにおなりになっているというわけですね」ジャンヌが言った。

「二十一歳だよ、ジャンヌ。正確に言うとな。だが、店にはいらしてない。おれは若様が無事に大きくなられたのか、それを心配しているんだ。もしかしたら、成人される前に亡くなったのではないかと……。それでここにいらっしゃらないのではないかと……」

「そんな心配は早すぎますわ。まだ、これからお見えになるかもしれないいんですから……」

「もちろんだとも。ジャンヌ、もちろん、そうだ。でも、若様はもう二十一歳になっていらっしゃるのだから、お見えになるなら、とっくにお見えになっていていいはずなんだ。若様が二十歳になった時から、おれは期待に胸を高鳴らせて、今日いらっしゃるか、明日いらっしゃるかと、一日千秋《いちじつせんしゅう》の思いで待っていた。一刻も早く、若様をこの胸に抱きしめて、若様のなかに三銃士の皆様の面影を見つけるのを楽しみにな。だが、数週間が過ぎ、数カ月がたっても、若様はお見えにならない。一日また一日と、日々が過ぎるにつれ、おれの希望はしぼんでいった。そして、とうとう一年が、空《むな》しい期待のうちに過ぎてしまったのだ。若様ははたしていらっしゃるのだろうか？　おれはもうそんな希望は持たないほうがいいような気がしているんだ」

「だめですよ、旦那様。希望はお持ちにならなくては……。お見えにならないといっても、まだ一年なんですから……。若様はもしかしたら、ご病気か何かで、まだ故郷のベアルンを離れられないのかもしれないじゃありませんか。故郷のガスコーニュ地方を……」

「もちろん、その可能性はある。だが、ジャンヌ、若様はやっぱり小さい頃に亡くなっているんじゃないだろうか？」

「それはわかりませんけど、仮に成人なさっていたとしても、田舎の貴族として、のんびりお暮らしになるほうをお選びになったのかもしれませんよ。銃士として、危険に満ちた生活を送るのではなく……」

「おお、それはない！　それだけはないぞ、ジャンヌ！　三銃士様のご子息が――あのお三方のご子息が、田舎でのんびりと暮らすなど、それだけはありえない！　絶対にな！　その点は、おれが保証する。もし無事に成人なされたのなら、若様は〈三銃士の息子〉として、数かぎりない冒険をし、比類ないお手柄をたてることをお望みになるはずだ。お父上たちの名に恥じないようにな。もしそうでなければ、ジャンヌ、はっきり言って、おれは若様が亡くなっていると聞かされたほうがましだ。このおれはな」

だが、その時、部屋に、店じまいをした従業員たちが入ってきたので、会話は中断された。

《金の杵亭》には六人の従業員がいる。〈店員〉がふたりに、〈見習い小僧〉が四人である。〈店員〉のうち、ひとりはアブドンといって番頭を務めているのだが、かわいそうに、この男は自分が商才に恵まれていると信じていた。

そのあたりを詳細に説明すると、今から数年前のこと、当時、この店の番頭だったアブドンは百日咳で亡くなった叔母から遺産が入ったので、その遺産で《金の杵亭》を譲り受けたいと、勇んでプランシェに申し出た。プランシェはこの申し出を受け入れ、読者もご存じのように、パリの南、約五十キロメートルのところにあるフォンテーヌブローに小さな家を構え、隠居生活をすることにした（このあたりは、『三銃士』の続篇である『ブラジュロンヌ子爵』をお読みいただき

たい)。

いっぽう、こうして《金の杵亭》の店主におさまると、アブドンのほうは、見習い小僧の時代から温めていたという、その天才的計画をさっそく実行に移した(天才的だというのは、もちろん、本人によればである)。この計画は(やはり本人によれば)、短期間で莫大な利益が得られるというものであった。

その素晴らしい計画とは次のようなものである。

商売を成功させるためには、この界隈《かいわい》のお客がロンバール通りにある、ほかの食料品屋に行かず、みんな《金の杵亭》に集まればよい。そのためには、おまけをつけるのがいちばんだ。アブドンはそう考えた。

そもそも、お客が食料品屋に来るのは、塩や胡椒《こしょう》、砂糖や油など、おもに調味料を買うためである。

しかし、調味料というのは、確かに料理には必要なものだが、あくまでも料理に味をつけるためのものにすぎない。ならば、うちの店でやらなければならないことははっきりしている。きわめて論理的に考えて、アブドンはこう結論した。少しでもたくさん調味料を売るために、うちの店に来る客には、まだ味つけをしていない料理をおまけにつければよいのである。

こうして、アブドンが店を引き継いでからというもの、《金の杵亭》にやってきたお客は、塩と胡椒を買うと、羊の腿肉《ももにく》をおまけにもらえることになった。塩と胡椒だけでは料理はできないので、アブドンに言わせれば、これは当然のおまけである。

また、マッシュルームの瓶詰を買ったお客には、お好みで、去勢鶏《シャポン》か、七面鳥が一羽、おまけについてきた。オリーヴの瓶詰を買ったお客には、鴨が一羽ついてくる。シナモンを買ったお客についてくるのは、高級ワインが六本――これは、ホットワインをつくるためである。糖蜜を買ったお客には、バゲットか、パン・ド・カンパーニュ――こちらは、パンに塗って食べるためだ。砂糖も同じで、ひと壺買うと、上質のコーヒーがついてきた。

それだけではない。このやり方で客が集まると見るや、アブドンは店で売っている食料品以外のものにも、おまけをつけるようになった。たとえば、ろうそくを買ったお客には、銀の燭台《しょくだい》をつけるという具合である。

おかげで、店は大繁盛した。噂を聞きつけた客で、店の前には開店前から長い行列ができた。それこそ、ロンバール通りの端から端まで続く行列である。

そのうちに、噂はロンバール通りだけでなくパリじゅうに広まり、《金の杵亭》には、パリのはずれの小さな町からも買い物客がやってきた。

だが、こうやって客が増えれば増えるほど、店は儲かるどころか、損をするのが道理である。店を引き継いでから、わずか数週間で、哀れなアブドンは借金をつくって、店をつぶしてしまった。

これを知って、驚いたのはプランシェである。プランシェはあわててフォンテーヌブローの隠居所から立ち戻ると、アブドンがつくった借金を清算して、再び店を自分のものにした。そうして、また《金の杵亭》を切り盛りすることにしたのである。

ただし、もともと情《じょう》が深い性格だったので、アブドンについては、以前と同じように番頭として雇いつづけた。かわいそうにアブドンは、あれほど店が大にぎわいだったのに、どうして突然つぶれることになったのか、また叔母から遺産をもらって自分は裕福だったはずなのに、どうしていきなり一文無しになってしまったのか、いっこうに理解できず、狐《きつね》につままれたような顔をしていたからである。

さて、アブドンの話はこれくらいにして、ふたりの〈店員〉のうち、もうひとりの話をしよう。こちらはバチスタンというマルセイユ生まれの若者である。

この男はいかにも南仏の出らしい、おしゃべり好きの性格で、本人は素晴らしいと喧伝《けんでん》するものの、実際はたわいのない話をしては、ロンバール通りの人々を楽しませていた。話はいつも、マルセイユ人がいかに優れているかで、どんな話題であれ、最後にはそこに引きつけて、いつでも、どこでも、誰にでも、際限なく話しつづけるのである。話のきっかけはなんであってもかまわない。そういったことから、通りの人々は愛情をこめて、この男を〈話し屋バチスタン〉と呼んでいた。

このふたりの〈店員〉のほかには、先程も言ったように、プランシェの店には四人の〈見習い小僧〉がいた。その四人はいずれも、まだ十二歳から十五歳までの子供であった。

それはともかく――店じまいをして、部屋に入ってきた従業員たちを見ると、プランシェは四人の小僧たちに向かって言った。

「さあ、子供たち。夕食の前に、『食料品屋のよい見習い小僧になるための手引き』を復習しておきなさい。ちゃんと覚えているかどうか、あとでアブドンにテストしてもらうからね」

この『食料品屋のよい見習い小僧になるための手引き』というのは、プランシェ自身が考えだしたもので、見習い小僧たちに食料品屋という仕事に対する情熱や、主人に対する尊敬の念を抱かせることを目的としている。プランシェはこれを手書きで小冊子にまとめると、毎晩、夕食前に小僧たちに暗誦《あんしょう》させていた。これによって、見習い小僧たちは食料品屋としての自覚を身につけ、真面目な態度で熱心に働くようになる――そう心から信じていたからである。

この夜も、小僧たちが手引きのおさらいをすませると、さっそくアブドンによるテストが始まった。番頭のアブドンが質問すると、小僧たちは手引きの内容を暗誦する形で、それに答えるのである。

「旦那様のプランシェ様は、どんなお方か?」

アブドンの質問に、最初の小僧が答える。

「旦那様は、かぎりなくよき食料品屋で、かぎりなく完璧な食料品屋です。また、この《金の杵亭》の創造主であり、この店の絶対的な支配者でもあります」

「では、私たちを創り、この世界に送りだした者は誰か？　旦那様か？」

「いいえ。それは旦那様ではありません。天にまします、我らが神です」

「では、神はどうして、私たちを創り、この世界に送りだしたのか？」

「旦那様とお引き合わせになり、旦那様を尊敬し、旦那様にお仕えして、旦那様から月々のお給料をいただくためです」

「よくできた。おまえはもういいぞ。では、次の小僧」

　すると、今度はふたり目の小僧が立ちあがって、アブドンの質問に答える。これが繰り返されていくのである。

　さてその間に、家政婦のジャンヌは大きな食卓にテーブルクロスを掛け、食器を出す準備を始めていた。その様子を見ながら、ブランシェは部屋のなかを落ち着きなく、歩きまわっていた。サン＝メリ教会に行った娘のブランシュ＝ミニョンヌがなかなか戻ってこないので、心配になってきたのだ。

　と、七時半を告げる、サン＝メリ教会の鐘が鳴った。

「いったい、ブランシュ＝ミニョンヌはどうしてしまったんだ？」ブランシェは、ジャンヌに向かって、言った。

「本当ですわね」主人の言葉に、ジャンヌも急に不安に駆られたのだろう、心配そうに答えた。「何かあったんじゃなければいいんですけど……。なんだったら、様子を……」

　その時、雷鳴が轟《とどろ》いて、ジャンヌの声はさえぎられた。

「これは雷だな」しかつめらしく、アブドンが言った。

「そうだよ。これは雷だ。そんなことはわかっている！」アブドンの落ち着きように、プランシェは思わず叫んだ。「嵐が来るんだ！　それなのに、ブランシュ＝ミニョンヌは戻ってこない。ジャンヌ、早く、おれの外套《がいとう》を取ってくれ。おれはこれからブランシュ＝ミニョンヌを迎えにいってくる。心配でたまらん。いや、本当に心配だ！」

それから数秒後、プランシェは大急ぎで外套をはおると、《金の杵亭》をあとにしていた。

その瞬間、空からは大粒の雨が落ちはじめ、それはたちまち驟雨《しゅうう》となった。滝のような大雨だ。

「うん、これは雨だな」主人を見送ると、店の扉を閉めながら、あいかわらずしかつめらしく、アブドンが言った。「これは大雨だ」

2

サン＝メリ教会での奇蹟

さて、《金の杵亭》でスペイン産の白ワインが大売出しされ、店が大にぎわいを見せた、その日の午後の終わり頃、ロンバール通りから程近い、サン＝メリ教会の聖具室には、おそろいの黒いマントに身を包んだ、いかにも悪党らしい十二人の男たちが集まっていた（そう、忘れている読者のために言っておくと、この教会はブランシュの養女、ブランシュ＝ミニョンヌが、死んだ母親と育ての親のブランシュのために、毎日、祈りを捧げにきている教会である）。

「しめしめ、みんな中に入ったな」

聖具室のなかに全員が入ったのを確認すると、いかにも悪党らしい男たちのひとりが言った。おそらく、これが一味の首領なのだろう。

「どうやら、聖具室係は約束を守ったようで……」いかにも悪党らしい、二番目の男が答えた。

「公爵様がたんと鼻薬をきかせたのだろう」首領とおぼしき男が相槌を打った。「その金の魅力に負けて、聖具室係は我らのために部屋の鍵をあけておいてくれたというわけだ。まあ、そうでなければ、計画は始まらんからな。さあ、ぐずぐずしている暇はないぞ。もうじき、娘がやってくるはずだからな」

「ええ、あの女《あま》っ子は、お祈りの時間に遅れたことがありませんからね」また別のいかにも悪党らしい男が言った。

「よし、急ごう」首領とおぼしき男——というか、も

う面倒くさいので、首領が続けた。「計画はもう頭に入っているな？」

「へい！」いかにも悪党らしい十人の男たちが声をそろえて答えた。

だが、首領が次の指示を与える前に、その十人の男たちのひとりが、おずおずと異を唱えた。

「頭には入っているんですが——でも、よく考えてみると、たかが娘ひとり誘拐するのに、この計画はちょっと複雑すぎやしませんかね？　普通だったら、娘が教会に入ってくるのを待って、いっせいに襲いかかり、猿ぐつわをかまして、教会の裏手にとめてある四輪馬車に乗っけちまえばいいだけじゃありませんか？」

「いや、これは公爵様のご意向だからな」手下の言葉に首をふると、首領はにべもなく答えた。「公爵様は、娘を連れてくるのに、いかなる暴力もふるってはならん、優しく、優しく誘拐してこいと、このおれに厳命なさったのだ。そこで、おれが考えに考えて、考え抜いたすえに、たまたま思いついたのがこの計画だというわけだ。いいか、この計画どおりにすれば、娘は自分が誘拐されたとも気がつかないだろう。それどころか、喜んで、おれたちについてくる。いやいや、おれは決して大言壮語するつもりはないがな。これは誘拐の傑作だ。いいな？　わかったら、計画どおりにするんだ。みんなマントをはずせ。マントの下はちゃんと指示どおりにしてきたな」

「神に誓って……って、この言葉はこういう時に使うんでしょうねえ」いかにも悪党らしい男のひとり――というか、これも面倒くさいので、悪党のひとりが言った。

その言葉を合図に、悪党の手下たちはいっせいにマントを脱いだ。すると、その下からは、長く、ゆったりとした空色の長衣《トーガ》が現われた。

それを見ると、悪党の首領もマントを脱いで、手下たちと同じ、空色のトーガ姿になった。満足げな目で、手下たちを眺めまわす。

「よし、完璧だ。だが、腰につけたベルトと長剣は、はずさないといかんぞ。これから、おれたちが演じる役には、長剣なんて不要だからな。そんなものがあったら、おかしいのだから……」

その首領の言葉に、手下たちはベルトをはずし、そこに差していた長剣をまとめて聖具室の隅っこに置いた。それから、全員がポケットから白い付け鬚《ひげ》を取りだし、顎につけた。

「いいぞ！」自分もまた白い付け鬚を顎につけながら、首領が続けた。「これで、おれたちは天国の聖人に見えるってわけだ。そうなると、あとは光輪だけだな。おい、光輪はどこにある？」

「へい、ここに」

そう言うと、手下のひとりが持ってきた袋の口ひもをほどいて、中から光輪を取りだした。光輪は金属の丸い輪っかでできていて、長い針金がついている。こ

の針金を襟首のところに差せば、悪党が扮する偽聖人《にせせいじん》たちの頭上には、金色の光輪が輝くというわけだ。すぐに、全員に光輪が配られた。

「よしよし、これで完璧だ」手下たちの顔を見まわしながら、首領が言った。「これなら神様だって、おれたちのことを本物の聖人と見まちがうだろう。よし、それではいよいよ計画を実行に移すぞ。全員、配置につけ！　聖具室係は教会の内部の壁龕《へきがん》から、聖人たちの像を運びだしてくれている。そのなかに収まって、聖人の像のふりをするんだ。あとはただ、お目当てのブランシュ＝ミニョンヌがお祈りに来るのを待てばいい。行くぞ」

その言葉を合図に、悪党たちは全員が聖具室を出て、教会に入った。なかには誰もいない。いかにも悪党らしかった十一人の男たちは、いかにも聖人らしいポーズで壁龕のなかに収まった。あとは獲物がやってくるのを待つだけである。

ということで、もうしばらくすると、ここにブランシュ＝ミニョンヌがやってくることになるのだが、その前にちょっとサン＝メリ教会の内部の様子を説明しておこう。

この教会でいちばん人目を引くのは、祈禱《きとう》をするための椅子が並ぶなか、ひとつだけ群を抜いて、背の高い椅子があることだ。教会に入った者は、真っ先にその椅子に目を奪われ、目が釘づけになる。いや、奪われたり、釘づけになったり、目にとっては災難だが、なにしろ、その椅子はほかの椅子のはるか上方、床から二十五メートルの高さにあるのだ。まったく奇想天外な祈禱椅子もあったもので、背の部分はほとんど天《てん》蓋《がい》にくっついてしまうくらいなのである。

そうなったら、もちろん、祈禱椅子の座面にひざまずくのは大変だ。そこまで行くには、螺旋《らせん》式の階段を何十段ものぼっていかなければならなかった。

だが、どうして、こんな椅子がつくられたのか？

その理由は簡単である。この椅子はある女性信者が自分のために用意させたもので、その女性信者は、この椅子はほかの椅子より、はるかに天に近いので、お祈りの言葉がほかの信者たちのものより、ずっと早く神様に届くのではないかと考えたのである。ただし、この椅子を除けば、このサン＝メリ教会に、特に変わったことはなかった。

やがて、教会のなかに十二の鐘の音が鳴った。六時である。と、その瞬間、教会の扉が開いて、美しい、若い娘が入ってきた。言わずと知れたブランシュ＝ミニョンヌである。

ブランシュ＝ミニョンヌは入口の近くにあった聖水盤のところまで行くと、その白い手を水で清めた。が、目の前の光景に震えあがって、かろうじて悲鳴を抑えた。聖水盤の水が血のように赤く染まっていたのだ。

「血だわ！　血だわ！」ブランシュ＝ミニョンヌはつぶやいた。「どうして、聖水盤が血で満たされているのかしら？」

だが、すぐに自分のまちがいに気づいて、天使のような笑みを浮かべた。水はただ、ステンドグラスの赤い光を映していただけだったのである。

そこで、ほっと胸をなでおろすと、ブランシュ＝ミニョンヌはいつもの祈禱椅子に向かった。誰もが使う、背の低い椅子である。座面にひざまずくと、真っ赤な珊瑚《さんご》のような唇で神にお祈りを唱え、死んだ母親に話しかける。

「ああ、お母様！　わたし、お母様のお顔はちょっとしか見たことがないけれど、でも、そのお顔がどれほど優しかったか、はっきり覚えているわ。ああ、お母様！　いつか、わたしは天に召されて、お母様に会うことができるのかしら？」

すると、その言葉が終わるか終わらないかのうちに、ブランシュ＝ミニョンヌはまた目の前の光景に震えあがった。

はたして、これは夢なのかしら？　それとも、わたしの願いが叶うという御徴《みしるし》かしら？　そう思って、目を丸くしながら、ブランシュ＝ミニョンヌは壁龕のひとつを見つめた。そこに収まっていた聖人の像がわずかに動いたように思えたのだ。

「いえ、これはやっぱり夢じゃないわ」ブランシュ＝ミニョンヌはつぶやいた。「幻を見ているわけでもない。確かにさっき、聖マタイ様が壁龕のなかで動くのを見たんだもの。ああ、それに、今は唇をふるわせていらっしゃる。何かお話しなさろうとしていらっしゃるんだわ。ああ！」

と、思ったとおり、聖マタイの口が動き、静まりかえった教会に声が響きわたった。聖マタイに扮しているのは、一味の首領である。

「おお、心配はいらない。ブランシュ＝ミニョンヌよ」首領はびっくりするほど優しげな声をつくって言った。「主はそなたの願いをお聞きとどけになったぞ。そのために、今、こうしてそなたの目の前で、奇蹟を起こしたのじゃ」

「ええ、ええ。奇蹟ですわ」ブランシュ＝ミニョンヌは興奮して、答えた。

「そうじゃ、奇蹟じゃ」あいかわらず優しげな声で、偽の聖マタイは繰り返した。「主はそなたの願いをお聞きとどけになり、そなたを母親のもとに連れてくるよう、我らにお命じなさったのじゃ」

「ああ、お母様のもとに……」ブランシュ＝ミニョンヌは泣きながら言った。「わたしには、まだこの幸せが信じられません。でも、そのためには、どうすればよいのでしょう？　わたしがお母様のもとに行くためには……」

「それは簡単なことじゃ。ブランシュ＝ミニョンヌよ。我らについてくることじゃ」

そう答えると、偽の聖マタイはひょいと壁龕の段差をまたいで、娘のそばに近寄った。老人にしては驚くほど軽い身のこなしだ。

すると、偽の聖マタイにならって、壁龕のなかにいた、ほかの偽聖人たちも、マタイではないのに段差をまたいで、娘のまわりに集まった。ブランシュ＝ミニョンヌは、喜びで天にものぼる気持ちになった。

「ああ、なんて幸せなのでしょう！　幸せすぎるわ。わたしのような哀れなみなし子のために、天国の聖人の皆様がやってきてくださるなんて！　わたしなんて、こんな幸せに値《あたい》しませんのに……」

「いや、値する。値するぞよ」

ブランシュ＝ミニョンヌの言葉に、偽の聖マタイは答えた。と、たちまち、偽の聖人たちが声をそろえた。

「値するぞよ。ブランシュ＝ミニョンヌ」

「では、わたしはお母様に会えるのですね？」

騙されているとも知らず、ブランシュ＝ミニョンヌは尋ねた。

「そうじゃよ。ブランシュ＝ミニョンヌ。我らについてきなさい。我ら天国の一団に……。恋しい母御《ははご》のもとに、そなたを案内《あない》しよう」

そう言うと、偽の聖マタイ――つまり、悪党の首領はゆっくりと、荘重な足どりで、聖具室に向かった。そのあとには、紅潮した顔のブランシュ＝ミニョンヌを取り囲むようにして、偽の聖人たち――すなわち、悪党の手下どもが続く。

その間、ブランシュ＝ミニョンヌは興奮のあまり、これが異常なことだとは思えずにいた。荘厳な教会のなかで、我を忘れて、お祈りに夢中になっていたせいで、ちょうど催眠術にかかったような状態でいたのである。これは奇蹟だ、自分はこれからお母様に、愛しのお母様に会えるのだと、心から信じて、ブランシュ＝ミニョンヌは天国からの使者たちのあとを、まるで自動人形のようについていった。

お母様に会いたい！　頭にあるのはそれだけだった。そうでなければ、いくらなんでも、こんな話はでたらめだということが、すぐにわかったにちがいない。だが、母様恋しの一心で、聖人たちの鬚が付け鬚だということにも気がつかず、光輪に針金がついているのも、まったく目に入らなかったのである。

こうして、聖具室まで来ると、偽の聖マタイは、裏の通りに面している小さな扉をあけた。サン＝メリ教会は、表の入口も人通りの少ない並木道に面しているが、こちらの通りも人気《ひとけ》がない。いつもだったら、猫の子一匹いなかっただろう。

が、今日は、扉をあけると、いきなりそこには馬車が待っていた。一歩あるけば、そのまま乗りこめるくらいの近さである。しかも、ご丁寧にも、馬車の扉はすでに開いていた。ブランシュ＝ミニョンヌが現われたら、すぐに乗せられるよう、すっかり準備ができていたのである。

しかし、あいた聖具室の扉から、通りの冷たい空気が入ってくると、それまでの興奮がわずかに静まったのだろう。ブランシュ＝ミニョンヌはびっくりして、つぶやいた。

「なんなんですの？　この馬車は？」

「さあ、乗りなさい！」偽の聖マタイは、勢いこんで答えた。「これはそなたを母御のもとに連れていく馬車じゃ」

「でも……」ブランシュ＝ミニョンヌは口ごもった。

「お母様は天国にいらっしゃるのでは？　この馬車で天国まで行くんですか？」

その瞬間、聖具室のなかに罵《ののし》り声が響いた。

「つべこべ言わずに、さっさと乗るんだ。これは奇蹟だって、さっきから言ってんじゃねえか！」

言ったのは、偽聖人に扮した手下のひとりで、ブランシュ＝ミニョンヌが戸口でためらっているのを見て、このままでは計画が失敗するのではと心配になり――そう思ったら、つい言葉が口から飛びだしていたのである。

ブランシュ＝ミニョンヌのほうは、聖人の口からこんな恐ろしげな言葉が出てきたことに、思わず飛びあがった。と、その途端、

「阿呆《あほ》！　馬鹿！　間抜け！」

という声がしたかと思うと、聖マタイが後ろをふりかえって、恐ろしげな発言をした聖人を殴りつけた。聖人の顔面には、見事な拳骨が命中した。

ブランシュ＝ミニョンヌは悲鳴をあげた。

と、同時にすべてを理解した。拳骨の一撃で、偽聖《にせせい》

人《じん》の偽鬚《にせひげ》がはずれて、宙に吹っ飛んだからである。そうなったら、これはもう奇蹟だ、なんだとは言っていられない。天国にいるお母様のイメージは幻のように消え、哀れなブランシュ＝ミニョンヌは、自分がおぞましい計略の罠にかかったのだと知ったのである。

　ということなので、今のブランシュ＝ミニョンヌの頭には、たったひとつの言葉しか浮かばなかった。逃げるのよ！　そう、何があっても、逃げるのよ！

　偽の聖マタイが偽の聖人を殴ったことで、一同が唖然とした隙をついて、ブランシュ＝ミニョンヌは身をひるがえして、教会のなかに駆けもどった。

　だが、それに気づくと、偽の聖人たちも、たちまちあとを追ってくる。ブランシュ＝ミニョンヌは、息を切らして、ようやく教会の出口の扉の前まで来ると、か細い腕で、扉を押しあけようとした。

　ああ、だが、扉は開かない！　悪党たちのひとりが鍵をかけていたのだ。背後からは、偽聖人たちが迫ってくる。ブランシュ＝ミニョンヌは、絶望的な気持ちで、何か方策はないかと、すばやくあたりを見まわした。すると、床から二十五メートルもある、例の背の高い祈禱椅子が目に入った。急いで、その椅子の下まで行くと、椅子のふもとにある螺旋階段をくるくると回ってのぼりはじめる。そうして、てっぺんまでたどりつくと、階段をのぼってこようとしている悪党どもに向かって宣言した。

「おさがりなさい！　それ以上、一段でも上に来てはだめよ。そんなことをしたら、ここから飛びおりますからね。わたし、さっき誓いを立てたんだから……。あなたがたの手に落ちるくらいなら、この椅子から身を投げて、サン＝メリ教会の床にぶつかって死のうって……」

それを聞くと、悪党たちの足が止まった。

「どうやら、本気らしい」聖マタイに扮した、一味の首領が言う。「この娘は本当に飛びおりるつもりだ」

「ためらう様子はありません」手下のひとりが言った。「そうなったら、公爵様のところには、この娘の死体を届けることになる。公爵様はこの娘に傍惚《おかぼ》れしていて、その助平《すけべ》な腕でこの娘の肢体を抱くのを楽しみにしていらっしゃるのに……」別の手下が続けた。

「どうしましょう？」また別の手下が言った。

いっぽう、ブランシュ＝ミニョンヌは、悪党たちが戸惑っているのを見て、この隙にと、大声で救いを求めた。

「助けてえ！　助けてえ！」

一味の首領はあわてて手下たちに命令した。

「ちくしょう！　聖具室の裏口があいているぞ。誰か行って、すぐに閉めてこい！　さもないと、おれのじいさんの踵《かかと》の骨に誓って、娘の声を聞いた誰かがやってくるぞ！」

その言葉に、手下のひとりが、急いで、扉を閉めにいった。

「助けてぇ！　助けてぇ！」ブランシュ＝ミニョンヌはもう一度、叫んだ。

と、その時、扉を閉めにいった手下が戻ってきたかと思うと、こう言った。

「大変です！　おかしら！　大変ですぜ」

すると、その言葉がまだ終わらないうちに、聖具室から教会に入る扉のところに、剣を手にしたひとりの若者が現われた。帽子はかぶっていない――が、その目は炎のように輝いていた。

3

読者はここで、この物語の主人公と主人公の従者、そして番羊《ばんよう》と出会うことになる

「ああ、どなた様か存じませんが、わたしをお助けください」突然、現われた若者に、ブランシュ＝ミニョンヌは救いを求めた。「この者たちはわたしをかどわかそうとしているのです。どうか、この者たちから、わたしをお助けください！」

　すると、若者はブランシュ＝ミニョンヌに対して、うやうやしくお辞儀をして言った。

「ご心配なさるな。これからは貴女《あなた》の身は、私が守ることにしよう。もし、私がこのおかしな連中を成敗できないようなら、『その長剣は飾り物か』と言ってくれてかまわない」

　そう若者が自信たっぷりに言うと、その気迫に恐れをなして、悪党どもは教会の柱の陰に隠れてしまった。いっぽう、若者は教会の中央に進みでると、悪党どもを成敗しようと、まわりを見まわした。だが、悪党どもがひとり残らず、姿を消してしまっているので、怒りに声をふるわせながら言った。

「この臆病者めが！　柱の陰に隠れているのは、わかっているんだ。さっさとそこから出てきて、私と手合わせするがよい。いざ」

　この挑発に、柱の陰からは憤慨《ふんがい》する声が洩れてきた。しかし、だからと言って、そこから出てくるわけではなく、悪党どもは柱から柱へと陰をつたって、聖具室に逃げていった。まさに臆病者である。だが、いったん聖具室に逃げもどって、隅っこに積んであった長剣を手にすると、今度は急に血に飢えた獣《けもの》のようになって、教会のなかに戻ってきた。長剣を頭上にかまえて、「オー」と鬨《とき》の声をあげながら、若者めがけて襲いかかる。

その声に若者は悪党どものほうを向き、両手で剣を握ると、頭の上で風車のように回しはじめた。若者は背が高く、その腕にはたっぷりと筋肉がついている。ぐるぐる回る長剣は、たちまち風をまきおこし、その激しい風に、壁に掛かっていた絵は揺れおち、祭壇を照らしていたろうそくも、あっというまに消えてしまった。

いや、その風のすさまじいこと——悪党どもは、この時すでに、若者から数メートルのところまで来ていたが、この激しい風を受けて、それ以上はもう一歩も先に進めなかった。それを見ると、若者は長剣をふりまわすのをやめ、豹《ひょう》のように軽い身のこなしで、悪党どもの近くまで迫った。そうして、まさに悪党どもと斬りあいを始めようとした瞬間——サン＝メリ教会の内部に雷鳴が轟《とどろ》いた。

それと同時に、天井の近くで悲鳴があがった。若者と悪党の闘いがどうなるかと、その成り行きにはらはらしていたところに、突然、雷が鳴ったので、ブランシュ＝ミニョンヌが気を失ったのだ。

それに気づくと、若者は、悪党どもが雷で度胆《どぎも》を抜かれているのを幸い、螺旋階段に駆けよると、くるくるくると目にも留まらぬ速さで、てっぺんまで駆けのぼった。そうして、気を失ったブランシュ＝ミニョンヌがまさに下に落ちようとしていたところを、すんでのところで抱きとめた。

下ではすでに、雷の驚きから覚めた悪党どもが階段に駆けよっている。悪党どもは忿怒《ふんぬ》に目をむき、憤怒《ふんど》の泡を吹いていた。

そして、悪党どもの最初の何人かが螺旋階段をのぼりはじめた瞬間、再び雷が鳴った。悪党どもは、その場でまた身をすくませた。

だが、雷はただ鳴っただけではなかった。今度は教会に落ちていたのである。雷鳴が轟いた時にはもうすでに、青白い稲妻が蛇のように身をくねらせて、祈禱椅子の上にいる若者とブランシュ＝ミニョンヌに襲いかかっていた。

おお！　なんということか、その時、若者は腕に娘を抱えていたが、と、その稲妻を一瞬のうちに切り捨てていた。

稲妻は真ん中あたりでまっぷたつにされると、下に落ちて、螺旋階段をのぼりかけていた悪党どもを打った。それを見ると、ほかの悪党どもは恐怖におののき、我も我もと聖具室に戻っていった。

と、まあ、かなり長々とこの場面を書いてきたが、当然のことながら、これは一瞬の間《ま》に起こったことにすぎない。どのくらい一瞬かというと、そう――稲妻が閃く間《あいだ》くらいである。そして、この二度目の雷鳴で、

祈禱椅子の上ではブランシュ＝ミニョンヌが意識を取り戻していた。恐れと賛嘆の入り混じった目で、自分を救ってくれた若者を見つめる。

「ああ、あなた様は、もしかしたら、神様でしょうか？　それとも……」

そこまで言うと、ブランシュ＝ミニョンヌは口ごもった。恐ろしくて、その先を口に出せなかったのである。すると、若者が答えた。

「いや、マドモワゼル、ご安心なされよ。私は神では

ない。そして、もちろん悪魔でもない」

「では、ムッシュ、いったいあなた様はどなた様ですの？」

「おお、私はただの〈三銃士の息子〉だ」

その言葉に、ブランシュ＝ミニョンヌは、今度は驚きの声をあげた。

「なんですって！　すると、あなた様はあの有名な、気高く、勇敢な、わたしの養父《ちち》が毎日、讃えている、あの素晴らしい方々のご親戚か何かですの？　もしかしたら、あなた様は切っても切れない縁《えにし》で結びついた、あのお三人の銃士様、アトス様、ポルトス様、ダルタニャン様のご子息様でいらっしゃるのかしら？」

「さよう。私の父はその三人、アトスとポルトスとダルタニャンなのだ」三銃士の息子は言った。にっこり笑いながら、続ける。「おお、でも、これは幸先がよい。パリに着いた早々、父たちを尊敬する娘御《むすめご》のお役に立てるとは……。いや、しかし、まずはこの椅子から下に降りることにしよう。悪党どもはいなくなったから、もう怖がる必要はない。何人かは雷に打たれて、下で伸びているが……。あとはみんな逃げだした」

そう説明しながら、三銃士の息子はブランシュ＝ミニョンヌの手をとって、優しく介添えをしながら、一緒に階段を降りはじめた。と、ブランシュ＝ミニョンヌがつぶやくように言った。

「ああ、かわいそうなプランシェの父様、わたしが帰らないので、どれほど心配なさっているかしら？」

それを聞くと、三銃士の息子は立ちどまった。

「プランシェだって？　すると、貴女はプランシェの娘御なのか？」

「ええ、プランシェはわたしの育ての親です」

「ロンバール通りで、食料品屋をしている？」

「ええ、〝金の杵亭〟という看板を出して……」

「おお、それはなんという神の思し召しだろう！　マドモワゼル、私たちがこの教会で出会ったのは、決して偶然ではなかったのだ」そう明るい声で言うと、三銃士の息子は嬉しそうな笑い声をたてた。「この教会の裏の通りで、貴女の悲鳴を聞いた時、私はまさにプランシェの店を訪ねようとしていたのだから……」

と、そんなことを話している間に、ふたりは聖具室を通りぬけ、今は裏口の扉のところまで来ていた。そして、扉をあけて、通りに出ようとした時、少し離れたところから、低く、美しい声が朗々と響いてきた。

「お気をつけよ！　奴らが待ち伏せしてござる！」

と、その瞬間、今の言葉を裏づけるように、扉の陰からふたりの男が現われて、剣を手に、三銃士の息子に襲いかかってきた。悪党の首領と手下のひとりだ。首領はせっかくの計画が台無しにされたので、その失敗を取り返そうと、手下のうち、いちばん胆力のある男を連れて、ふたりが出てくるのを待ち伏せしていたのだ。

だが、首領たちが襲ってくるのを見て、三銃士の息子が目にも留まらぬ速さで、下から上に剣を払うと、悪党どもの剣は大きく弧を描いて、五十メートル先に落ちていた。

この電光石火の早業《はやわざ》に、悪党どもは呆然として、もはや剣を取りにいこうともしなかった。そうして、突然、自分たちが丸腰だということに気づくと、あわてて逃げだした。それを見ても、三銃士の息子はあとを追おうとはしなかった。

だが、そこでブランシュ＝ミニョンヌが驚きの声をあげた。どこからともなく、黒毛の立派な羊が現われたかと思うと、悪党どもを追いかけはじめたからである。

羊はすぐに首領ではないほうの男に追いつくと、犬のように男の尻にかみついた。その痛みに、男は悲鳴をあげると、この獰猛《どうもう》な羊から逃れようと、必死でもがいた。それを見ると、

「よし、ブルータス、戻ってこい」

お仕置きはもう十分だと判断して、三銃士の息子が言った。

「ブルータスって？　いったい……」

「番羊《ばんよう》だ」びっくりして目を丸くしているブランシュ＝ミニョンヌに向かって、三銃士の息子は説明した。

「私が番犬がわりにしている羊の名前だ」

「番羊？　番犬がわり？　いったい、どういうことですの？」

「ブルータスは牧羊犬と雌羊の子供なのだ。それゆえ身体は母親から受け継いだのだが、気質は父親から受け継いだ。この優しい羊の身体のなかには、忠実で気性の荒い、番犬の魂が宿っているのだ」

「番羊だなんて。そんな言葉を聞いたのは、初めてですわ。でも、素晴らしい！」

「ああ、ブルータスは世界でただ一頭の番羊だからな」ブランシュ＝ミニョンヌの言葉に、三銃士の息子はちょっと得意そうに答えた。「ある時、牧羊犬と羊をかけあわせてみたら、どうなるだろうと、ふと思いついてな……。実際にやってみたら、結果はご覧のとおり、大成功だったというわけだ」

その時、主人の命令で悪党のお仕置きをやめたブルータスがふたりのところに戻ってきた。番羊としての任務を忠実に果たしたのが嬉しいのか、元気に跳びはねている。

「よしよし、いい子だ、ブルータス。よくやったぞ」

番羊の頭をなでながら、三銃士の息子は言った。

すると、ブランシュ＝ミニョンヌが自分も羊に触りたくなったらしく、黒い毛の生えた背中を優しくなでながら言った。

「まあ、なんてかわいいのかしら！　でも、この子はどうして、こんな首輪をしているの？　ピンクのおリボンをつけてあげたら、もっとかわいくなるのに……」

その言葉に、三銃士の息子は笑って答えた。

「ブルータスは〝夢見る羊〟ではなくて、〝闘う番羊〟だからな。それはさっき、ご覧になったとおりだ」

だが、そこで少し離れた場所から、言いあらそうような声が聞こえてきたので、会話は中断された。耳をすますと、「何を！　許せん！　貴様などは蠅《はえ》にも劣る」という怒声《どせい》や罵声《ばせい》に混じって、「どうだ？　見事な剣さばきだろう？　思い知ったか！」と力を誇示する言葉が聞こえてくる。どうやら、教会の近くで壮絶な闘いが繰り広げられているらしい。

「おや、あの朗々と響く、低く、美しい声は……」声の主が誰であるかに気づいて、三銃士の息子は言った。

「あれはミロム――〈千人前〉ではないか！」

さっそく、番羊をしたがえ、ブランシュ＝ミニョンヌと一緒に、声のする方向に行く。

と、教会の角を曲がって、細い路地に入ったところで、自分の身長よりも長い剣をふりまわしている男の姿が目に入った。ミロムである。だが、闘っているはずの相手の姿が見えない。この男は宙に向かってひとりで剣をふるって、ひとりでわめいているのだ。

その声に、路地ぞいの建物に住む人々は、そっと鎧《よろい》戸《ど》をあけて、この不思議な闘いの様子を眺めていた。

「おい、いったい、どうしたというんだ？　急に頭がおかしくなったのか？」男に向かって、三銃士の息子は言った。

「いや、旦那様、そうではござらん」あいかわらず、宙に向かって剣をふりまわしながら、男は低く、美しい声で朗々と答えた。「しばし、お待ちくだされ。さほど時間はかかりませぬゆえ。こやつ、意外に手ごわいのでござる」

「あの……三銃士の息子様。あなたはこのお気の毒な方をご存じなのですか？」とうとうたまらなくなって、ブランシュ＝ミニョンヌが尋ねた。

「ああ。私の従者だ」三銃士の息子は答えた。「私の従者のミロム——〈千人前〉だ。だが、ミロムはいったい、何をしているんだろう？　まったく、訳がわからない」

と、その時、ミロムが勝利の雄叫《おたけ》びをあげた。

「やったぞ。命乞いなどしても無駄だ。なんとしでも、あの世に送ってやるからな」

そう言いながら、地面に膝をつく。そうして、今度は短剣を取りだすと、まるで見えない敵にとどめを刺すように、地面に突きたてた。

やがて、その短剣を地面から静かに引き抜くと、ゆっくりと立ちあがりながら、ミロムは言った。

「旦那様。手ごわい相手でござったが、確かに仕留めてござる」

それから、三銃士の息子のところに走ってくると、短剣の先を見せた。

「どうです？　旦那様。この短剣の先をご覧くだされ。見事に全身を貫いているではござらんか？」

ミロムの言葉に、三銃士の息子は短剣の先を見た。だが、何も見えない。

「何が全身を貫いているって？　私にはさっぱりわからんぞ。いったい、なんの全身を貫いているんだ？」

「は？　旦那様にはこれがお見えにならないと？　蚊でござるよ。拙者は蚊の全身を短剣の先で、見事に貫いたのでござる」

それを聞くと、さすがに三銃士の息子は、呆れて言った。

「おまえは主人を馬鹿にしているのか？　ということは、この誰もいない通りで、大声でわめいて、おまえが闘っていたのは蚊だというのか？　蚊か？　たかが蚊か？　たかだか蚊か？　あのわめき声を聞いて、私はおまえが少なくとも十人くらいの敵を相手にしているのかと思ったぞ」

「お言葉ですが、旦那様」ミロムは負けずに反論した。「こんなしつこい蚊を相手にするくらいなら、拙者は十人の敵を相手にしたほうが楽でござるよ」

「だが、私に敵が待ち伏せしていると知らせたあと、おまえは蚊なんか放っておいて、私に助太刀をすることだってできたのに……」

「助太刀はいたしもうした」ミロムはさらに反論した。「実は、旦那様に危険をお知らせしたあと、この蚊が旦那様のいるところに飛んでいこうとしたのが見えたのでござる」

「ならば、おまえは私が蚊ごときにやっつけられると

だかったのでござる。こやつに向かって、こう申しましての。『この先はこのミロムが一歩も通さん。もし貴様がこの先に行くなら、それはミロムの屍《しかばね》を乗り越えていくことになるでござる』と……」

それを聞くと、三銃士の息子とブランシュ＝ミニョンヌは、ついに笑いをこらえることができなくなった。けれども、ミロムはふたりの笑い声が耳に入らないかのように、話を続けた。

「すると、この怪物めは、何を思ったのか、拙者の頭の上を飛びまわりはじめたのでござるよ。それはまるで獲物を狙うハゲタカのようでござった。そこで、拙者は剣をふるい、こやつをようやくこの路地に追いこんで……」

「わかった、わかった」ミロムの話がいつまでも続きそうだったので、三銃士の息子は途中でさえぎった。にっこり笑いながら言う。「その先はもう知っているからな。確かに、おまえはこの蚊と壮絶な闘いを繰り思ったのか？」三銃士の息子は、ちょっとむっとして言った。

すると、ミロムは泰然《たいぜん》として答えた。

「いえいえ、旦那様。負けるなどとは、考えてもござらん。ただ、旦那様が敵と闘っている最中に、もしこやつが旦那様のそばに行ったら、旦那様は気が散るかもしらん。そして、もし闘いの最中にお気がお散りもうしたら、命取りになるかもしらん。そこで、何より蚊取りが肝心と、拙者、この小さな野獣の前に立ちは広げて、見事に短剣で突きとおした。素晴らしかったぞ。だが、ひとつだけ訊くが、私たちが乗ってきた馬はどうした？　まさか、そのまま放してしまったのではないだろうな？」

「あいや、旦那様。そんなことは、もちろんござらん。馬なら、教会の壁につないでござるよ」

「よし、それなら、おまえは自分の馬に乗って、私の馬の手綱《たづな》を取れ。そうして、私たちのあとからついてくるんだ」

そう言うと、三銃士の息子はブランシュ＝ミニョンヌと一緒に、ブランシェの店があるロンバール通りに向かって歩きだした。ブルータスはいかにも牧羊犬の血を引いた番羊らしく、前を行く三銃士の息子とあとから来るミロムの間を嬉しそうに行ったり来たりしながらついてくる。嵐はもうおさまっていた。雲はどこかに去り、空には星が瞬《またた》いていた。

と、それから五分くらい歩いたところで、ブランシュ＝ミニョンヌが嬉しげな声をあげた。通りの向こうに養父であるブランシェの姿を見つけたのだ。

「ああ、ブランシェの父様！」育ての親の腕に飛びこむと、ブランシュ＝ミニョンヌは言った。「お父様はきっと、お父様の大事な大事なブランシュ＝ミニョンヌが戻らないので、ご心配になったのね。でも、どうぞ、ご安心ください。この高貴で勇敢な殿方のおかげで、わたしは危うく誘拐されるところをまぬかれたのです」

「誘拐だって？」

養女の言葉に、ブランシェは不安そうな声をあげた。

そこで、ブランシュ＝ミニョンヌは、サン＝メリ教会で起こった恐ろしい出来事を手短に父親に話した。

「で、それで、この立派な若様がおまえを悪党どもの手から救ってくださったというわけか？」話を聞きおわると、ブランシェは言った。

「ええ。ですから、お父様からも、お礼を申しあげてください。三銃士様のご子息様に……」

「三銃士様のご子息だって？」ブランシュ＝ミニョンヌの言葉に、プランシェは思わず、大声を出した。「もちろん、そうだ。そうに決まっている。いや、もっと早く気がつくべきだった。こうして拝見すると、ダルタニャン様にもアトス様にもポルトス様にもそっくりじゃないか！　それぞれの血を引いていらっしゃる……」

そう言うと、プランシェは嬉し涙にむせびながら、三銃士の息子をその腕に抱きしめた。

こうして、涙と感動に満ちた最初の出会いが終わると、一同は足どりも軽く、《金の杵亭》に向かった。なかでも、プランシェは、まるで二十歳の頃に戻ったかのように、早足で歩いていった。三銃士の息子を一刻も早く、我が家に迎えいれたかったのである。だが、その間も、三銃士の息子を眺めては、感嘆のため息を洩らしていた。

「おお、その知略に富んだ、きらきらと輝く瞳は、まさにダルタニャン様から受け継いだもの。広く、高貴な額はアトス様から受け継いだもの。そして、背が高く、首が太いところはポルトス様から受け継いだものにちがいない。まるで、お三方がよみがえったようだ。ああ、あのお三方の素晴らしいところが、おひとりのなかでひとつになっているなんて！　三位一体とはこのことだ」

そうこうするうちに、一同は《金の杵亭》の前まで来ていた。

「おーい、アブドン、バチスタン、みんな集まってくれ」店の扉をあけながら、プランシェは叫んだ。

すると、みんなはすぐに店の奥から飛びだしてきた。アブドンとバチスタン、四人の見習い小僧たち、それにもちろん家政婦のジャンヌもいる。

「アブドン、バチスタン、おまえたちは小僧たちと一緒に、馬を厩舎《きゅうしゃ》につないでくれ」ミロムの引いていた馬たちを指差しながら、プランシェは言った。

店員たちはすぐさま主人に言われたとおりにした。それを確認すると、プランシェは店の奥に入りながら、続けた。

「それから、ジャンヌ。食事をふたり分、追加で用意してくれないか。そうだな、おまえの特製の鹿肉のパテをつくって、鶏を二羽ほど丸焼きにしてくれ。あとは地下室に降りて、アンジューの古いワインを何本か……。そうだよ。前にダルタニャン様が、『こいつはうまいから飲んでみろ』と言って、おれにくださったものだ」

だが、それを聞いて、「どうして、急にそんなごちそうを？」と、ジャンヌが不思議そうな顔をしているのを見て、プランシェはつけ加えた。

「ジャンヌ、急いでくれよ。おれたちはこれから、大宴会を開くんだ。それこそ、王様の宴《うたげ》をな。なにしろ、いいか、三銃士様のご子息がご到着なさったんだ。おれがあれほど待ちのぞんでいた若様が……」

4

三人の父からの遺言状

それから、十数分後、三銃士の息子とブランシュ＝ミニョンヌ、プランシェ、ミロム、アブドン、話し屋バチスタンの六人は店の奥の部屋にある大きな食卓についていた。

そのまわりでは、家政婦のジャンヌが見習い小僧たちに手伝わせて、食事の給仕をしている。番羊《ばんよう》のブルータスは、食卓の下のご主人様の足もとに寝そべって、そのうち誰かが投げてくれるはずの骨やら何やら、料理の食べ残しが降ってくるのを待っていた。

ということで、この食事の間を利用して、この物語に出てくる登場人物たちの肖像をさっとひと刷毛《はけ》で描いてみよう。

まずはブランシュ＝ミニョンヌであるが、こちらは前にも書いたとおり、あと一日で十八歳になる、若く愛らしい娘である。

だが、そこで、親愛なる読者諸君、作者《わたし》の筆の先から、《髪は光のようなブロンドで、目は蒼穹《そうきゅう》のように青い。肌は百合のように白く、頬は薔薇《ばら》色に輝いている。唇は珊瑚《さんご》のように赤い》などという古典的な描写が飛びだしてくると思ってはいけない。それははっきり言って、陳腐である。作者《わたし》はこの物語に、そんな時代遅れの人物は登場させない（まあ、確かに第二章で、「真っ赤な珊瑚のような唇」と書いているが、おそらく読者諸君はお忘れだろう。いや、たとえ覚えていたとしても、寛大なる読者諸君はきっと許してくださるにちがいない)。

ということで、唇は珊瑚のように赤いとしても、ブランシュ=ミニョンヌの髪はブロンドではなく、黒髪である。それこそ、黒海のように黒い(これについても、ひと言、言わせてもらうと、女性の髪はよく森にたとえられるが、その優しいウェーブは、私にとっては、むしろさざなみの立つ、大海原を思わせる。したがって、〈黒い森〉ではなく、〈黒海〉なのである)。

黒いのは髪だけではない。美しく、また大きな両の瞳もまた黒く、無煙炭のような輝きを放っている。ああ、だが、その瞳のなんと優しいことか……。肌は月の光のように青白く、鼻は小さく、口はかわいい……。これがブランシュ=ミニョンヌの肖像である。

次は三銃士の息子であるが、こちらは背が高いところを父親のひとりであるポルトスから、また、均整のとれた身体つきをやはり父親のひとりであるダルタニャンから、そして全体に漂う、高貴な雰囲気をもうひとりの父親であるアトスから受け継いでいた。

ほかにも、特に誰から受け継いだとは言わないが、ガスコーニュ人特有の知略に富んだ目の輝き、鷲のように曲がった鼻、ピンとえばったように上を向いた口髭、まるで一角獣のように先のとがった美しいルイ十三世風の顎鬚《あごひげ》など、その外見は、まさに伝説の三銃士――アトス、ポルトス、ダルタニャンの三人に生き写しであった。

では、その従者であるミロム――〈千人前〉はどうかというと、どうしてこの男が〈千人前《ミロム》〉と呼ばれるようになったのかはわからない。それと同様、この男がいったいいくつなのか、その年齢もわからなかった。

顔の特徴はなんといっても、顎がしゃくれていることである。おまけに、全体に細長いこともあって、その顔は三日月のように見えた。首は痩《や》せて、ほっそりしているが、その割には上半身がたくましい。だが、実をいうと、これはちょうどベアルンの農夫たちが腹

に巻くようなフランネルの赤い帯を、胸のところで二十回ほどぐるぐる巻きにしているからである。
ただし、フランネルの帯は普通、長さが三メートルなので、いくらミロムが痩せているといっても、二十回は巻けない。ミロムはこの帯を四本つなげて、十二メートルの帯を胸に巻くのである。ミロムの上半身がたくましいのは、そのせいなのだ。ミロムはそうすることによって、自分がたくましい男だと思い、また人にもそう思わせようとしていた（どちらかといえば、人に思わせようとしているほうが強いかもしれない）。
だが、前にも書いたように、そのたくましい上半身に比べると、ミロムは見事に小さいのである。なにしろ、腰に佩《は》く長剣よりも背が低いのだから……。そのため、ミロムは少しでも大きく見せようと思って、踵《かかと》の高い靴をはいていた。だが、それでも、小男《こおとこ》であることに変わりなかった。いや、その靴のせいで、もっとみっともなく見せていると言ってよかった。というのも、その靴は膝くらいまでの普通のブーツの上が鍋のように丸くふくらんでいて、そこが本当の靴になっているので（四七ページの挿絵参照）、歩く時にはその短い足を開きぎみにしなければならなかったからである。その姿を目にした者は、思わず笑いださずにはいられなかった。おまけに、件《くだん》の長剣である。この小男が自分の背丈よりも長い剣を腰に差して、ふんぞりかえっているところは、奇妙だとか滑稽だとかいうところを通りこして、もはや芸術の域に達していた。

それだけではない。最後にもうひとつ、あの低く、朗々と響く、美しい声のことについても、言っておかなければならない。この一見、みすぼらしい小男の口から、その素晴らしい声が出ると、そのあまりの落差に、人々は何がなんだかわからなくなり、世の中が信じられないような気分になるのだった。

これが三銃士の息子の従者で、〈千人前〉——ミロムと呼ばれる男の肖像である。ただし、興味ぶかいことに、こういった外見にもかかわらず、ミロムは自分が女性にとってはあらがいがたいほど魅力的で、男性にとっては近寄りがたいほど恐ろしい男だと信じていた。そうして、誰かが「小男のくせに、自信だけはたっぷりだな」とからかおうものなら、フランネルの帯を何重にも巻いた、その分厚い胸を張って、こう答えるのである。

「いや、拙者は小男ではござらん。小さな巨人でござる。そう呼んでもらいたい」

まあ、この答えを聞けば、親愛なる読者諸君、ミロムがどれほど好感の持てる男であるか、わかろうというものである。

お次はプランシェである。かつてはダルタニャンの従者を務めていたこの男も、この物語が始まった今では、六十五歳か六十六歳になっている。だが、その陽気で、やり手の性格のせいで、その年齢には思えないほど、潑剌《はつらつ》とした若さを保っている。髪の毛も数は少ないが、まだ白くはなっていない。

これに対して、家政婦のジャンヌは、年の頃は三十八から四十。前にも書いた（と思う）が、でっぷりと肉づきがよく、まるでオランダの絵画に描かれるような、快活で、きびきびした、おしゃべりの女性である。

いっぽう、店員のほうに目を移すと、番頭のアブドンの肖像を描くのはほとんど不可能のように、作者《わたし》には思われる。というのも、アブドンには表情がなく、全体の印象も、一度鉛筆で描いた輪郭を消しゴムで消したような、曖昧《あいまい》でぼんやりとしたものだからである。目も愚鈍そうで、生気がない。いや、こんな男の肖像をどう描いたらいいというのだろう？

もうひとりの店員、話し屋バチスタンについては——こちらのほうは描写ができる。ころころと丸く太った若い男で、ちょうどミロムと正反対の外見を想像してもらえばよい。ミロムの顔が三日月であれば、こちらは満月であった。

さて、ここまでくると、あとは四人の見習い小僧たちだが、この四人の描写については省略したい。この見習い小僧たちが、これからこの物語のなかで重要な役割を果たすことはないし、だいいち、作者《わたし》が登場人物の肖像を描いているうちに、食事のほうはそろそろ終わりに近づき、重大な話が始まろうとしているからである。

というわけで……。

「いや、しかし、びっくりする話もあったもんだ」プランシェが言った。「だが、その悪党どもは、どうしてブランシュ＝ミニョンヌを誘拐しようとしたんだろう？　おれにはその点がよくわからない」

すると、そこで、番頭のアブドンが、しかつめらしい顔で口をはさんだ。

「旦那様、私の意見が聞きたいですか？」

「ああ、アブドン。おまえの意見とは、どんな意見だ？」

「えーと、旦那様。私の意見は……。私の意見は……」アブドンは口ごもった。「私の意見は……。そうだ！　私の意見は忘れたことを思い出しました」

それを聞いて、一同は笑った。その間、かわいそうなアブドンは、困った顔をしながら、どこかに隠れてしまった自分の意見を探していた。

「若様はどう思われますか？」プランシェは今度は、三銃士の息子のほうを向いて、尋ねた。「若様は実際に、悪党どもと渡りあったのですから、何かお気づきになったこともあるでしょう。あいつらは、どうして娘の誘拐を企てたんでしょう？」

「そなたに訊かれたので、意見を言うが」三銃士の息子は答えた。「奴らは自分たちのために娘御をかどわかそうとしたのではないような気がする」

「若様、それはどういうことです？」プランシェは訊いた。

「私の言いたいのは、つまり、奴らは誰かに雇われたのではないか、ということだ。たとえば、金持ちの領主か誰かに……」

その言葉に、家政婦のジャンヌがびっくりしたような声をあげた。

「おお、イエス様！　でも、いったい、誰がそんなことを！」

「いや、それはわからない。だが、いずれにしろ、この誘拐がその〝誰か〟のために行なわれたことはまちがいない。というのも、ごく普通に庶民として暮らす娘を誘拐しても、悪党どもにたいした利益はないからだ。そうなったら、やはり、奴らは金持ちの誰かに雇われたと考えたほうが納得できる。それに、教会の裏口にはかなり金をかけた立派な馬車がとまっていた。おそらく、誘拐した娘御をその馬車に乗せて連れ去ろうとしたのだろう。だが、あれほどの馬車を持っているからには、領主か何かにちがいあるまい。それもどこかの大領主に……。私はそう考えたのだ」

それを聞くと、今度はプランシェが大声を出した。

「大領主ですって？　でも、そんな大領主がどうしてブランシュ＝ミニョンヌに目を留めたんでしょう！　ブランシュ＝ミニョンヌは毎日、サン＝メリ教会にお祈りに行くほかは、ほとんど家を出たことがないっていうのに……」

すると、そこで家政婦のジャンヌがまた口をはさんだ。

「大領主だか、なんだか知りませんがね。きっとその

〝誰か〟は、ブランシュ＝ミニョンヌが教会に行くところを見たんですよ」

そう言うと、ジャンヌはブランシュ＝ミニョンヌのほうを向いて、続けた。

「ブランシュ＝ミニョンヌや。もしかしたら、おまえ、最近、教会の行き帰りに、お金持ちの殿様に会わなかったかい？　馬に乗っているか、馬車に乗っているか、歩いているか、ともかくおまえをじろじろ見ている殿様に……」

「いいえ、おばさま」ジャンヌの質問に、ブランシュ＝ミニョンヌは赤くなりながら答えた。「だって、わたし、ひとりで外に出る時は、誰とも目が合わないように、そっと下を向いて歩いているんですもの。そんな人がいたかどうかなんて、わからないわ」

「そりゃ、そうだねえ」ジャンヌはつぶやいた。

と、それまで黙っていたミロムが、その低く、美しい声で、朗々と言った。

「人さらいの狼が物陰から狙っているのに、臆病な雌羊はそれに気がつかない――というわけでござるな」

「そのとおりだ」ミロムの言葉に、プランシェが相槌を打った。「その大領主が誰かなんて、ここで議論していてもわかりっこない。それよりも、大切なことはだ……」

すると、そこで、また番頭のアブドンがしかつめらしい顔で口をはさんだ。

「旦那様、私の意見が聞きたいですか？」

「大切なことはだ」アブドンの言葉は無視して、プランシェは続けた。「その大領主がこれ以上、つきまとわないように、ブランシュ＝ミニョンヌをどこかに移すことだ。そう、フォンテーヌブローの小さな家に……。ブランシュ＝ミニョンヌ、おまえは明日にでも、この《金の杵亭》を出て、ジャンヌやバチスタンと一緒に、フォンテーヌブローに行きなさい」

それを聞くと、ブランシュ＝ミニョンヌは悲しそうに抗議した。

「ああ、お父様。お父様はブランシュ＝ミニョンヌが、お父様のそばを離れても平気ですの？」

「そうするしかないんだ」娘の言葉に首を横にふって、ブランシェは答えた。「ここは慎重になるしかない。でも、心配はいらないよ。そのうち相手もあきらめるだろうから、そうしたらすぐ帰ってこられる。それに、明日は土曜日だ。夕方になったら、みんなで一緒にフォンテーヌブローに行こう。おれも行くよ。そこで、おれはのんびり週末を過ごして、月曜日にこっちに戻ってくることにする。それまでは一緒だ」

それから、三銃士の息子のほうを向くと、ブランシェは続けた。

「よろしかったら、若様も《赤砂糖荘》にいらしていただけますか？」

「《赤砂糖荘》とは？」三銃士の息子は不思議に思って尋ねた。

「ええ、それが私の家の名前でして……。フォンテーヌブローには、赤砂糖がつきものですから……」

訳注　ここで言うフォンテーヌブローはフレッシュチーズと生クリームでつくったお菓子。このお菓子には赤砂糖（カソナード、粗糖）を使う。デュマの作品にこの名前は出てこないので、カミの創作だと思われる。

その言葉に、はたして、この招待を受けるべきかどうか、三銃士の息子は迷った。だが、そこで、ふと向かいの席を見ると、ブランシュ＝ミニョンヌが「どうか一緒に来てください」と言いたげにしているように思えたので、思い切って、この誘いに応じることにした。

「よろしい。では、私も行くことにしよう。その《赤砂糖荘》に……。ミロムも連れてな」

すると、主人の言葉に、ミロムがびっくりしたような声を出した。

「なんと？　まだパリに着いたばかりだというのに、

もうパリから離れると申されるのでござるか？　旦那様はもしや、宮廷を目指して銃士に取りたてられるという、この旅の目的をお忘れになったのでは？」

「いや、そんなことはない。もちろん、忘れてはいないから、安心してくれ」三銃士の息子は言った。「だが、それは一刻を争うことではない。それに、向こうに行ったとしても、月曜日にはまたパリに戻ってくればよい。プランシェと一緒にな」

「じゃあ、それで決まりですね」プランシェが嬉しそうに言った。「いや、若様が一緒にいらしてくださるとなれば、道中はすっかり安心です。勇敢で忠実なお供の方もいらっしゃることですし……」

それを聞くと、

「おお、それについては安心召されよ」たちまち、低く、朗々とした美しい声が響いた。「このミロムと我が名剣〈撒死丸《さっしまる》〉――〈セーム・ラ・モール〉があるかぎり、道中にいかなる狼藉者《ろうぜきもの》がいようと、決して襲ってくることはござらん。それは自ら死にくるようなものでござるからな」

と、そこで十一時を告げるサン＝メリ教会の鐘が鳴ったので、ジャンヌとブランシュ＝ミニョンヌは二階の部屋にひきとった。見習い店員たちも、急いで屋根裏の寝室にあがっていった。アブドンとバチスタンも立ちあがって、店の奥の部屋を出る。そのあとには、ミロムもついていった。ミロムは今夜、バチスタンの部屋に泊めてもらうことになったからである。

みんなが出ていくと、部屋には三銃士の息子とプランシェがふたりだけで残ることになった。

「ああ、若様。みんなが寝にいったので、これでようやく、落ち着いてお話しできることになりました」

プランシェが声をかけると、三銃士の息子は壁に掛かった父たちの肖像を代わるがわる眺め、早くも目を潤《うる》ませながら、言った。

「おお、話してくれないか」

「はい。それではちょっとお待ちください」

そう言うと、プランシェは一度部屋から出ていき、すぐに小さな箱を両手で持って、落とさないようにゆっくりと歩きながら、また部屋に戻ってきた。箱のふたをあけて、なかに入っていた封書を三銃士の息子に差しだしながら言う。

「父君たちのご遺言でございます」

その封書を受け取ると、三銃士の息子は、興奮のあまり震える手で封を切り、遺言状を取りだした。すぐに開いて、読む。そこにはこう書いてあった。

三人の父からの遺言状

アトス、ポルトス、ダルタニャンの我ら三銃士は、息子に以下のものを遺す。

1　私、アトスは威厳と気高さを

2　私、ポルトスは体力と筋力を

3　私、ダルタニャンは知恵と機略とガスコーニュ訛《なま》りを

これだけの遺産を手にしているのだから、おまえはベアルンに生まれたひとりのガスコーニュ人として、世界に羽ばたかねばならぬ。おまえに神のご加護があるように。

アトス
ポルトス
ダルタニャン

「ああ、父上たち！」遺言状を読みおわると、三銃士の息子は叫んだ。「ああ、我が父上たちよ。感謝いたしますぞ。おっしゃるとおり、遺言状を読んだ今、私は父上たちが遺してくださった素晴らしい精神と肉体の力をもとに、ひとりのガスコーニュ人として世界に羽ばたくことができる。また、そうせねばならぬと、実感しております。ですから、おお、父上たちよ。今はもう安らかにお眠りください。父上たちの遺産は決して無駄になることはありません。三銃士の息子は今、その血管にアトス、ポルトス、ダルタニャンの高貴な血が流れているのを感じております」

それを聞くと、激しく心を揺すぶられて、プランシェはただただむせび泣いた。泣きながら、敬愛する三銃士の落とし胤《だね》を称賛の眼差しで見つめる。

「ああ、若様、若様。なんとご立派な……。それに、なんと父君たちに似ていらっしゃることか！　父君たちのように、若様もまた銃士におなりあそばすんですね？　先程の話によれば、パリにはそのためにいらしたとか？」

「さよう。父たちの名の恩恵にあずかり、さほど遠からぬうちに、国王の銃士の制服を身にまとうことができればと思っている。だが、私の話はそのくらいでよい。それよりも、プランシェ、ひとつ尋ねるので、正直に答えてほしい。私を心からの友だと思ってな。そ

なた、何か心配事があるのではないのか？」

「私がですか？」プランシェは口ごもりながら答えた。「私が……。でも、どうして、そうお考えになったんです？」

「食事の間、そなたの様子を見ておったが、プランシェよ、そなたは努めて陽気にふるまおうとしていたが、それが心からのものでないことは容易に見てとれた。そなたは時おり、心配に眉をひそめ、不安に目を曇らせていたからな」

「さすが、若様。よくそこまでご覧に……。ええ、それでは私も正直にお話ししましょう。かつて、若様のお父上のひとりであるダルタニャン様に心の悩みを打ち明けた時のように……。おっしゃるとおり、私は心配で心配でたまらないのですが、その心配をブランシュ＝ミニョンヌの前で見せるわけにはいかなかったんです」

「ということは、ブランシュ＝ミニョンヌの身に何か悪いことが起こるのを恐れているのか？」

「そのとおりでございます。というのも、誰がブランシュ＝ミニョンヌを誘拐しようとしたか、私にはわかっているような気がするからです」

「そなたは誘拐を指図した者の名を知っているというのか？」プランシェの言葉に、三銃士の息子は大声をあげた。「では、その名を教えてくれ！　早く！　それがたとえ国王であっても、私は許しはしないぞ。ベルサイユの宮殿に乗りこみ、物申してくる」

それを聞くと、プランシェのほうは、心配に胸を痛めながらも、思わず微笑まずにはいられなかった。三銃士の息子が「相手が国王でも許しはしない」と言ったので、〈ははあ、これは若様はブランシュ＝ミニョンヌに恋をなさったか〉と思ったからである。

「早く！　その卑劣な男の名前を教えてくれ！」三銃士の息子が言った。

「それはようございますが」プランシェは話を続けた。

「ただ、これは私がそうではないかと思っただけで、確信はないのでございます。食事中に、若様のお言葉を聞いて、もしかしたらという考えが頭をよぎっただけで……。でも、ブランシュ＝ミニョンヌを怖がらせることになるので、その時はお話ししなかったんです」

「つまり、それほど恐ろしい男なのか？」

「はい」三銃士の息子の質問に、プランシェは我知らず震えを覚えながら、答えた。「恐ろしく、また強大な権力を持っています。王のお気に入りで、秘密のお遊びのご指南役。淫蕩《いんとう》で、冷酷な、女たらしの代名詞と言えば、知る者ぞ知る、トリスタン・ド・マカブルー公爵。それが、その男の名前です」

「ということは、そのトリスタンなんとやらが、ブランシュ＝ミニョンヌを誘拐しようとしている、なんらかの根拠があると申すのだな？」

「はい。しばらく前から、私はマカブルー公爵がこのロンバール通りに何度も姿を見せ、《金の杵亭》をじっと見ているのに気づいていました。そこで、今日、誘拐の話を聞いて、若様の口から、『大領主』という言葉が出たので、もしかしたらと思ったのでございます。若様が追い払ってくださった悪党どもは、公爵の差し金で動いていたにちがいありません。いえ、話しているうちに、ますますそんな気がしてきました」

「ちくしょう！　明日になったら、さっそくその公爵の若造のところに乗りこんでやる！」

「若様、ご慎重に！」三銃士の息子の言葉をさえぎって、プランシェは言った。「マカブルー公爵は若造ではございません。四十代の男盛りで、宮廷からの信用も篤《あつ》い。公爵がひと言、若様について何かを言えば、若様はバスチーユの牢獄に送りこまれ、一生、そこから出られなくなるかもしれません」

「バスチーユがなんだ！　世界じゅうを相手にしたとしても、私は怖くないぞ！　私は……」

「若様、どうぞ……」三銃士の息子が血気にはやるのを見ると、また心配になって、プランシェは諫《いさ》めた。「そんなふうに、まともにぶつかっていったとしたら、それはラ・フォンテーヌの『寓話』にあるような〈土の壺と鉄の壺の闘い〉になりますよ。相手は鉄の壺です。土の壺に勝ち目はない。マカブルー公爵のような、強大な敵を相手にする時には、知略を用いなければなりません。だからこそ、私もしばらくの間、ブランシュ＝ミニョンヌを《金の杵亭》から離れさせることにしたわけで……。仮に公爵がブランシュ＝ミニョンヌに傍惚《おかぼ》れしていたとしても、所詮は大領主の気まぐれ。何週間かしたら、冷めるでしょうからね。ロンバールの通りにやってきても、ブランシュ＝ミニョンヌの姿が見えなければ、公爵はすぐに忘れてしまうでしょう」

「いや、私はそうはならないのではないかと心配している」プランシェの言葉に、三銃士の息子は言った。「よいか。私の見たところでは、サン＝メリ教会でブランシュ＝ミニョンヌの誘拐を企てた男たちは、決してあきらめたようには見えなかった。奴らはきっとまたブランシュ＝ミニョンヌをかどわかしにくる。だが、ちくしょう！　私が生きているかぎり、そんなことはさせないぞ。そなたの娘御の名誉は、私が守る。この手でな」

「ありがとうございます。ありがとうございます」三銃士の息子が突きだした手を上から両手で握りしめながら、プランシェは言った。「その侠気《おとこぎ》――まさに〈三銃士の息子〉のお名にふさわしい。いや、ご立派な若様だ」

「ブランシュ＝ミニョンヌは母御を亡くし、そなたのほかには守ってくれる者とていない、かよわい娘だからな。私が腰に差したこの長剣を役立てて、名誉を守ってやるのは当然のことだ」

「ありがとうございます」プランシェは感動に震える声で、もう一度、礼を言った。「若様の今のお言葉、ありがたくちょうだいいたします。どうか、ブランシュ＝ミニョンヌをお守りください。というのも、ブランシュ＝ミニョンヌには、そういった力のある殿方の助けが必要なんです。自分の身を守るためにも、そして、母親の遺言を実行に移すためにも……」

それを聞くと、三銃士の息子は思わず、身を乗りだした。

「母親の遺言だって？」

「さようでございます」プランシェは答えた。「実を言うと、明日はブランシュ＝ミニョンヌの十八歳の誕生日なのですが、私はあの子の母親から、『娘が十八歳になったら渡してくれ』と言われて、手紙を預かっているんです。ええ、あの子の母親が亡くなる時に……」

「すると、ブランシュ＝ミニョンヌの母御は、この家で亡くなったのか？」

「そのとおりで……。あれは今から十七年前のことでした。ある冬の寒い夜に、赤ん坊を抱えた若い女がこの《金の杵亭》に入ってきたのでございます。当時、私は食料品屋を経営するかたわら、この家の空き部屋をふたつ、三つ、家具つきで貸しておりましたが、その若い女性が寒さに震え、激しく咳きこみながら、部屋を貸してほしいと言いますので、喜んで承知しました。けれども、その女性はそれから三日後に息をひきとったのでございます。そして、その死の直前に、『どうか、この娘を育ててください。費用はこちらに』と言って、高価な宝石でいっぱいの箱を私に差しだし、それと同時に手紙を渡したのです。その手紙が、明日――つまり、ブランシュ＝ミニョンヌが十八歳になった時に、母親の遺言として、私が手渡そうとしているものなのです」

「では、そなたはその手紙の中身を知っておるのか？」

「はい。ブランシュ＝ミニョンヌの母親は、自分が死ぬ前に、ぜひこの手紙を読んでほしいと、私に言いましたので……。たぶん、自分がここに宿を求めに来るまでには、いろいろな出来事――それも恐ろしい出来事があって、自分はそうするしかなかったこと、それから、赤ん坊を連れているのは、若い娘にあるまじき軽率なふるまいの結果、そうなったのではないということを、私に知ってほしかったのでしょう。いや、ブランシュ＝ミニョンヌの母親がどれほど恐ろしく、また辛い目にあったかは、明日、おわかりになることでしょう。というのも、母親の手紙を読みあげる時には、若様にも一緒にいていただくつもりだからです」

「私が？　一緒に？」三銃士の息子は、驚きの声をあげた。

「もちろんです。若様はさっき、ブランシュ＝ミニョンヌをお守りくださるとおっしゃったではありませんか？　そのお言葉に嘘がないのであれば、ブランシュ＝ミニョンヌの母親の秘密を知っていただく必要があ

ります。ブランシュ＝ミニョンヌを助けて、母親をひどい目にあわせた敵に復讐するために……」

「よろしい。ブランシュ＝ミニョンヌの母親をひどい目にあわせた敵を知り、その復讐の手助けをするためなら、明日のその席には、喜んで立ち会うぞ」三銃士の息子は力強く言った。

いっぽうプランシェは、その言葉を聞くと安心して、椅子から立ちあがった。

「それではお部屋にご案内しましょう。ついさっき、サン＝メリ教会の鐘が二時を告げました。若様もお休みになられないと……」

そう言うと、三銃士の息子の前に立って、店の奥の部屋を出る。それから、客用の寝室に三銃士の息子を案内して、「おやすみなさいませ」と言うと、廊下を歩きながら感動した面持ちでつぶやいた。

「いや、それにしても、こんな日が来るとは！　あの部屋は前にダルタニャン様がこの《金の杵亭》にいらした時、お泊まりになった部屋なのだ！」

5

砲兵隊長の娘

翌朝、プランシェが店に出ていると、番頭のアブドンが腫れぼったい目をして降りてきた。昨晩は一睡もできなかったというのである。

「そりゃあ、気の毒に！　でも、いったいどういうわけだ？」プランシェは尋ねた。

「ミロムとバチスタンのせいです」アブドンは答えた。

「ふむ。ミロムとバチスタンのせいで、一睡もできなかったというのか？」

「はい。旦那様。私の部屋がバチスタンの部屋の隣にあることは、旦那様も知っていますね？」

「もちろんだ。で？」

「それなら、きっと、昨日、ミロムがバチスタンの部屋に泊まったことも知っていますね」

「知っているさ。だから、どうした？　どうして、おまえは眠れなかったんだ？　早く、その理由を言いなさい」

「えーと、その理由は、とってもはっきりしていまして……。私は今、糖蜜の壺を床に並べていますが、それと同じくらい、はっきりしていて……。えーと、ミロムとバチスタンは、ひと晩じゅう、おしゃべりをしていて、そのおしゃべりはやむことがなかったんです」

「ああ、かわいそうに。おまえは夢を見たのではないかな？」

「いえ、旦那様。夢なんか、見ていません。なにしろ、ひと晩じゅう起きていたんですから、夢なんか見られるはずがありません。私は夜が明けるまで、あのふたりが代わりばんこに話す、あのくだらない話をずっと聞かされていたんです」

「あのふたりが朝まで、ずっと話を？　代わりばんこに？」

「はい」アブドンはうめくように言った。「代わりばんこに……。次から次へと……。バチスタンがマルセイユの話を終えると、時をおかず、ミロムがあの低い、朗々とした声で、こう話しはじめるんです。『いやいや、バチスタン殿。なかなか面白い話でござったが、拙者はそのマルセイユのお人より、はるかに上を行くガスコーニュ人を知ってござる』というふうに……。もちろん、私は部屋の仕切りの壁を叩いて、『やめてくれ』と頼んだのですが、そんなことにはいっこうにおかまいなく、ミロムはそのガスコーニュ人の話をするんです。ああ、旦那様、いったい、なんという夜で

しょう！　なんという拷問でしょう！」

「いやはや、それは本当に気の毒だったな」アブドンの話に、プランシェは笑いながら答えた。「だが、今夜はゆっくり眠れるぞ。バチスタンとミロムは、今日の夕方、おれと一緒にフォンテーヌブローに出発するからな。おまえは月曜まで小僧たちの面倒を見ながら、ひとりでこの店を守ることになる。なんなら、明日の日曜日は一日じゅう寝ていたっていい。昨晩、眠れなかった分を取り戻すためにな」

だが、アブドンは悲しそうにため息をついた。

「ああ、旦那様。私が今日、仕事中に、糖蜜の壺の上で居眠りしてしまわないよう、一緒に神様にお祈りしてください」

それから、大きなあくびをしながら、床に並んだ糖蜜の壺を避けて、店の奥の部屋に戻っていった。

さて、そうこうするうちに午前中があわただしく過ぎ、いよいよ昼食後、プランシェは書斎として使っている部屋に三銃士の息子と家政婦のジャンヌ、それからブランシュ＝ミニョンヌを集めた。

ブランシュ＝ミニョンヌは、「今日は死んだ母親の手紙の内容が伝えられる」と、すでにジャンヌから聞かされていた。

やがて、全員が部屋に集まると、プランシェは用心ぶかく扉に錠を差して、机の引き出しから黄色くなった紙の巻物を取りだした。

「ブランシュ＝ミニョンヌ」養女に向かって言う。「お母さんからの手紙だ。この巻物には、お母さんがどれほど辛い目にあったのか、詳しく書かれている」

「ああ、お母様！　お母様！」プランシェの言葉を聞くと、ブランシュ＝ミニョンヌはたちまち泣きだした。

「それで、おれはこれからこの手紙の内容をおまえに伝えるのに、三銃士様のご子息にも立ち会っていただくことにした。なにしろ、若様には昨日、おまえを救っていただき、明日からもおまえを守っていただくことになるのだから……」

「ああ、お父様。それはようございましたわ」三銃士の息子のほうに優しい感謝の眼差しを向けると、ブランシュ＝ミニョンヌは言った。「母の遺言を聞かせていただくという、わたしにとって大切な儀式に、三銃士様のご子息様のような、ご立派な殿方が立ち会ってくださるなら、これ以上のことは望めませんもの」

それを聞くと、三銃士の息子はブランシュ＝ミニョンヌに向かって、うやうやしくお辞儀をした。

「さあ、では、ブランシュ＝ミニョンヌ。心を強く持って聞いてくれ」すでにこぼれ落ちる涙を指で払いすてながら、ブランシェは言った。「勇気を持って！　これからおれは、おまえのお母さんの身に起こった辛い出来事を読みあげるのだからな」

「そうですよ。ブランシュ＝ミニョンヌ。勇気を持って！」ブランシュ＝ミニョンヌの手を握りしめながら、ジャンヌも唱和した。

「ええ、大丈夫よ。勇気を持ちますわ」ふたりを見ながら、ブランシュ＝ミニョンヌは静かに言った。「お母様の経験なさった出来事がどんなに辛く、またどんなに悲しいものでも、私はそれを受けとめて、最後まで聞くことを約束します。さあ、どうぞ、お父様、始めてください」

その言葉に、ブランシェは眼鏡のレンズをひと拭きすると、巻物を広げて、声に出して読みはじめた。

母の生涯

ブランシュ＝ミニョンヌ……。これから、あなたにわたしの——お母様の生涯をお話しします。

あなたのお祖父様、つまり、わたしのお父様は、有名な建築家のル・ヴォー様のもとで、鉛筆の〈削り師〉をしていました。ええ、大蔵卿《おおくらきょう》のフーケ様のために、あの素晴らしいヴォー城をお建てになったル・ヴォー様のもとで働いていたのです。ル・ヴォー様が図面をお引きになる時にお使いになる鉛筆を削る職人として……。

（原注　ルイ・ル・ヴォー（一六一二－一六七〇）。フランスの建築家。フーケの命により、フォンテーヌブローの北にヴォー・ル・ヴィコント城を建てた）

ああ、でも、ヴォーというのは、なんて嫌な響きなのでしょう！　この名前を耳にするたびに、あの恐ろしい思い出がよみがえってきて、お母様はぞっとします。

ヴォー！　ヴォー！　ヴォー！　たとえ、その城が天才建築家ル・ヴォー様の傑作だとしても、この名前は呪われるがいい。もう！　もう！　もう！　その名前は二度と聞きたくない。なぜなら、そのヴォー城こそが、それから続く、わたしの苦難に満ちた、辛い人生の始まりだったのだから……。でも、そのことは、またあとで触れましょう。

いずれにせよ、素敵な鉛筆削り師のお父様と、優しいお母様のおかげで、わたしの子供時代は平凡に、そして幸せに過ぎました。両親に大切にされ、わたしはすこやかに成長し、十八歳になった時には、なんと、誰もがびっくりするほど魅力的で美しい娘になっていたのです。

ああ、でも、ブランシュ＝ミニョンヌ。お母様は美しすぎました。誰もがびっくりするほどならまだしも、びっくりして腰を抜かすほどに……。そして、あなたのお祖父様とお祖母様が自慢に思い、お母様もちょっぴり得意に思った、その美しさが、お母様の不幸の原因になったのです。

今、お母様は思います。この世に生まれてきた時、お母様の鼻があぐらをかいていたら、どんなによかったでしょう！　お母様の目が糸のように細かったら、どんなによかったでしょう！　また、お母様の口が〝がまぐち〟のようだったら、どんなによかったでしょう！　少なくとも、お母様がもっと醜かったら、あんな恐ろしい出来事にはあわなかったでしょう。その後の辛い人生のきっかけとなった出来事には……。

さて、その頃、お母様はアンリ・ド・ポンタック様という立派な殿方と巡り合いました。国王の砲兵隊の小隊長を務めていらっしゃるという、若くて立派な殿方です。ド・ポンタック様はひとめ見るなり、お母様に恋をし、お母様もまたド・ポンタック様の素敵なお姿に胸をときめかせました。

そして、ド・ポンタック様はまもなくあなたのお祖父様とお祖母様のところにみえて、「お嬢様をいただきたい」とおっしゃいました。その申し出に、お祖父様とお祖母様がうなずいたので、すぐに婚約の儀が整い、結婚の日取りも決まりました。

けれども、ああ、なんということでしょう！　婚約の翌日にド・ポンタック様に出陣のご命令が下り、ド・ポンタック様はご自分の小隊を率いて、戦場に赴《おもむ》くことになったのです。結婚はド・ポンタック様がお戻りになるまで延期されることになりました。

この突然のご出立《しゅったつ》に、お母様は絶望に打ちひしがれました。ド・ポンタック様がいらっしゃらないことが悲しくて悲しくて、この悲しみはとうてい乗り越えることができないと思いました。

それを見ると、あなたのお祖父様とお祖母さまは、お母様が身体をこわしてしまうのではないかと大変ご心配なさり、お母様が元気になるようにあらゆることをしてくださいました。

けれども、お母様の憂鬱《ゆううつ》はいっこうに晴れません。それこそ、毎日、昏《くら》い夢にひきずりこまれていくようでした。

そんなある日、お母様に、あなたのお祖父様が「ヴォー城で開かれる祝宴に行ってみてはどうか?」とおっしゃいました。ああ、あの時、お祖父様がそんなことを言わなければ……。といっても、お祖父様はお母様のことを思って、言ってくださったんですけど……。ともかく、ご城主でいらっしゃる大蔵卿のフーケ様がルイ十四世国王陛下をお城にお迎えになるということで、ヴォー・ル・ヴィコント城では何日かにわたって、祝宴が開かれることになっていたのです。

前にも書いたように、あなたのお祖父様は建築家のル・ヴォー様のもとで鉛筆削り師をしていらっしゃいました。だから、祝宴の招待状を手に入れることは難しくなかったのです。

お母様はそんな華やかなお席に行くような気分ではとうていなかったのですが、あなたのお祖父様とお祖母様を心配させないようにと、心弱くもヴォー城に行くことを承知してしまいました。フォンテーヌブローの北、ムランの近くにあるヴォー・ル・ヴィコント城に……。

ヴォー城は威厳に満ちた、素晴らしいお城でした。ああ、でも、ブランシュ＝ミニョンヌ。このお城であったことを思うと、正面の柱頭に刻まれたアラベスク模様がどれほど美しかったとしても、その上に乗る切り妻壁《ペディメント》がどれほど豪華に飾られていたとしても、側面の付け柱《ピラスター》がどれほど優美だったとしても、そして、建物全体を見おろす丸屋根《ドーム》がどれほど立派で、堂々としていたとしても、その素晴らしさを讃える気にはなりません。そういったことを詳しく書く気持ちには、どうしてもなれないのです。

でも、このお城の庭園についてはーこの場所については、お母様は勇気をふりしぼって、きちんと書かなければなりません。悲劇はまさにその庭園で起こったのですから……。

この庭園が庭園のなかの庭園と言われ、世界でひとつしかないと称賛されるのは、おそらく水が豊かだからでしょう。そこではいくつもの滝が流れおち、いくつもの泉がわき、いくつもの噴水がほとばしって、王侯貴族の目を楽しませるのです。滝の途中には、海の神や川の神、泉の精などのブロンズ像が配してあるのですが、滝は勢いよく落ちながら、そのブロンズ像を濡らしていきます。水晶のようにきらきらと輝く、その美しい雫《しずく》で……。

また、庭園のあちこちにある緑の木立の間には、大理石でできたギリシャの神々や女神たちの像も建っています。そう、そこはまさに神話の世界でした。もしこの庭園に名前をつけるなら、〈神々の庭園〉と言ってもよかったでしょう。

大蔵卿のフーケ様は、この素晴らしい庭園をおつくりになるのに、それこそ何百万という費用をおかけになったそうです。そして、お城の建物とともにこの庭園が完成すると、とうとうこのヴォー城に国王陛下をお迎えすることになったのです。

ご滞在中、国王陛下にお楽しみいただくために、フーケ様はさまざまな出し物をご用意なさっていました。なかでも、いちばんの呼び物はスペイン風の闘牛です。といっても、猛《たけ》りくるった牛が馬に乗った槍士《ピカドール》を突き刺し、馬の腹を切り裂いて血祭にあげる、あの本物の闘牛《コリーダ》ではありません。フーケ様がご創案になった闘牛のパロディなのです。フーケ様は祝宴に参加なさる方々が豪華なスペイン風の衣裳をおつけになれるようにと、この出し物をお考えになったのです。

この〝闘牛〟がいったいどういうふうに行なわれるかと言うと、まず庭園の広大な芝生のうえに小さな闘牛場がつくられます。そして、その中央に美しい正闘《マタ》牛士《ドール》の衣裳を着た、貴族の若様がお立ちになります。

そこで、いよいよ闘牛が始まるのですが、そうは言っても、もちろん本物の牛を相手にするわけではありません。マタドールの衣裳を着た貴族の若様たちは、偽物の牛を相手に、闘うふりをするのです。

偽物の牛というのは、スペインから来た身軽な芸人が扮したもので、頭にはボール紙でつくった牛の頭をかぶっています。また、牛の動きは本物のマタドールであるキュウリモミータという闘牛士が指導したもので、キュウリモミータは、貴族の若様が扮する闘牛士の動きも、熱心に指導なさっていました。フーケ様は国王陛下をお迎えする祝宴を華やかなものにするために、このキュウリモミータをわざわざスペインからお呼びよせになったのです。牛に扮する芸人もキュウリモミータが連れてきたということです。

なるほど、そうやってフーケ様がお力を入れただけあって、この出し物は大成功でした。国王陛下は、貴族の若様たちが偽物の牛の突進を巧みにおよけになったり、あるいはよけそこねて、おころびになってしまうたびに、お腹を抱えて笑っていらっしゃいました。

わたしはあなたのお祖父様やお祖母様と一緒に、この闘牛のパロディを見物しました。いえ、それだけではなく、それまでの数日間にわたって繰り広げられた、さまざまな余興も見ました。けれども、身体はそこにあっても、心はそこにありません。ああ、ブランシュ＝ミニョンヌ。お母様の心は、そこから遠く離れた戦場にいるアンリ・ド・ポンタック様のところにあったのです。

ああ、それでも、もしお母様がそのあたりにいるような頭の軽い、お尻も軽い、若い娘であったなら、この祝宴のおりに若い貴族に甘い言葉をささやかれて、嬉し恥ずかし、有頂天になって、ド・ポンタック様のことも忘れ、この祭りの日々を楽しんでいたかもしれません。

実際、お母様は前にも書いた美しすぎる容姿のせいで、国王陛下におつきになっていらっしゃる最も高貴で、最も優雅な貴族の若様たちの関心を引きつけていました。ですから、お母様に言い寄ってくる若様は大勢いらしたのです。そのなかには、広大な土地を支配なさっている大領主の若様もいらっしゃいました。けれども、そういった若様たちがどれだけお母様の美しさを讃え、どれだけ甘い言葉をささやこうと、お母様の耳にはうるさい蠅が飛んでいるようにしか聞こえません。そこで、お母様は何も言わず、ただただ悲しそうな顔をしていたのですが、それを見ると、若様たちのなかでいちばん積極的だった方も、しまいにはあきらめておしまいになりました。

そうして、闘牛のパロディが行なわれた日の夜のことです。松明《たいまつ》で明るく照らされた庭園では、美しい音楽が奏《かな》でられるなか、盛大な舞踏会が開かれていました。それはまさしく夢のような光景でした。けれども、お母様はその場を離れ、庭園の木立に続く小道に入っていきました。心はそこにないのに、ただ身体だけその場所にいて、楽しげな人たちに交じっているよりは、ひとり静かに木立のなかで、恋しいアンリ・ド・ポンタック様のことを考えようと思ったのです。このお城に来てからというもの、お母様は、夜はよくそうして過ごしていたのです。

ああ、愛しのアンリ……。あなたはどこにいらっしゃるのでしょうか？　そんなことを考えながら歩いていくと、お母様はやがて、〈ヴォーの洞窟〉の前に来ました。ええ、あのボワロー＝デプレオーが美しく、詩的に描写したあの洞窟です。

そこで、お母様は洞窟の入口から少し奥に行ったところに座って、またド・ポンタック様のことを考えることにしました。誰もいない洞窟のひっそりした佇《たたず》まいが、憂愁《ゆうしゅう》に満ちたお母様の気分にぴったりだったからです。

こうして、それからしばらくの間、お母様はド・ポンタック様のことを夢想する、甘やかな思いに浸っていました。が、そこで突然、誰かが小道を歩いて、こちらにやってくる足音が聞こえてきました。お母様は怖くなって、心臓がどきどきしはじめました。

足音はだんだん近づき、やがて、洞窟の入口の前で止まりました。お母様の目の前には、二本の脚が突きたっています。お母様は悲鳴をあげようとして——けれども、すぐにその悲鳴を呑みこみました。目の前に立った人影を、脚のほうからずっと見あげていくと、そこには恐ろしい怪物の顔があったからです。お母様は悪夢を見ているのか、そうでなければ幻覚にとらわれたのかと思いました。

というのも、その怪物は牛の顔をしていたからです。そう、ギリシャ神話に出てくる、身体が人間で頭が牛だというミノタウロスのように……。お母様はもしこれが悪夢でもなく、幻覚でもないなら、木立のなかに建てられていたミノタウロスの像が台座から降りて、歩いてきたのかとも考えました。前にも書いたように、庭園の木立のなかには、ギリシャ神話にちなんだ大理石の像がちりばめられていたからです。

でも、もちろん、それは像ではありませんでした。お母様はすぐに、目の前に立っているのが本物の怪物でも大理石の像でもなく、ボール紙でできた牛の頭をかぶっている人間の男だということに気がつきました。ええ、その男は闘牛のパロディの出し物で使われた牛の頭をかぶっていたのです。お母様は急いで逃げようとしました。けれども、その男は逃げ道をふさぎ、その太い腕でがっしりとお母様を捕まえると、お母様がどれほど泣いて頼んでも放してくれず、洞窟の暗闇のなかにひきずりこんでしまったのです。ああ、それはなんと恐ろしいことだったでしょう！　恐怖と絶望のあまり、お母様は気を失いました。

それから、どのくらい時間がたったのでしょう? 気がつくと、お母様は洞窟の入口で横になっていました。最初は、ただ嫌な夢を見ただけかと思いました。でも、そうではありませんでした。ドレスが乱れて、身体のあちこちがひどく痛むことからすると、これは目覚めれば終わる夢などではなく、もっとひどいことが現実に起こったのだとわかったのです。お母様はこの世でいちばんおぞましく、また卑劣な行為の被害者になってしまったのです。

悔しさと恥ずかしさに、お母様は泣きました。目からは涙が次々とあふれ、決してとどまることがありませんでした。

そのあと、身も心もぼろぼろになって、お母様は、お城に滞在中に自分たちのために用意されていたお部屋に戻りました。そうして、あなたのお祖母様の腕に飛びこむと、泣きながら、今、洞窟であったことを話したのです。

ああ、かわいそうに、あなたのお祖父さまとお祖母さまは、最初は何があったのかわからず、お母様の頭がおかしくなったのだとお思いになりました。突然、牛の頭の怪物が現われて、娘を襲ったなどという話は、とうてい信じられるはずもなかったのです。けれども、お母様の話をよく聞いて、それが現実だとわかると、今度は深い絶望の淵に沈みこんでおしまいになりました。

「そんな奴は、今すぐ、私がこの手で殺してやる」あなたのお祖父様はおっしゃいました。「女の力では抵抗できないのをいいことに、そんな卑劣なことをする奴は……」

「ああ、でも、お父様……」お母様は答えました。

「お父様がいくらそうおっしゃっても、相手をこらしめることはできませんわ。だって、牛の頭をかぶっていたせいで、わたしたちには、その男が誰なのか、わからないのですもの……」

「いや、それはおそらく、今日の午後の出し物で、牛の頭をかぶっていた芸人だろう」

「いいえ、お父様。そうではありません。今日の午後、出し物の間、わたしはその芸人の脚を見ていましたが、ふくらはぎは細く、筋肉質でした。でも、洞窟でわたしを襲ってきた男は、太くてぽってりしたふくらはぎをしていました。あの男が前に立った時、わたしはしっかり見たんです」

「それなら、キュウリモミータとかいう、スペインから来た闘牛士にちがいない！」怒りのあまり、あなたのお祖父様は叫びました。

「いいえ、お父様。それもちがいます。キュウリモミータは小柄な人ですが、わたしを襲ってきた男は大男でした。お父様、おわかりでしょう？　私を襲った男を突きとめることはできないんです！」

そう言うと、わたしはまた泣きはじめました。

「じゃあ、誰だというんだ？　誰が牛の頭をかぶって、おまえを襲うなどという卑劣なことをしたんだ？」

かわいそうに、お祖父様は途方に暮れて、そうおっしゃいました。すると、それまで黙っていたお祖母様もこうおっしゃいました。

「誰なんでしょう？　芸人でも闘牛士でもないとするなら、ここにいる間、おまえに言い寄っていた貴族の若様でしょうか？　でも、いくら言い寄っても、おまえが相手にしないので、牛になってこっそりおまえに近づくという策略をめぐらしたのでしょうか？」

「ああ、お母様、そうですわ。きっとそうにちがいありません。わたしを襲ってきたのは、貴族の若様ですわ。だって、あの男はピンク色をした、素晴らしい絹の靴下をはいて、靴の留め金にはダイヤモンドがちりばめられていましたもの」

それを聞くと、お祖父様はがっかりなさったような声をお出しになりました。

「絹のピンクの靴下に、ダイヤの留め金のついた靴だと？　それではなんの証拠にもならん。このヴォー城に来ている貴族の若者は、誰もがそんな格好をしているからな。そんな色の靴下をはいて、靴の留め金をダイヤで飾って……。ああ、おまえを襲った男を見つけるのは不可能だ」

それでも、翌日、何か手がかりは得られないかと、あなたのお祖父様は闘牛士のキュウリモミータを訪ねてみることになさいました。闘牛士のキュウリモミータは、おそらく犯人ではないでしょう。けれども、犯人はボール紙でできた牛の頭をかぶっていたのですから、キュウリモミータが名前を知っている可能性があります。もしかしたら、キュウリモミータも共犯だったのかもしれません。

けれども、宿舎を訪ねてみると、キュウリモミータはつくり物の牛の頭とともに、その日の朝、スペインに出発したばかりでした。芸人も一緒にお城を発っていました。

お母様たちは絶望に打ちひしがれ、悲しみに魂を引き裂かれる思いで、ヴォー城をあとにしました。そして、その数カ月後、お母様はお腹に子供を宿していることに気づいたのです。

その知らせに、あなたのお祖母様はびっくりして飛びあがって、その拍子に首から上が肩の間に埋まって、そのまま窒息して、お亡くなりになってしまわれました。

ああ、それはなんと辛いことだったでしょう！　悲しみのあまり、お母様は頭がおかしくなってしまいました。お祖父様の話によると、それからしばらくの間、お母様は高熱にうなされ、こんな譫言《うわごと》を言いつづけていたそうです。《ヴォー！　ヴォー！　ヴォー！　どうして、ル・ヴォー様はヴォーのお城をお建てになったの？　もう！　もう！　もう！　ヴォーのお城はもう見たくない！》と……。その状態は何カ月も続きました。

けれども、それはまだ試練の始まりにすぎませんでした。お母様の苦難はその後も続いたのです。というのも、そのうちに月が満ちて子供が生まれたのですが、その子供がこの世に生を受けて十分後に、何者かによって誘拐されてしまったのです。ただでさえ辛い世なのに、生まれてまもなく誘拐されるとは！　ああ、なんと不憫《ふびん》なことでしょう！

お母様はその子の顔を見ることもできませんでした。そこで、せめて生まれた子供が男の子か女の子かだけでも知りたいと思って、「生まれた子はどんな子だったのでしょう？」と、あなたのお祖父様にうかがいました。お祖父様は、誘拐される前に少しだけその子をご覧になっていたからです。ところが、その質問を聞くと、お祖父様の残りわずかな毛は逆立ち、あっというまに真っ白になってしまいました。そうして、怯えたような目つきでお母様をじっと見つめると、奇妙にしわがれた声で、こうお答えになったのです。

「おお、娘よ。どんな子だったかだと？　どんな子だったかだと？」

「ああ、お父様、教えてください。お願いですから、教えてください！」お母様は懇願しました。

「いや、娘よ。おまえは知らんほうがいい。おまえは……」お祖父様は混乱したように、おっしゃいました。

「世の中には知らんほうがいいこともあるのだ。おまえは知らんほうがいい。永遠に……」

それでも教えてほしいと、お母様は泣いてお願いしました。けれども、お祖父様は固く口を閉ざして、それについてはひと言もお話しになりませんでした。そうして、その秘密を胸に抱いたまま、数日後にはお亡くなりになってしまったのです。

誘拐された子供はもちろん、あのおぞましい出来事の結果です。でも、それでもお母様は、その子がいなくなったことに深い悲しみを覚えました。

ああ、かわいそうに、あの子は今、どうしているのでしょう？　いったい、誰が誘拐したのでしょう？　そう思うと、お母様は辛い思いに、胸がちぎれそうでした。

さて、この悲しい出来事があってからしばらくして、お母様の婚約者であるアンリ・ド・ポンタック様が戦場からお戻りになりました。ド・ポンタック様は真っ先にお母様のところに駆けつけると、結婚をお申し込みになりました。

ああ、結婚とは！　ド・ポンタック様はお母様がど

んなに恐ろしい目にあって、女としての名誉を失ったのか、まだ知らないのです。「ド・ポンタック様、わたしたちの愛はもう壊れてしまったのです」

あれほどお帰りを待ちのぞんでいた、愛しい婚約者のお顔を見ると、お母様は泣きながら言いました。そうして、ド・ポンタック様がいない間に、お母様の身に何が起こったのか、包みかくさず打ち明けたのです。すると、ド・ポンタック様はこうお答えになりました。「何をそれしきのことで、私たちの愛が壊れるものか！　そなたが卑劣な行為の犠牲になったからと言って、どうして、私たちが愛をあきらめなければならぬというのか！」

「ああ、ド・ポンタック様。ド・ポンタック様は、わたしをおからかいですか？　わたしの身に起こったことが、それしきのことだなんて……」お母様は叫びました。

「いや、愛しい婚約者殿よ。私はそなたをからかってなどおらん。誓って言うが、そんなつもりはまったくない。それより、私はそなたに結婚を申し込もう。そなたは純真で、純潔なのだから……。そう、白百合の花のように……」

「ああ、ド・ポンタック様！　いえ、アンリ！　アンリ！」婚約者の思いがけない言葉に、お母様はまた叫びました。今度は幸福に酔いしれて……。「あなたはなんと気高く、またお心の寛《ひろ》いお方なのでしょう！」

すると、アンリは震える声で、こう続けました。

「私はそなたを幸せにする。だが、それだけではないぞ。ヴォー城でそなたをひどい目にあわせた男を見つけだし、そなたの仇《かたき》をとってやる。牛の頭をかぶって、そなたを襲ったという卑劣漢を見つけだして！」

こうして、その一カ月後、お母様は国王陛下の砲兵隊長であるアンリ・ド・ポンタック様と結婚しました（アンリはこのたびの戦争で立てた勲功によって、砲兵隊長に任じられていたのです)。

そして、それからまた数週間後、アンリは国王陛下に休暇を願いでて、スペインに旅立ちました。闘牛士のキュウリモミータを探しだし、お母様を襲った男について何か知っていることがないか、訊きにいくためです。

けれども、それっきり、もう二度とアンリに会えなくなるとは!

いえ、そのことはまたすぐに書きますが、順を追って話を進めていくと、アンリが出かけたあとに、お母様はふたり目の子供を出産しました。世界でいちばんかわいらしく、きれいな娘を……。

ええ、それがあなたよ、ブランシュ=ミニョンヌ。お母様の大切な娘。ブランシュ=ミニョンヌ、あなたなのです。

さて、あなたが生まれてから、お母様は愛しいアンリが――おなたのお父様がスペインからお戻りになるのを今か今かと、首を長くするような思いで待ちました。ああ、愛しい我が子よ、お母様はアンリが――あなたのお父様が初めてあなたを見る時のことを想像して、早くも幸せな気分に包まれていました。あなたという素晴らしい娘を見て、その素晴らしい娘の父親になったのだと知ったら、あなたのお父様はどんなにお喜びになるでしょう! そう思うと、一日でも早くその日が来ないかと、浮きうきする思いで、お父様のお帰りを待っていたのです。

ところが、そんなある日のこと……。ああ、その日のことはもう思い出したくありません! 夜になって、あたりが暗くなった頃に、見知らぬ男がひとり、戸口に現われたのです。その男は、何も言わずにお母様に大きな包みを渡すと、そのまま立ち去っていきました。

嫌な予感がして、すでに不安に手を震わせながら、お母様はその包みをあけました。けれども、ひと目その中身を見た瞬間、お母様は悲鳴をあげて、そのまま気を失ってしまいました。たぶん、その場で棒のように、ばったりと倒れたのだと思います。

包みには血まみれの服が入っていました。そして——その服はあなたのお父様のものだったのです。お母様にはすぐにそれがわかりました。

いいえ、それまでにだって、さんざん辛い目にあってきましたが、この時ばかりはショックが大きすぎました。お母様は衰弱し、そのあと三週間というもの、生死の間をさまよったのです。

ただ、それでも、生きていたのは、ブランシュ＝ミニョンヌ、あなたのためです。それから、お父様の仇《かたき》をとるためです。そのふたつの思いで、お母様はかろうじて、この世に踏みとどまったのです。

立ちあがって歩けるようになると、お母様はすぐにあなたを抱えて、家を出ました。そうして、パリに向かいました。お母様はお父様を亡き者にした見知らぬ敵が、今度はおまえをさらいにくるのではないかと、それを恐れたのです。ああ、かわいいブランシュ＝ミニョンヌ、あなたを奪われたら、お母様はもう本当に生きていけません。

でも、パリに行けば……。パリに行けば、身を隠すところはあるだろう。そう考えて、お母様はあなたを腕に抱いて、パリの街を頭がおかしくなった女のように歩きまわりました。そうして、この《金の杵亭》にたどりついて、ご親切な店主のブランシェさんにお部屋を貸していただくことができたのです。ああ、でも、ブランシュ＝ミニョンヌ、お母様はもう長くは生きられないような気がします。ただでさえ悲しみと絶望で弱りきっていたのに、この最後の旅で力をすっかり使いはたしてしまったのです。

もうじき、お母様は死にます。お母様はそれを感じるのです。ああ、ブランシュ＝ミニョンヌ。だからこそ今、あなたが大きくなった時に読んでもらえるように、この手紙を書いているのです。お母様の一生を綴《つづ》った、この手紙を……。

もしあなたがこれからの人生で、誠実で、勇気のある、立派な殿方に出会い、その殿方があなたと人生をともにしようと言ってくださるなら、ブランシュ＝ミニョンヌ、どうかこの手紙をその殿方に見せてください。そうして、あなたの不幸な両親の復讐をしてくださるよう、お願いしてください。その方のあなたに対する愛に懸けて……。さようなら、ブランシュ＝ミニョンヌ。さようなら。それから、このことだけは忘れないで！　もし魂が死後も存在するなら――お母様はそれを信じていますが――お母様はいつでもあなたを見守っています。ブランシュ＝ミニョンヌ、空の上から……。いつもあなたを守っています。さようなら！

ブランシュ＝ミニョンヌの母親の話はそこで終わっていた。最後まで手紙を読みおわると、ブランシェは涙でくもった眼鏡を拭いた。それから、悲しみを隠すために、わざと大きな音をたてて、鼻をかんだ。

いっぽう、ブランシュ＝ミニョンヌは、かわいそうに母親の手紙が読みあげられている間、泣きじゃくったりしないよう、いじらしいほどの努力をして、家政婦のジャンヌの肩に頭をもたせながら、声を殺して泣いていた。そのジャンヌは少しでも気持ちを慰めてやりたいと、愛情のこもった優しい手つきで、ブランシュ＝ミニョンヌの髪をなでていた。

その間、三銃士の息子は、憤慨のあまり、小鼻をぴくぴくさせていたが、話が終わってしばらくすると、最初に口を切った。

「マドモワゼル・ブランシュ＝ミニョンヌ」震える声で言う。「お手紙の最後で、貴女の母上は、《もしあなたがこれからの人生で、誠実で、勇気のある、立派な殿方に出会い、その殿方があなたと人生をともにしようと言ってくださるなら、ブランシュ＝ミニョンヌ、どうかこの手紙をその殿方に見せてください。そうして、あなたの不幸な両親の復讐をしてくださるよう、お願いしてください。その方のあなたに対する愛に懸けて……》とお書きになっていた。そこで、訊くのだが、マドモワゼル・ブランシュ＝ミニョンヌ、その《誠実で、勇気のある、立派な殿方》の役を私が務めることはできるだろうか？」

それを聞くと、ブランシュ＝ミニョンヌは涙に濡れた目に感謝をこめて、三銃士の息子をじっと見つめた。その眼差しに勇気を得て、三銃士の息子は続けた。

「マドモワゼル、私にはこれが運命のように感じられるのだ、つまり、私は貴女を守り、貴女に仕え、そして……」

「そして？」

三銃士の息子が言いよどんだのを見て、プランシェが口をはさんだ。もちろん、プランシェには三銃士の息子が何を言おうとしたのか、わかったのである。

「そして？　若様、なんなんです？」からかうように、つけ加える。

「そして、貴女を愛するために……」三銃士の息子は思い切って言った。「貴女を愛するために、生まれてきたのだと……」

その言葉に、ブランシュ＝ミニョンヌは小さく声をあげた。

「そうだ。貴女を愛するために……」三銃士の息子は繰り返した。「おお、今、貴女の養父殿がいる前だから、私は堂々と告白しよう。昨日の午後、サン＝メリ教会で貴女が私の前に現われ、その清らかな瞳を私に向けた時、おお、ブランシュ＝ミニョンヌ、その時から、私の心は貴女のものになったのだ。私にはもはや貴女しか愛する人はいない。それがわかったのだ」

「そいつはすごい！」この告白に、プランシェが嬉しそうに口をはさんだ。「昨日は雷が鳴っていましたからね。ブランシュ＝ミニョンヌは稲妻のように、若様の心を貫いたってわけだ」

しかし、それにはかまわず、三銃士の息子は続けた。

「だが、ブランシュ＝ミニョンヌ、私の気持ちが真剣なものであることを示すために、私は『貴女を愛している』という言葉を、しばらくの間、封印しよう。貴女の母上を不幸にしたうえ、貴女の父上の命を奪った卑劣な男に復讐するまで……。そして、その復讐が成り、またそのうえで、貴女が私の愛を受け入れてくださるというなら、その時、初めて、私は貴女をいただきたいと、養父殿にお願いしよう」

「ああ、その時は、喜んでブランシュ＝ミニョンヌを差しあげましょう」三銃士の息子の言葉に、プランシェは叫んだ。「ブランシュ＝ミニョンヌにふさわしい殿方がいるとしたら、三銃士様のご子息である若様しかいらっしゃいませんから……」

それから、ブランシュ＝ミニョンヌのほうを向くと、プランシェはにっこり笑って、つけ加えた。

「もちろん、ブランシュ＝ミニョンヌがおれとはちがう考えを持っているとしたら、別だが……」

すると、ブランシュ＝ミニョンヌは顔を赤くして答えた。

「ああ、お父様。ブランシュ＝ミニョンヌがお父様とちがう考えを持ったことがあるでしょうか？　お父様のお考えはいつも正しいのですから……」そのまま、横を向いて、恥ずかしそうにジャンヌの胸に顔を埋《うず》める。

いっぽう、三銃士の息子はこの純真なブランシュ＝

ミニョンヌの返事を聞くと、嬉しさに心臓が爆発しそうになるのを感じた。

「ああ、今の言葉を聞いたら、勇気百倍だ。私は世界じゅうを相手にしても、闘うことができる。おお、ブランシュ＝ミニョンヌの敵は、この私がひとり残らず片づけてやる」

それを聞くと、事の成り行きにひとまず安心したのか、日の傾き具合を見ながら、ブランシェが言った。

「さあ、ブランシュ＝ミニョンヌや。そろそろ支度をしなさい。さもないと、フォンテーヌブローに出発する時間に遅れてしまう」

そこで、ブランシュ＝ミニョンヌはジャンヌと一緒に部屋を出ていった。その姿がドアの向こうに消えると、三銃士の息子の手を取り、ブランシェが尋ねた。

「では、若様はブランシュ＝ミニョンヌの母親を襲い、父親を殺した卑劣漢を見つけてくださるおつもりで？」

「もちろんだ」三銃士の息子は答えた。「私はブランシュ＝ミニョンヌを愛している。だから、復讐を誓ったのだ。そのためには、まずその卑劣漢を見つける必要がある」

「でも、どんな方法で？　あの子の母親の手紙によれば、その男の手がかりを握っているのは、キュウリモミータという闘牛士だけだとか……。けれども、そのキュウリモミータはおそらくもう死んでいるでしょう。いや、たとえ生きていたにしても、スペインにいる……」

「だから、スペインに行くのだ」ブランシェの言葉に、三銃士の息子は力強く言った。「向こうに着いたら、たとえ家を一軒、一軒、しらみつぶしに調べることになっても、絶対にそのキュウリモミータを探してやる。それに、スペインは闘牛の国なのだから、闘牛士を見つけるのは簡単だろう」

「なんと、若様はスペインに出発なさるおつもり

で？」プランシェは目を白黒させて、言った。

「ああ、遅くとも、数日後には……。ブランシュ＝ミニョンヌがフォンテーヌブローで安全でいられると確認したらな。だが、プランシェ、もしそのフォンテーヌブローの《赤砂糖荘》に、夜になる前に着きたかったら、そろそろ出かけたほうがよくはないか？」

「さようでございました」

そう言うと、プランシェはすぐに部屋を出て叫んだ。

「おおい、アブドン！　バチスタン！　すぐに馬車の用意をしてくれ」

十数分後、話し屋バチスタンが御者を務める馬車に、プランシェとブランシュ＝ミニョンヌ、そしてジャンヌが乗りこむと、一行はフォンテーヌブローを目指して、出発した。三銃士の息子と従者のミロムは、馬に乗って、その馬車の両側についた。三銃士の息子のそばでは、番羊《ばんよう》のブルータスが嬉しそうに跳ねまわっていた。

道中はつつがなく過ぎた。

その間、当然のことながら、ミロムとバチスタンは「旅の無聊《ぶりょう》を慰める」という口実を設けて、次から次へと馬鹿話を続けていた。

そうして、太陽が西に沈む頃、一行はフォンテーヌブローに到着し、《赤砂糖荘》の門をくぐっていた。

6

トリスタン・ド・マカブルー公爵

　さて、お話のほうは、ちょうど三銃士の息子たちがフォンテーヌブローに着いたところで、読者としては、そこで何が起こるのか、おおいに気になるところであろうが、残念ながら作者《わたし》としては、これから一章の間、プランシェやジャンヌ、ミロムやバチスタン、そして、ブランシュ＝ミニョンヌや三銃士の息子という心温まる登場人物たちから離れ、トリスタン・ド・マカブルーという、はっきり言って悪役の登場人物の居城に舞台を移さなければならない。

　このトリスタン・ド・マカブルーという公爵、見るからに陰険な男で、年は四十五歳になる。だが、外見にしっかり手間とお金をかけているせいで、せいぜい四十四歳くらいにしか見えなかった。

　その右目は、もじゃもじゃの眉毛の下に隠れて、暗い洞窟の入口を照らす、ぼんやりしたカンテラの明かりのように見えた。

　そして、その左目は――右目とまったく同じであった。

　鼻はミミズクの嘴《くちばし》のようで、まるでナメクジが這っているように、顔の真ん中にぺったりと貼りついている。その鼻の先端は薄い唇――剃刀《かみそり》のように薄い唇のすぐ上まで垂れさがっていた。

　きわめつきは、よく手入れされた口髭と、ポマードで固めて、先をナイフのようにとがらせたルイ十三世風の顎鬚で、そのふたつがこの陰険な男の顔をますます陰険に見せていた。まったく、普通に考えたら、決して近づきになりたくない男だが、この物語の登場人物であるからにはしかたがない。

そこで、話を続けると――三銃士の息子たちが《赤砂糖荘》に着いた、ちょうどその頃、このトリスタン・ド・マカブルー公爵は、金箔を貼った豪華な寝室のなかを行ったり来たり、落ち着かない様子で歩きまわっていた。

「おお、〈情け無用の側用人《そばようにん》〉よ」と、いかにも狡猾《こうかつ》そうな顔をした側仕《そばづか》えの者に話しかける。「まったく、あのバロッコの奴はわしを馬鹿にしとるのか！ あの悪党団の首領は……。わしが託した任務をちゃんと果たしたのかどうか、とっくに報告に来てもいいはずなのに……。いったい、何をやっておるんだ！」

すると、その言葉をかしこまって聞いていた〈情け無用の側用人〉は、公爵のご機嫌をとるように、蜜《みつ》のように甘ったるい声で答えた。

「まあまあ、お殿様、しばしのご辛抱を……。バロッコが手下を引き連れて、ブランシュ＝ミニョンヌを誘拐したのが昨日の晩のこと。それから、このフォンテーヌブローの《喜悦城《きえつじょう》》に来るには、しばらくかかりましょう。まだ一日しかたっていないのですから、それほど遅くなっているわけではありません。おっつけ、やってまいりましょう」

だが、それを聞くと、怒りに喉を詰まらせたような顔で、公爵は叫んだ。

「おっつけだと？ 任務を果たしたら、まっすぐ来るように言っとけ。今頃は、もうここにいてもいいはずなのだ。まったく、使えない男だ。あの役立たず、顔を見せたら、棒で打ちすえてやる！」

「ああ、お殿様！」公爵の顔が怒りで紫になったのを見て、〈情け無用の側用人〉はあわてて言った。「すぐに大壺係《おおつぼ》をお呼びいたしましょうか？」

「おお、そうしてくれ！ 早く！ 早く！」公爵は息も荒く、答えた。「さもないと、頭に血がのぼって、わしは死んでしまう！」

その言葉に、〈情け無用の側用人〉は、急いで呼び鈴のひもを引っ張った。

すると、たちまち扉が開いて、腕に大きな壺を抱えた、十人ほどの召使いが部屋に入ってきた。それを見ると公爵は、怒りで紫だった顔を今度は真っ赤にして、召使たちのところに走りより、その手から壺を受け取ると、ひとつひとつ床に叩きつけて壊していった。

「お殿様、もう一回、呼び鈴を鳴らしましょうか？」すべての壺が壊されたのを見ると、〈情け無用の側用人〉が言った。

「いや、その必要はない。かなりましな気分になったからな」大量に壺を虐殺したせいで、少しは気分が収まったのだろう。公爵は答えた。

それを聞くと、召使いたちは敷物の上に散らばった壺のかけらを、手慣れた手つきで拾いはじめた。この壺割りの儀式は、公爵が怒りにとらわれるたびに、日に何度も行なわれるので、もうすっかり慣れっこになっているのである。

と、ちょうどその片づけが終わった頃、また別の召使いがやってきて、悪党団のバロッコが到着したことを告げた。

「すぐに通せ！」公爵は言った。「いや、それにしても、バロッコの奴、壺を割った直後に来るとは、運がいいわい。さもなければ、奴のほうが粉々になっていたはずだからな」

やがて、召使いに案内されて、バロッコが部屋に入ってきた。サン＝メリ教会でブランシュ＝ミニョンヌを誘拐しようとした、あの悪党どもの首領である。

「やっと来おったか？」バロッコをにらみつけると、公爵は言った。

「ああ、公爵様。実は大変なことが起こりまして……」バロッコはしどろもどろに口にした。

「なんだと？　何が言いたい？　話してみろ。まさか、わしの命令を実行しなかったというのではないだろうな？」

「ご命令は実行しました」バロッコは答えた。「ですが、最後の最後になって、悪魔のような奴が現われまして、すべてをひっくり返してしまったのです」

「悪魔のような奴が現われただと？　それは何かの冗談か？」

「いえ、本気です。というか、あいつは地獄から飛びだしてきた本物の悪魔ですぜ！　その悪魔が最後の最後で、誘拐の邪魔をしたんで……」

「邪魔をしただと？　ということは、ブランシュ＝ミニョンヌをさらってきたわけではないのか？　貴様らは、確か十一人だったな。その十一人が、たったひとりの男に蹴散らされたというのか？　冗談もほどほどにしろ」

「いえ、あれは男ではありません。悪魔です。あくまで悪魔です。なにしろ、長剣で稲妻をまっぷたつにしてしまうんですから……。一刀両断とはこのことで」

「稲妻をまっぷたつにした？　それなら、一刀両断ではなく、いっそう冗談だ。おまえはわしを馬鹿にしとるのか？　おまえなどは地獄に落ちるがよい！」

そう言うと、公爵は呼び鈴のもとに走った。自ら、ひもを引っ張る。

と、たちまち、壺を抱えた召使いたちが現われた。召使いたちから壺を受け取ると、公爵はひとつひとつ床に叩きつけて、割っていった。それが終わると、もう一度、呼び鈴を鳴らす。そして、また召使いたちから壺を受け取ると、今度はバロッコの背中で割っていった。それでようやく気がすんだのか、壺がひとつもなくなると、公爵は言った。

「よし、詳しく説明しろ」

そこで、かわいそうに、バロッコは痛みをこらえて、身体じゅうをさすりながら、サン＝メリ教会で起こったことを公爵に話した。

「くそったれ！」バロッコの話が終わると、怒りで今度は蒼白になって、公爵は叫んだ。「悪魔祓《あくまばら》いに懸けて、このトリスタン・ド・マカブルーの計画を邪魔した男を許さないぞ。よいか、見ておれ！　この代償は高くつくからな。おい、バロッコ。その男の名前はわかっているのか？」

「へい」公爵の質問にバロッコは答えた。「その男はロンバール通りのプランシェの店に入っていったんで、今朝、その店の番頭をしているアブドンって男から訊きだしたんです。アブドンってのは、おつむの足りない男なんで、こちらからちょっと水を向けたら、ぺらぺらとしゃべりだしましたよ。それによると、昨日の男はどうやらガスコーニュの生まれで、〈三銃士の息子〉っていうおかしな名前だそうです」

「なるほど。名前だけではなく、頭もおかしいというわけだ」公爵は口のなかでつぶやいた。「だいたい、犬のような羊を連れているというのが尋常ではないな。まあ、頭のいかれた危ない男といったところだろう。わかった。そのうち、とっつかまえて、どこかの病院に閉じこめてやる。ちくしょう！　こうなったら、ますますそそられてきたぞ。ブランシュ＝ミニョンヌは、わしのものだ。絶対にそうしてやる。いいな？　バロッコ」

「《失敗は成功のもと》って言いますからね」公爵の言葉に、バロッコは意味ありげな笑みを浮かべた。

「どういうことだ？　おまえ、何か計画でもあるのか？」公爵は尋ねた。「ブランシュ＝ミニョンヌを誘拐する、新しい計画でも……。あるなら、話してみろ」

「おお、公爵様。昨日の失敗にもかかわらず、もう一度、信用してくださるとは、ありがたいこって……。でしたら、明日までお待ちください。このバロッコ、命に懸けて、今度こそあの小鳥を鳥籠に入れてやりま

すぜ」

「何？　すると、おまえは明日にはブランシュ＝ミニョンヌを捕まえて、このフォンテーヌブローの《喜悦城》に連れてくると申すのか？」

「はい、公爵様。幸いなことに、娘の養父のブランシェが手を貸してくれたもんで……」

「なんだと？　それはつまり、ブランシェがおまえの仲間になったということか？　そんなことは考えられん」

「もちろん、そんなことはありません」バロッコは説明した。「ただ、ブランシェが自分でも知らないうちに、手を貸してくれたというわけで……。ブランシェはなんと、ブランシュ＝ミニョンヌをフォンテーヌブローに連れてきてくれたのです」

「ブランシュ＝ミニョンヌをフォンテーヌブローに？」

「もう今頃は《赤砂糖荘》に到着している頃でしょう」

「《赤砂糖荘》？」

「そうです。ブランシェの家の名前です。あの男はうかつにも、パリのロンバール通りに娘を置いておくよりは、フォンテーヌブローに移したほうが安全だと考えたわけです」

「うーむ。だが、おまえはそんな情報をいったい、どうやって手に入れたんだ？」

「これもまた、おつむの足りないアブドンから訊きだしたというわけで……。あの男は本当に脳みそがありませんからね。しゃべらせるのは簡単なんです。どうです？　公爵様。昨日は確かに失敗しましたが、今日はその失敗を取り戻したでしょう？　で、明日は成功して、奴らに目にもの見せてやれるというわけです」

「よし、行け」そう言うと、公爵はバロッコを追い払うような身ぶりをした。そのまま、話しつづける。

「今度はしくじらないよう、しっかり準備をするがいい。連れていく手下の数も増やしてな。だが、いいか？　そこでまたブランシュ＝ミニョンヌを逃がしたら、後悔することになるぞ。公開でおまえを処刑してやる。城の犬たちにはらわたを食わせてな。わかったら、行け！」

そうして、バロッコが姿を消すやいなや、公爵はその薄い唇をゆがめて、ぞっとするような笑みを浮かべた。いや、その笑みのおぞましいこと。あまりの恐ろしさに、たまたま鏡に映った自分の顔を見て、公爵自身が震えあがってしまったほどだった。

「おお、〈情け無用の側用人〉よ」狡猾そうな顔をした側仕えの者に話しかける。「明日になったら、ブランシュ＝ミニョンヌはわしに愛を告白することになるぞ。しかも、情熱的にな。『ああ、トリスタン。素敵な方。トリスタン、あなたはわたしの愛する、ただひとりの殿方です。トリスタン、愛してますわ』とな」

すると、〈情け無用の側用人〉は、蜜のように甘ったるい声で答えた。

「もちろんですとも。お殿様のご考案なさったあの地獄の発明――《赤い柵の池》があれば、小娘は言葉を尽くして、お殿様がお気に召すような愛の言葉をささやくことになりましょう。なにしろ、池の中央にある杭にくくりつけられたと思ったら、水かさが次第にあがってくるんですから……。ゆっくりと、ゆっくりと……。そうなったら、どんな気丈な娘でも、お殿様がお望みになるままに、愛の言葉を口にしましょう」

「そのとおりだ」皮肉な調子で、公爵は答えた。「わしはこれでロマンチックな性格だからな。美しい娘たちの唇から、〝愛のささやき〟を聞くのが大好きなのだ」

「いささか、強制的なささやきではありますが……」

公爵の言葉に調子を合わせて、〈情け無用の側用人〉は言った。

「なんであっても、かまわん。結果は同じだからな。

わしが水道の栓を閉めるようにと、ついにわしが望んだ言葉を口にしたのだ。『トリスタン、あなたのお鬚が大好きよ』と……」

その時の娘の恥辱にまみれた顔を思い出すと、この残忍な主従は声をたてて笑った。その興奮が静まると、やがて公爵が続けた。

「あの《赤い柵の池》のおかげで、悪魔に誓ってもいい、わしはこれまで、この世でいちばん優しく、心のこもった、またとない愛のささやきを聞くことができたのだ。大勢の純潔な娘からな」

「そして、明日はその〈愛の言葉をささやく純潔な娘たちのリスト〉に、ブランシュ＝ミニョンヌの名前が加わるわけでございますね。あの《赤い柵の池》に入れられたら、あの小娘も決して抵抗はできないでしょう」

「そのとおりだ。だから、〈情け無用の側用人〉よ。いつものように、池の準備をしておいてくれ。水を温

娘たちからすれば、《赤い柵の池》のおかげで、愛をささやきたいという気持ちが強くなるのだ」

「おっしゃるとおりでございます。杭にくくりつけられたまま、水が首まであがってきて、このままでは頭のてっぺんまで水に浸かってしまうという時に、愛の言葉をささやかないという娘はめったにおりますまい。さもないと、悔いが残りますから……」

「悔いがの。杭にくくりつけられての」そう言うと、公爵は残忍な笑みを浮かべて、続けた。「そう言えば、最後のぎりぎりまで、愛の言葉をささやかなかった、あの純真な娘のことを覚えておるか？」

「はい。お殿様が、『トリスタン、あなたのお鬚が大好きよ』と言えと、強要した娘でございますね？」

「そうだ。あの娘は勇敢にも、水が顎のところまで来ても、まだ強情を張って、口をつぐんでおった。だが、これ以上、水かさがあがったら命はないというところで、羞恥心よりも恐怖心のほうがまさったのだろう。

かくして、香りをつけてな」

「かしこまりました、お殿様。どうぞご安心ください。この〈情け無用の側用人〉、心して、池の準備をさせていただきます」

それを聞くと、公爵は満足そうにうなずいた。

「よし、それではわしをひとりにしてくれ。明日、ブランシュ＝ミニョンヌにどんな愛の言葉をささやかせるか、わしはこれから草案をつくらねばならんでの」

7

誘拐

ここでまた話は三銃士の息子たちの方に戻って、フォンテーヌブローに着いた翌朝、《赤砂糖荘》に泊まった人々は、美しく手入れされた庭に響く、楽しげな歌声に目を覚ました。

「ちくしょう！　あれはミロムの声だ」ベッドから飛び起きると、三銃士の息子は叫んだ。

実際、フォンテーヌブローの野山には、ミロムが、その低く、美しい声で朗々と唄う、ベアルン方言の歌

がこだましていた。

「まったく！　これでは家じゅうの者が起きてしまうぞ！」

そう困ったような顔でつぶやくと、三銃士の息子は庭の見えるところに行き、窓をいっぱいにあけて、「まだ早いから、唄うのはやめろ！」と、ミロムに注意しようとした。

早朝とはいえ、《赤砂糖荘》の庭は、すでに八月の太陽の光に満ちている。木々の梢《こずえ》では、小鳥たちが楽しそうにさえずっていた。そこにまた、「ナバラ王フランシスコ一世」の歌を唄うミロムの朗々とした声が響いた。

　山よ山　はるかに続く山々よ（アケロス・ムンティノス）
　おまえは少し高すぎて（キ・タ・ハイトス・スン）

向こうを見るのを邪魔をする（メンペチョン・デ・ベデ）
おかげでまだ見ぬ恋人たちが（マス・アムス）
どこにいるのかわからない（ウン・スン）

「こら！　ミロム！」庭を見まわして、ようやく二本の桜の木の間にミロムがいるのを見つけると、三銃士の息子は怒鳴った。

「旦那様。おはようござる。もうお目覚めになったので？」

「おまえのせいでな。おまえはその大声で、フォンテーヌブローじゅうの人をたたき起こしてしまうつもりか！」

「ああ、旦那様。これには訳があるのでござる。拙者の部屋には鎧戸がありませんでな、太陽の光が直接ベッドまで差しこんできたのでござる。ところが、拙者は太陽の光を見ると、我慢できないたちでしてな、つい歌を唄ってしまうのでござるよ。けれども、だからといって、部屋のなかで唄うわけにもいかない。そんなことをしたら、家じゅうの者を起こしてしまいますからな。そこで、庭に出て、小鳥たちと唄っていたというわけでござるよ」

　そう言うと、ミロムはそのよく響く朗々とした声で、また「ナバラ王フランシスコ一世」の歌を唄いはじめた。
　三銃士の息子はミロムを説得するのをあきらめて、

服を着がえた。そうして、身支度を整えると、自分も庭に降りていった。庭では三銃士の息子に《赤砂糖荘》を案内しようと、すでにプランシェが待ちかまえていた。

「おお、若様。昨日は、着いた時には暗くなっていましたからね。この家をご案内することはできませんでした。今日は隅々までお見せしますよ」

そこで、三銃士の息子はプランシェのあとについて、家のなかから庭の端まで、《赤砂糖荘》の魅力をすっかり見せてもらうことにした。

「《赤砂糖荘》は休暇でのんびりする時にだけ、使っているわけじゃないんです。実益も兼ねているというか、ほら、あそこに大きな小屋があるのが見えるでしょう？」庭の脇にある小屋を示して、プランシェが言った。

「ふむ、あの小屋には庭を手入れするための道具類がしまわれているのだな？」三銃士の息子は尋ねた。


すると、プランシェは首を横にふって答えた。

「いいえ、若様。あの小屋は《金の杵亭》の倉庫として使っているんです」

「なるほど。つまり、あそこには商品が保管されているわけか？」

「さようでございます。お店のほうで、何かが品薄になると、バチスタンが馬車でこちらに取りにくるというわけでして……。さっき申しあげたとおり、実益を兼ねているんです。そうだ！　品薄と言えば……。おい、バチスタン！」

すると、その呼びかけに、すぐにバチスタンが駆けつけてきたので、プランシェは言った。

「少し倉庫のなかを片づけて、場所をつくってくれないか？　今日は海綿スポンジが三百ダース、馬車で届くことになっているんだ」

「たいした買い物だな」プランシェの言葉を聞いて、三銃士の息子は笑いながら言った。

「ええ。でも、そのくらいはどうしても必要なんでございますよ」プランシェは答えた。「最近、海綿スポンジはよく売れていまして……。きっと、誰もが身体をよく洗うようになったからでございますよ」

さて、朝食後、三銃士の息子はミロムや番羊のブルータスとともに、フォンテーヌブローの森に出かけた。「この森は素晴らしいので、ぜひ行ってみてください」と、プランシェに勧められたからである。

「ふむ。この森もなかなか悪くはござらん」フォンテーヌブローの森に入ると、すぐにミロムが言った。

「だが、このあたりには山が欠けている。せいぜい、小さな丘があるくらいではござらぬか」

「ああ、ミロム、故郷《ふるさと》の懐かしい山々なら、まもなく見られるさ」従者に向かって、三銃士の息子は言った。

「なんと？　旦那様はベアルンにお帰りになるおつもりで？」

「いや、そうではない」ミロムの質問に、三銃士の息子は答えた。「スペインに行く途中で、故郷《ふるさと》のあたりを通っていくことになるからだ」

「スペインでござるか？」ミロムは口をとがらせて尋ねた。

「そうだ。私にはスペインに行って、ぜひともしなければならないことがある」

「でも、旦那様。今度の旅の目的は、国王陛下にお目にかかって、銃士になるためでござろう。そのためにパリに来たことを、旦那様はお忘れか？」

「まあ、ミロム。そんなに興奮するな」ミロムを落ち着かせるために、三銃士の息子は静かに言った。「パリにはいずれ戻ってくる。その用事がすんだらな」

だが、ミロムは納得がいかない様子で、ますます口をとがらせた。

「ああ、なんということでござろう！　これは驚きでござるよ。いや、ござるでござる。三倍の驚きでござる。拙者にはさっぱり、わかりもうさん。おととい、ようやくパリに着いたと思ったら、今日はフォンテーヌブローにいる。そうかと思ったら、今度はスペインに行くというのでござるから……」

「もしおまえが一緒に来たくないというなら、ここに残ってもよいんだぞ。私はひとりで行くからな」ミロムの言葉に、三銃士の息子は言った。

すると、ミロムの顔つきが変わった。

「おお、旦那様。拙者が旦那様をお見捨てするなんて、そんなことはありえないことでござる。ミロムが旦那様のおそばを離れるなんて……。そんなことをするには、ミロムは旦那様をお慕《した》いもうしあげすぎてござる。いや、このミロム、仮にも〈千人前《ミロム》〉という名前を持つからには、千の神に懸けて、旦那様とご一緒するでござるよ。旦那様がスペインでまた気まぐれを起こして、ほかの国に行くと申されるのなら、その時も一緒でござる。たとえ、それがパタゴニアの奥地でも、どこまでもついていくでござるよ」

「おお、ミロム。我が忠実な従者よ」三銃士の息子は感動して、つぶやいた。

ミロムは自分の背丈より長い、その剣の柄《つか》に手をかけると、その低く、美しい、朗々とした声で、誓いを立てるように続けた。

「この撒死丸《さっしまる》と拙者は、旦那様をお守りするために、いつもおそばにいるでござる。死ぬまでおそばにいて、危険からお守りするでござるよ」

それを聞くと、ミロムの芝居がかった話しぶりに、さすがに三銃士の息子も笑いをこらえることができなくなった。だが、実を言うと、このミロムの訴えを、三銃士の息子は半分も聞いていなかった。詩情にあふれる森の雰囲気に誘われて、気持ちはいつか夢想をするほうに引かれてしまうのである。

この美しい森のなかで、甘い空想に浸りながら、愛する乙女――ブランシュ＝ミニョンヌのことだけを考

えていたい。そう思うと、決してとぎれることのないミロムのおしゃべりがうるさくなって、三銃士の息子はミロムとブルータスを先に行かせて、自分はひとり、道端の岩の上に腰をおろした。そうして、思う存分、夢想に耽《ふけ》りはじめた。

　いっぽう、ミロムは片時も黙っていられない性格なので、番羊のブルータスと散歩を続けることになると、今度はブルータスを相手にしゃべりはじめた。

「ブルータス、おぬしは知っておるか？　旦那様はどうして拙者らとともに楽しく散歩を続けないで、ああやって、ひとり静かに、岩に座って考えに耽っておられるのか……。それはだな、ブルータス。旦那様は恋に落ちたのでござるよ」

　そして、ブルータスの返事を待たずに、すぐにこう続けた。

「まあ、確かにブランシュ＝ミニョンヌ様は、旦那様のお相手にふさわしい方ではござるが……」

　と、その時、突然、ブルータスが立ちどまると、警戒するように、「メェー、ワン」と吠えた。

「どうした？　ブルータス。近くに危険な動物でもひそんでいるのか？」

　まわりを見まわして、どうしてブルータスが吠えたのか、その原因を突きとめようとしながら、ミロムは言った。そうして、少し離れた木立のなかで、男がひとり、虫眼鏡を片手に、何かしているのに気づいた。

「おお、わかったぞ、ブルータス、おぬしはあの男のせいで吠えたのでござるな。こら、おとなしくしろ！　飛びかかるんじゃない。どうやら、悪い男ではなさそうでござる」そう言うと、ブルータスの首輪についている引き綱を引っ張る。ブルータスはとりあえず静かになった。

と、ミロムの声に気づいて、男がふりかえった。その顔には『寓話』の作者のラ・フォンテーヌが浮かべそうな、いかにも人のよさそうな笑みが浮かんでいた。

「ほら、ブルータス。やっぱり、いい人そうでござるよ」そう番羊に言うと、ミロムは男のほうに近づいて言った。

男は四十歳くらいで、知的で穏やかな顔つきをしていた。服装は地味で、あまりお洒落《しゃれ》に気を遣っているようには見えない。だが、それでも社会的にかなり高い地位を占めている人物であることは、ひと目でわかった。しかし、そういったことよりも、この男の外見で、何よりも印象的なのは、いかにも人のよさそうな――けれども、いたずらっぽいところのある笑みと眼差しである。

ミロムは男にうやうやしく挨拶をした。そして、男が向けている虫眼鏡の先を見て、草むらのなかにカエルが一匹いるのに気づいた。男はカエルがぴょんぴょん跳ねているのをじっと観察していたのだ。

「もしかしたら、このカエルが襲ってくるのではないかと、貴公はご心配でござろうか？」頭のなかで、早くもこのカエルが大きくなって化物《ばけもの》ガエルになったと

ころを想像して、ミロムは尋ねた。「それならば、安心召されよ。なんのこれしき、たとえ相手が爬虫類《はちゅうるい》の怪物でも、拙者がたちどころに退治してごらんにいれよう」

そう言って、さっそく剣の柄に手をかけ、カエルに飛びかかろうとする。すると、男がたちまち大声をあげた。

「お待ちなさい！　こんなかわいいアマガエルを……。それに、カエルは爬虫類ではありません。両生類です。私はただ、このカエルが草の上を優美に跳びはねるのを見ていただけなのですから……」

それを聞くと、ミロムはあらためてアマガエルを見て、低く、美しい、朗々とした声で言った。

「いや、拙者としたことが……。言われてみれば、貴公の申されるとおりでござる。これは小さなアマガエルだ。いやはや、拙者の目には、毒のある恐ろしいガマガエルに見えたでござったよ」

だが、このミロムの言葉にはもうかまわず、男はまた身をかがめると、虫眼鏡を手に、カエルが跳ねるのを追いかけはじめた。けれども、ミロムのほうも、せっかく見つけた話し相手を逃がすようなことはしない。

「そうすると、なんでござるな。察するところ、貴公は昆虫か何か、自然を研究する学者とお見受けしたが、いかがでござろう？」

すると、男はあいかわらず、カエルを見つめたまま答えた。

「いや、私は学者ではありません。確かに自然は観察していますが、でも、学者ではない」

「なるほど、なるほど」ミロムは続けた。「学者でないとすると……。そうだ、わかりもうした。貴公はそうやって小さな生き物を観察して、お話をつくろうというのでござろう。あの有名な『寓話』を書いたラ・フォンテーヌ殿のように……」

だが、男はあいかわらずカエルの観察に夢中になっているようで、返事をしなかった。

「いや、そうにちがいない」男の態度にいっこうひるむ様子もなく、ミロムは続けた。「貴公はおおかた、ラ・フォンテーヌ殿の『寓話』にある〈牛になろうとしたアマガエル〉のような話を書こうと思って、カエルを観察していたのでござろう」

「ああ、すると、あなたはあの話をご存じなんですね？」ミロムの言葉に、男は笑みを浮かべながら訊いた。

「何をおっしゃる！　あの話なら、誰もが知っているでござるよ。だが、ここだけの話、たかが牛ほどにもなれないとは、あの話に出てくるアマガエルは能力に欠けていたのではござらぬか？」

「なんと、能力に欠けていたというのですか？」男はびっくりしたように尋ねた。

「さよう。能力に欠けていたうえに、やり方を知らなかった。まあ、あれほど頑張ったのに、牛にもなれぬとは、おそらく北のアマガエルでござろう」

それを聞くと、男は大声で笑いだした。

「ああ、それでは、あなたは私の『寓話』に出てくるアマガエルにもう少し能力があって、やり方を心得ていたら、牛のようになれたとおっしゃるんですね？」

「『私の寓話』ですと？」ミロムは男の言葉を聞きとがめて、言った。「今、貴公は『私の寓話』と申されましたな？　ということは、貴公は『寓話』の作者のラ・フォンテーヌ殿でござるか？　あいや、これは拙者としたことが……。恐縮しごくでござる」

だが、男はそれには何も言わず、ただラ・フォンテーヌが浮かべそうな（あたりまえだ。なにしろ、本人なのだから）、いかにも人のよさそうな笑みをたたえて、訊いた。

「すると、あなたは、もしかしたら、牛くらいの大きさのアマガエルを見たことがあるんですね？」

「いや、ラ・フォンテーヌ殿。実を申すと、拙者はまだ牛くらいの大きさのアマガエルを見たことはござらん。だが、拙者のガスコーニュの友人が、前に一度、そのくらいの大きさのアマガエルに会ったことがござってな。拙者にその時の冒険の話を聞かせてくれたのだ。そこで、拙者はつい口がすべって、貴公の『寓話』に出てくるアマガエルは、能力に欠けていたのではないかと、言ったのでござるよ」

するとラ・フォンテーヌは、また人のよさそうな、いたずらっぽい笑みを浮かべて、言った。

「なるほど。賭けてもいいが、あなたのご友人が見た、そのアマガエルというのは、もちろんガスコーニュのアマガエルなんでしょうね?」

「そのとおりでござる!」ミロムは言った。「どうでしょう? ラ・フォンテーヌ殿。よろしかったら、その話をお聞かせしますが……。お気に入りいただけたなら、その話をもとに寓話をひとつ、つくっていただいてもかまわぬゆえ……。いかがでござるか?」

「それは、もうお聞かせください」ミロムの言葉に、ラ・フォンテーヌは答えた。「あなたがそう言ってくださらなかったら、私のほうからぜひにと言って、お願いしているところでした。どうか、あなたのご友人のガスコーニュの方が経験なさったという、牛くらいの大きさのアマガエルとの冒険の話を聞かせてください」

それを聞くと、もちろんミロムは喜びいさんで、その低く、美しい、朗々とした声で、牛くらいの大きさのアマガエルの話を始めた。

あるガスコーニュ人が出会った、牛と同じくらい大きなアマガエルの話

ある日のことでござった。拙者の友人のガスコーニュ人が野原を歩いていると、沼の縁《ふち》に牛くらいもある、大きなアマガエルがいるのを見つけたのでござるよ。

「おやまあ、なんてこった」友人はガスコーニュ訛《なま》りで、つぶやきもうした。「このアマガエルは、なんとまあ、ラ・フォンテーヌどんの話に出てくるアマガエルの真似をしたんでねえか。したが、こいつは南のアマガエルだもんで、うまく牛の大きさになれたんべな。さもないと、破裂しちまうところだかんな」

と、そんなふうに友人が考えていると、その巨大なアマガエルは、身体が大きいだけあって、大食いだったのでござろう、友人のほうにぴょんと跳ねると、蠅《はえ》を食べるように、友人を飲みこんでしまったのでござるよ。

だが、友人もガスコーニュ人でござる。このくらいのことで、あわてたりせぬ。アマガエルの腹のなかに飲みこまれながら、どうやって、ここから脱出しようかと、すばやく頭を巡らせたのでござる。そうして、アマガエルが大きく口をあけてあくびをした時、その口から外を見て、遠くのほうから大きな象が一頭、水

を飲みにやってくるのに気づいたのでござるよ。

その象は近隣を巡業するサーカスの一座のものであったが、象の姿を見ると、友人はアマガエルの腹のなかで踊りあがって、喜びもうした。というのも、その途端に、この窮地を脱する名案が閃いたからでござるよ。

「おお！」友人はわざとアマガエルに聞こえるように、大きな声で話しもうした。「あそこにいるのは象じゃねえか！　こん世の中のどんな動物だって、あげん大きくなることはできめえ」

すると、アマガエルは自惚《うぬぼ》れが強いものだから、その言葉が癪《しゃく》に触って、たちまちこう答えたでござる。

「あんなに大きくなることはできないって？　すると、おまえは、おれ様がどんなに頑張っても、あの大きさにはなれないっていうのか？」

「なれねえ、なれねえ」友人はわざとアマガエルを刺激するように、そう申した。「どんなに頑張ったって、あげん大きくなることは無理だべ」

「無理だと？」アマガエルはかんかんに怒って、そう申した。「おまえはおれ様が牛くらいに大きくなったのを知らんのか？」

「知ってるさね。確かにおめえさんは牛くらい大きくなった。したが、牛は牛だ。象じゃねえ」

それを聞くと、アマガエルはますます、自惚れを刺激され、「見てろよ！」と叫ぶと、象の大きさになるように、腹をふくらませはじめたでござる。

「どうだ？　これで象くらいになったか？」

アマガエルが尋ねると、もちろん、友人は否定しもうす。

「まだまだ」

「これでどうだ？」

「全然！」

「これでどうだ？」

「話になんねえ」

そうして、この自惚れの強いアマガエルは、最後には破裂したのでござる。友人は怪我ひとつなく、そこから数メートル離れた草の上に投げだされると、立ちあがって、その場を去る前に、アマガエルにこう教訓を垂れたでござる。

「おーい、アマガエルよ。おめえさん、せっかく牛くらいの大きさになれたんだから、そこで満足しときゃよかったんだ。これからは、あまりやりすぎんこった。だばな！」

「ブラボー！　素晴らしい！」ミロムの話が終わると、ラ・フォンテーヌが拍手をして言った。「なるほど。あなたのガスコーニュのアマガエルは、私のアマガエルより能力があるようですね」

それから、ミロムの傍らに黒い羊がいるのに気づくと、そばに寄った。

「これはまた見事な羊ですね」そう言って、頭をなでようとする。

それを見ると、ミロムはあわてて止めた。

「危ない！　だめでござる！　ラ・フォンテーヌ殿、その羊に触れてはなりません。うっかり触れると、かみつかれるでござるよ。ブルータスは人見知りが激しいものでな。貴公の『寓話』に出てくるオオカミだって、ブルータスの敵ではござらん。ブルータスが水を飲んでいるところに、オオカミが近づこうものなら、たちまち追い払われることでござろう。『やい、てめえ、おれの水場にやってくるとは、いい度胸してるじゃねえか』とすごまれての」そう言うと、ミロムはブルータスの手綱を引いた。それから、あらためてラ・フォンテーヌのほうを向いて、暇《いとま》ごいをした。「これはとんだ長話をして、お邪魔いたした。主《あるじ》が待っておりますゆえ、拙者はこれで失礼つかまつりますぞ。お話しできて、楽しゅうござった。いざ、さらばじゃ」

こうしてラ・フォンテーヌのもとを辞去すると、ミ

ロムはブルータスを連れて、三銃士の息子のところに戻った。三銃士の息子はあいかわらず道端の岩に腰をおろして、夢想に耽っていた。ミロムは散歩の途中で、ラ・フォンテーヌと出会ったことを話した。その話を最後まで聞くと、三銃士の息子は立ちあがって言った。

「よし。それではそろそろ《赤砂糖荘》に戻るとするか」

「それがよろしゅうござろう。新鮮な森の空気を吸ったせいで、拙者は腹が減りもうした。プランシェ殿が用意してくださる朝食に、早くあずかりたいでござるよ」

その言葉に、ふたりは帰路についた。

だが、ちょうど森を抜けたところで、向こうからバチスタンが走ってくるのに気づいた。バチスタンはただならぬ形相で、激しく手を振っていた。

「何があったんだ？　いったい、どうしたというのだ？」バチスタンが近くまで来ると、三銃士の息子は尋ねた。

「ああ、旦那様！　とんでもないことが起こりました！　早く来てください！」息せき切りながら、バチスタンは言った。「お嬢様がさらわれたんです！」

「なんだと！」

そうひと言、咆《ほ》えたかと思うと、三銃士の息子は矢のように駆けだし、たちまち《赤砂糖荘》に着いていた。

家の前では、ブランシェとジャンヌががっくりと肩を落としていた。だが、それでも三銃士の息子の顔を見ると、何があったのか、ブランシェが簡単に説明した。

それによると、三銃士の息子が出かけたあと、みすぼらしい姿をした男がふたり、戸口にやってきて、慈悲を乞うたのだという。すると、その姿を見て、ブランシュ＝ミニョンヌが同情し、施《ほどこ》し物を用意すると、手ずから渡しにいった。だが、その瞬間、男たちが本性を表わし、ブランシュ＝ミニョンヌを抱えると、近くにとめてあった馬車に乗せてしまったというのだ。ブランシェとジャンヌは、どうすることもできなかった。ふたりが外に出た時には、時すでに遅く、ブランシュ＝ミニョンヌを乗せた馬車は、もうもうと砂煙をあげながら、道の遠くに消えていくところだったという。

「馬だ！　馬を引け！」事情がわかると、三銃士の息子は叫んだ。

ミロムが馬を用意する間、ブランシェは誘拐犯たちがどちらの方角に向かっていったか、三銃士の息子に説明した。

「ブランシュ＝ミニョンヌは絶対に取り戻してみせる！」怒りに声を震わせながら、三銃士の息子は言った。

そうして、馬の支度ができると、ひらりと鞍《くら》にまたがり、ミロムをあとにしたがえて、地獄の鬼のような勢いでブランシュ＝ミニョンヌを追いかけていった。

8

赤い柵の池

その頃、同じくフォンテーヌブローにある《喜悦城》では、トリスタン・ド・マカブルー公爵が勝利に酔いしれていた。

悪党のバロッコが首尾よく事を運んだせいで、ついにブランシュ＝ミニョンヌが手に入ったのだ。バロッコはこの悪事の褒賞《ほうしょう》に、たんまり金をせしめると、手下とともに、意気揚々《いきようよう》と城からひきあげていった。

金箔を貼った豪華な部屋のなかで、ブランシュ＝ミニョンヌとふたりになると、公爵はねっとりした、いやらしい目つきで、この哀れな獲物をねめまわした。ブランシュ＝ミニョンヌは恐ろしさに震えあがった。

「ああ、公爵様」かすれる声で言う。「お願いですから、どうか家に帰してください。父のもとに……」

「おお、おお、そんなことで帰れると思っているとは……」残忍な笑みを浮かべながら、公爵は言った。

「やはり、初心《うぶ》な娘はちがうのう」

「ああ、どうか、どうか」ブランシュ＝ミニョンヌは、なおも懇願を続けた。「いったい、わたしにどんなご用事があるというのでしょう？　育ててくれた養父のほかは、身寄りのない、かよわき乙女に……」

「おお、おお、身寄りのない、かよわき乙女にだったら、ご用事はたくさんあるぞ」そんなことは言わずもがなだと言わんばかりに、公爵はまたいやらしい目つきで、ブランシュ＝ミニョンヌをねめまわした。

「ああ、公爵様。その胸にあるのが、温かい血の流れる心臓で、冷たい石ころでないなら、どうかお慈悲を……」ブランシュ＝ミニョンヌは泣きながら続けた。「どうか、家に帰してください」

「おお、そちはわしのそばにいるのが嫌だと申すか？　そちが憧れる男のそばにいるのが……」

「ああ、公爵様、今、なんと？　わたしにはさっぱりわかりません」ブランシュ＝ミニョンヌは、戸惑いながら言った。

「わしはこう言ったのだ。そちが憧れる、愛しのトリスタンのそばにいて、そちはさぞかし幸せだろうと……。よしよし、わかっておるぞ。かわいい奴じゃ。そんなにわしのことが好きなら、思い切って告白してよいぞ。許してつかわす。さあ、遠慮なく、言うがよい。そのかわいらしい声で……。『ああ、トリスタン。あなたはわたしの憧れ、わたしの愛の救い主です』と……」

「嫌です！」ブランシュ＝ミニョンヌは叫んだ。「そ

れ以上、おかしなことを口にするなら、わたしは指で鼓膜《こまく》を突きやぶります。そんなおぞましい言葉を聞かないようにするために！」

「くそっ！」ブランシュ＝ミニョンヌの反応に、公爵はいまいましげな顔をした。「これはひとすじ縄ではいかんようだ。こうなったら、最後の手段に訴えるしかないな」

そう言って、呼び鈴のひもを乱暴に引っ張る。すると、すぐに扉が開いて、〈情け無用の側用人〉が召使いをふたり連れて入ってきた。

公爵はうなずいた。と、召使いたちがブランシュ＝ミニョンヌに飛びかかり、腕と脚を抱えて、外に出ていった。

「お殿様、わたくしをお呼びになったということは、あの娘の口から〝愛の言葉〟を引っ張りだすのに、失敗したというわけでございますな」ふたりになると、〈情け無用の側用人〉が言った。

「そのとおりだ」公爵は歯ぎしりをした。「だが、あの《赤い柵の池》に連れていかれたら、舌もなめらかに回るようになるだろう。池の真ん中にある杭にくくりつけられたら……。さあ、そろそろ準備も終わったことだろう。あの小娘があいかわらず意地を張っているかどうか、見にいこうではないか」

「御意《ぎょい》」そう言うと、〈情け無用の側用人〉は、主人と同じように残忍な笑みを浮かべた。

ふたりはまもなく部屋を出て、《喜悦城》の庭園に向かった。庭園の真ん中には、真ん丸の池があって、そのまわりは血のように毒々しい、真っ赤な柵で囲まれていた。美しい庭園のなかにあって、その奇妙な池は、いやがおうでも人目を引いた。

〈情け無用の側用人〉をしたがえ、その池のそばまでやってくると、公爵は鉄の柵ごしにブランシュ＝ミニョンヌの姿を認めて、残酷な喜びに頬をゆがませた。召使いたちに命じていたとおり、ブランシュ＝ミニョンヌは池の真ん中の杭にくくりつけられていた。池にはまだ水が入っていない。

公爵は片手をあげた。それを合図に、召使いのひとりが鉄柵の一本に取りつけられた秘密のボタンを押した（ボタンはちょっと見ただけではわからないようになっている）。すると、たちまち、池のなかに水がわきだしてきた。

それを見ると、ブランシュ＝ミニョンヌが恐怖の叫び声をあげた。

「どうだね？　小鳥ちゃん」からかうような声で、公爵は言った。「水は温かくて、いい香りがするだろう？　きっと浸かり心地がよいぞ。いや、それにしても、素晴らしい池だ。そちが真ん中にいると、泉の精がいるようで、ますます美しいぞ」

その言葉に〈情け無用の側用人〉が主人にへつらうような笑い声をあげた。公爵が話を続けた。

「どうだね？　小鳥ちゃん。『聖書』に出てくるヨシュアが太陽の動きを止めたように、水がわいてくるのを止めたらどうだ？　アモリ人との闘いを前に、ヨシュアが太陽と月を止めたような奇蹟を起こして……。その奇蹟を起こすのは、決して難しいことではないぞ。ただ、『ああ、トリスタン。あなたはわたしの憧れ、わたしの愛の救い主です』と言えばいいのだからな。さあ、言え！」

だが、ブランシュ＝ミニョンヌは、公爵の命令を拒否した。

「言いません！　絶対に言いません！」

「それならばしかたがない」公爵は平然と続けた。「水はだんだんのぼってくる。ゆっくりと……。ゆっくりと……。だが、確実に……。そうして、かわいらしいブランシュ＝ミニョンヌを美しい泉の精オンディーヌに変えてしまうのだ。そちは知っておろう？　泉の精というのは、水のなかで暮らしておるのだぞ」

その言葉に、〈情け無用の側用人〉が、またへつらうような笑い声をあげた。だが、それでもブランシュ＝ミニョンヌは、恐怖をこらえて叫んだ。

「卑劣漢！　今に見てらっしゃい！　三銃士様のご子息様がわたしの仇《かたき》をとってくださるから！」

すると、公爵は馬鹿にしたように答えた。

「三銃士の息子だろうが、銃士隊全員の息子だろうが、所詮、このトリスタン・ド・マカブルーの敵ではない。そんな奴はどこかの病院なり、バスチーユの牢獄なり、二度と出てこられないところに送りこんでやればいいだけのことだからな」

「この人でなし！」ブランシュ＝ミニョンヌはつぶやいた。

それを聞くと、公爵がまた残忍そうな笑みを浮かべて言った。

「おい、聞いたか？〈情け無用の側用人〉。娘たちは皆、同じことを口にする。最初は誰もがわしのことを『卑劣漢』とか、『人でなし』とか言うのだ。それから、『悪魔だ』、『鬼だ』、『怪物だ』となる。だが、そのうちに水かさが増して、顔の近くまであがってくると、そのおぞましい罵り言葉は、優しい〝愛のささやき〟に変わるのだ」

「御意。このかわいらしいブランシュ＝ミニョンヌも、ほかの娘たちと同じ道を歩むことになりましょう」主人の言葉に、〈情け無用の側用人〉が冷たく相槌を打った。

「いいえ。そうはなりません。そうなるくらいでしたら、わたしは死を選びます！」気丈にもブランシュ＝ミニョンヌは言い張った。

しかし、その間にも水かさは増し、今ではブランシュ＝ミニョンヌの膝のところまで来ていた。そして、そのあともゆっくりと、だが、確実にのぼっていった。

＊＊＊＊＊＊＊＊＊＊＊＊＊＊

さて、こうしてトリスタン・ド・マカブルー公爵の居城で、おぞましい場面が展開されている間、三銃士の息子はあいかわらずブランシュ＝ミニョンヌを追って、馬を走らせていた。

誘拐犯たちを追っていくのは難しくはなかった。四輪馬車の車輪が地面の上にしっかり跡を残していたからである。

この轍《わだち》を追っていけば、前を行く馬車を捕まえることができる。少なくとも、ブランシュ＝ミニョンヌが連れていかれた場所にたどりつくことができる。三銃士の息子はそう確信していた。

だが、敵もさるもの、ひっかくもので、悪党のバロッコは《喜悦城》の中庭に馬車を乗りいれるようなことはしなかった。城の近くでブランシュ＝ミニョンヌをおろしたあと、追手をまくため、御者をしていた手下に命じて、そのまま馬車を走らせたのである。

その策略のせいで、三銃士の息子とミロムは、なかでブランシュ＝ミニョンヌがひどい目にあっていると も知らず、トリスタン・ド・マカブルー公爵の居城の前を全速力で通りすぎてしまった。

「くそっ！　そろそろ馬車に追いついてもいいはずなのだが……」三銃士の息子は咆えた。

が、その言葉と同時にミロムが叫んだ。

「いや、旦那様、見えたでござる。馬車はあそこにいるでござるよ。ほら、遠くのほうに砂煙が見えるでござろう」

「ふむ。まちがいない。あれは確かに馬車だ。ついに追いついたぞ。急げ！」そう言うと、三銃士の息子は馬に拍車をかけた。

ふたりはいっそう速度をあげて、馬車を追った。馬車との距離は、みるみるうちに縮まってくる。

「おーい、止まれ！」御者に言葉が届くところまで来ると、三銃士の息子は思い切り叫んだ。

けれども、バロッコの手下は三銃士の息子に捕まったら、どんな目にあうか、身にしみて知っている。そこで、止まるどころか、いっぱいに鞭《むち》を当てて、馬たちを走らせた。車輪が石ころをはじいて火花を散らすなか、馬車は矢のように進んでいった。

だが、それもしばらくの間のことだった。まもなく、三銃士の息子が馬車に追いつき、御者に並ぶと、剣を手に、馬を止めさせた。御者はおとなしく、その指示にしたがった。

三銃士の息子は急いで剣を鞘《さや》に収め、馬から飛びおりると、馬車の扉をあけにいった。しかし、そのなかには誰も乗っていなかった。三銃士の息子は驚きの声をあげた。

「おい、この馬車に乗せていた若い娘をどこにやった？」御者の喉をしめながら、叫ぶ。

「えっ？　娘だって？　あっしにはさっぱりわからねえが……」御者のほうはとぼけた顔で答えた。

「嘘をつくんじゃない！　さっさと娘の居場所を言え！　それとも、この剣に物を言わせようか？　どうだ？　白状しろ！」

それを聞くと、バロッコの手下は迷った顔をした。三銃士の息子はどうやら本気らしい。ということは、相手の剣が一閃すれば、自分の首は胴体から離れてしまうのだ。

バロッコの手下はなおもためらった。だが、三銃士の息子が再び剣を抜いて、その切っ先が喉もとに突きつけられると、とうとうこらえることができなくなった。

「どうか、旦那様、お慈悲を！　命ばかりはお助けを！　あっしはしがねえ御者でして……。はい、真面目だけが取り柄の正直な御者で……。だから、この馬車で起こったことは、あっしには責任がないんでございます」

「そんなことはどうでもいい！　それより娘はどこに行った。貴様は娘をどこに連れていったんだ？」三銃

士の息子は声を荒らげた。
すると、バロッコの手下は恐怖に震えあがって、娘をトリスタン・ド・マカブルー公爵の居城の近くでおろしたこと、それから追手をまくため、自分は馬車を走らせつづけたことを白状した。
「ああ、旦那様。お願いですから、お慈悲を！」
すべてを話すと、バロッコの手下は懇願した。だが、その時にはもう、三銃士の息子は馬に飛びのり、馬首を反対に向けると、《喜悦城》に向かって、今来た道を竜巻のように駆けていった。

****

ちょうど、その頃、《赤い柵の池》では、水の高さがブランシュ＝ミニョンヌの肩まで来ていた。その様子を嬉しそうに眺めながら、トリスタン・ド・マカブルー公爵が言った。

「さあ、そろそろ心を決めたらどうだ？　恥ずかしがらずに言うがよい。『ああ、トリスタン、あなたはわたしの憧れ、わたしの愛の救い主です』と……。どうだ？　恋する乙女にとっては、これほど口にしたくなる言葉はないぞ。考えただけで、うっとりしてしまうのではないか？」

「卑劣漢！　あなたは最低よ！」ブランシュ＝ミニョンヌは胸を張って言った。

すると、それまで黙っていた〈情け無用の側用人〉が怒ったように口をはさんだ。

「おお、神よ！　くそったれ！　お殿様、この娘は最後まで意地を張るつもりですよ。どうしましょう？」

「そうなったら、水に溺れて、苦しい思いをするだけだ。かわいそうにな！」腹だちまぎれに、公爵は言った。

その間にも、水はのぼり、今やブランシュ＝ミニョンヌの顎の下まで来ていた。

「この強情者めが！」怒りに任せて、公爵が怒鳴った。「これが最後のチャンスだぞ！『ああ、トリスタン、あなたはわたしの憧れ、わたしの愛の救い主です』と言わんか！」

「言いません！　絶対に言いません！」そう言うと、ブランシュ＝ミニョンヌは、迫りくる死に、とうとう耐えられなくなったかのように叫んだ。「ああ、誰か、わたしを助けてえ！」

その瞬間、

「おお、ブランシュ＝ミニョンヌ、気持ちをしっかり持たれよ。私が助けに参った」

どこからか声がして、それと同時に、庭園を取り巻く塀の上に、剣を手にした三銃士の息子が現われた。三銃士の息子は、豹《ひょう》のような身のこなしで、塀の上から飛びおりると、たちまち、《赤い柵の池》のところまで駆けてきた。

だが、もちろん、公爵のほうも、それを黙って見ているようなことはしない。公爵が合図を送ると、ふたりの召使いが三銃士の息子の行く手に立ちふさがった。そのうちのひとりは銃を持ち、三銃士の息子に狙いをつけている。

と、その時、三銃士の息子の剣が一閃し、召使いの構えた銃が空中に跳ねあげられた。そして、その銃がまだ地面に落ちる前に、もう一度、三銃士の息子の剣が閃いたかと思うと、剣は銃の引き金を引き、銃口からは弾丸が発射されていた。弾丸は召使いの身体のそばをかすめていき、それにびっくりして、召使いたちはほうほうのていで逃げていった。

「さあ、今度は貴様の番だ」

召使いたちの後ろ姿を見送ると、三銃士の息子は叫んだ。そうして、トリスタン・ド・マカブルー公爵のほうに走っていった。

それを見ると、公爵はすでに剣を構え、唇の端に泡を浮かべながら、三銃士の息子が来るのを待ち受けた。

読者はもちろん、ご存じないだろうが、こう見えて、トリスタン・ド・マカブルー公爵は恐ろしい剣の使い手なのである。これまでにどれほど多くの敵が、公爵の必殺技である《秘密の突き》を身に受けて、その足もとに横たわってきたことか！　ちなみに、この技はフェンシングの達人であるエウジェニオ・ラッディから教わったものだという。

「お殿様、いつもの《ラッディの突き》を用いて、敵をお片づけください」公爵が剣を構えるのを見ると、

〈情け無用の側用人〉が言った。
　と、その言葉が終わる前に、三銃士の息子が公爵の近くに駆けより、ふたつの剣がぶつかりあって、空中で火花を散らした。
　だが、剣を合わせた瞬間に、おそらく公爵は自分が負けるとわかったのだろう、必殺技である《秘密の突き》を繰りだす前に、じりじりと後退していった。それを見ると、〈情け無用の側用人〉も、「主人が負けたら、三銃士の息子は今度はこちらにかかってくるだろうと考え、まだ闘いの決着がつかないうちに、主人を見捨てて、一目散に逃げだした。その間に、三銃士の息子のほうは大木の前にまで相手を追いつめ、それ以上、後ろにさがれないようにした。
「マカブルー公爵、どうやら年貢の納め時だな。覚悟！　貴様をその木に串刺しにしてやる」公爵を刺しつらぬこうと、思い切り前に足を踏みこみながら、三銃士の息子は叫んだ。

が、その時にはもう公爵の姿は消えていた。剣先は激しく、木の幹にぶつかり――だが、しなやかにたわんだせいで、折れはしなかった。三銃士の息子は怒りの声をあげた。

「くそっ！　取り逃がしたか！　この木には何か仕掛けがあったのだ！」

そう考えて、確かめてみると、木には大きな洞《うろ》があることがわかった。この洞はどうやら、地下の抜け道に通じているらしい。

と、その時、池のほうから悲鳴があがった。三銃士の息子は飛びあがった。

「おお、ブランシュ＝ミニョンヌ。気を確かに！　今、助けに参る！」

だが、それに対する返事はなかった。ブランシュ＝ミニョンヌは先程から、勇気をふるいおこして、さまざまな恐怖に耐えていたが、とうとう気力を使いはたして、意識を失ってしまったのだ。

そこで、あらためてブランシュ＝ミニョンヌの置かれた状況を見て、三銃士の息子はびっくりした。池の水がさっきよりもあがって、今や唇のところまで来ていたのだ。

大変だ！　すぐになんとかしなければ！　そう心のなかでつぶやくと、三銃士の息子は、鉄柵を横に広げようとした。だが、柵はびくとも動かない。そこで今度は、地面から引き抜こうとした。しかし、それもできない。柵はぐらつくことさえないのだ。

早く池のなかに飛びこんで、身体をしばりつけているロープをほどかねば、ブランシュ＝ミニョンヌは溺れてしまう。

どうしよう？　どうすればいい？

柵を乗りこえていくこともできない。赤い鉄柵は高さが三メートルもあって、先端が槍のようにとがっているのだ。

だが、ブランシュ＝ミニョンヌを救いたいなら、やはり、柵を乗りこえていくしかない。絶望的な気分に襲われながら、三銃士の息子は庭園の門に向かった。うまくいくかどうかわからないが、あとはこの方法を試してみるしかない。城の外では、ミロムが馬をつないで待っている。その馬を柵のそばまで連れていくのだ。

「馬の背に乗ったら、柵を飛びこえて、池に頭から飛びこむことができるかもしれない。もし、柵を飛びこえる時に、串刺しにならなかったら……」

そうつぶやきながら、三銃士の息子は庭園の門をあけた。

と、その時、門の前を《赤砂糖荘》のほうに向かって、一台の荷馬車が通っていくのが目に入った。それを見て、荷台に積まれているものが何かを知ると、三銃士の息子は喜びの声をあげた。

「ああ、天佑《てんゆう》だ！　この危機に、神はこの荷馬車を私にお送りくださった。ブランシュ＝ミニョンヌは救われた。神よ。感謝いたしますぞ！」

そうして、荷馬車の持ち主が抗議するのもかまわず、馬ごと荷馬車を庭園のなかに引き入れると、《赤い柵の池》のそばまで引いていった。

では、いったい、三銃士の息子はどうやって、ブランシュ＝ミニョンヌを救うつもりなのか？　これから、その救出の模様をお話ししよう。

荷馬車の荷台には、海綿スポンジが山のように積まれていた。その上に半ば埋もれるようにして立つと、三銃士の息子はそのスポンジを次々と池に放りこみはじめた。そう、この荷馬車はプランシェが注文した三百ダースの海綿スポンジを《赤砂糖荘》の倉庫まで運んでいく途中だったのである。

それはともかく、一度に一ダースほどの海綿スポンジをわしづかみにすると、三銃士の息子はどんどん池に投げこんでいった。主人の合図に、従者のミロムも荷台にのぼり、三銃士の息子にスポンジを渡してい

く。それをまた三銃士の息子が疲れをまったく感じさせない様子で、池に投げ入れていくのだ。池にはスポンジの雨が降りそそいだ。それこそ何千個というスポンジが宙に舞って、池のなかに落ちていく。

「やめてくれ！　やめてくれ！　そんなことをされたら、スポンジはみんな水を吸って、売り物にならなくなっちまう！」荷台の下では、何が行なわれているのか、さっぱりわからないまま、スポンジ屋がわめいていた。

やがて、荷台は空《から》になった。

その間に、池のほうでは何千というスポンジに水を吸われて、水位がさがっていた。というより、池自体には水はほとんど残っていない。あとは水を吸収したスポンジに囲まれて、ブランシュ＝ミニョンヌがくくりつけられた杭が立っているだけになった。

そのうちに、水が引いたのを感じたのか、ブランシュ＝ミニョンヌが意識を取り戻した。

「助かった！　助かったぞ！」ブランシュ＝ミニョンヌがその大きな目をぱっちりとあけたのを見て、三銃士の息子は喜びの声をあげた。それから、ブランシュ＝ミニョンヌに向かって叫んだ。「おーい、この鉄柵のあけ方を知らないか？　私は早く貴女を杭からおろしてあげたい」

「ありがとうございます。それでは、若様、わたしの見つめる先をご覧になって。そのあたりの鉄柵をよく見ると、秘密のボタンがあるはずです」

その言葉がまだ終わらないうちに、三銃士の息子はそのボタンを探しあて、力強く押していた。

すると、鉄柵のうち、三本が地中に潜っていき、池に通じる口ができた。三銃士の息子はすぐさま池に飛びこむと、スポンジをかきわけながら、中央の杭に近づいた。そうして、無事にブランシュ＝ミニョンヌを救出すると、腕に抱えて、赤い柵のところまで戻ってきた。

「ああ、おれのスポンジが！　おれのスポンジが！　これじゃあ、プランシェの旦那になんて言われること か！」柵のそばでは、あいかわらずスポンジ屋が嘆いていた。

そこで、ミロムが「スポンジが水を吸ってくれたおかげで、まさにそのプランシェ殿の娘御が命の危険から救われたのでござるよ」と簡単に教えてやると、スポンジ屋はすっかり安心して、「それでは、お嬢さんを荷台に乗せて、《赤砂糖荘》までお連れしましょう」と申し出た。その申し出は、もちろん、ありがたく受け入れられた。ブランシュ＝ミニョンヌは水に浸かって、すっかり弱っていたので、温かく、安静にしていなければならなかったからである。

こうして、ブランシュ＝ミニョンヌをマントでしっかりくるんで、荷台に寝かせると、荷馬車は三銃士の息子とミロムに守られながら、一路、《赤砂糖荘》に向かった。

「ああ、旦那様」三銃士の息子と並んで馬を走らせながら、その低く、美しい、朗々とした声で、ミロムが言った。「プランシェ殿が注文した海綿スポンジがマドモワゼル・ブランシュ＝ミニョンヌを救うとは、いったい誰が予想したことでござろう」

「天佑だよ。ミロム。神様が守ってくださったのだ」

三銃士の息子は、謙虚に答えた。

9

馬の頭

ブランシュ＝ミニョンヌが無事に戻ってきたのを見て、プランシェとジャンヌがどれほど喜んだのか——それはとうてい筆には尽くしがたいので、その様子を描写するのはあきらめる。

ともかく、ジャンヌがブランシュ＝ミニョンヌを部屋に連れていき、着替えをさせて、温かくさせている間、三銃士の息子はトリスタン・ド・マカブルー公爵の居城である《喜悦城》で、何が起こっていたのか、プランシェに詳しく説明した。

話を聞きおわると、プランシェは深刻な顔でうなずき、心配に声を震わせながら口にした。

「ブランシュ＝ミニョンヌをあの男の手の届かないところに移すことができるんなら、私はなんだってするんですが……」

「その心配はいらないだろう」三銃士の息子は言った。「あの男はろくに闘うこともせず、私の前から逃げだした。つまり、臆病者だ。だから、もう二度とこのような大胆な真似はしないだろう」

「いや、お言葉を返すようですが、そうではないと思いますよ」三銃士の息子の言葉に、プランシェは首を横にふった。「トリスタン・ド・マカブルーは、ますます執拗に、ブランシュ＝ミニョンヌを狙ってくるでしょう。憎しみに駆られて、これまで以上に残忍なやり方で……。なにしろ、計画に失敗して、とんだ恥をかかされたんですからね。きっと、誰にも知られないように、恐ろしい復讐を準備しているのにちがいありません」

「そんな復讐など、私が阻止してやる。そうして、あの男をこらしめてやる！」

それを聞くと、プランシェはあわててなだめた。

「いえ、いえ、それはいけません。若様、お願いですから、年寄りの言うことを聞いてください。トリスタン・ド・マカブルーのような強大な敵を相手にする時には、慎重にならなければなりません。なにしろ、あの男が投獄を命じる〈封印状〉を書けば、若様は簡単にバスチーユの牢獄に送られてしまうんですから……

……」

「そうしたら、脱獄して、あの男をこらしめてやるさ」三銃士の息子は、かえって胸を張って答えた。

「それはそうでしょうが……。でも、若様がバスチーユの牢獄から抜けだそうとなさっている間、ブランシュ＝ミニョンヌはどうなるんです？ 若様がいらっしゃらないのに、たったひとりで、どうやってトリスタン・ド・マカブルーから身を守るのです？」

「ちくしょう！ そなたの言うとおりだ！」三銃士の息子は唇をかみしめた。

「おわかりでしょう？ 若様」プランシェは繰り返した。「だから、トリスタン・ド・マカブルーのような男に、正面からぶつかるのは避けたほうがよろしゅうございます。ひどい男ですが、権力を持っていますから……。そこで、考えたのですが、ここはやはり、あ

の男から逃げるほうが……」

「逃げるだって！　そんなことはまっぴらだ！」ブランシェの言葉が終わらないうちに、三銃士の息子は大声を張りあげた。

「いえ、逃げるのです。そうして、ブランシュ＝ミニョンヌをここから遠く離れた、安全な場所に移すのです。実は今度のことがあってから考えたのですが、トリスタン・ド・マカブルーの魔の手を逃れさせるために、ブランシュ＝ミニョンヌをスペインに行かせてはどうかと思うのです。幸い、マドリードにはドン・ペスキートという友人がおります。ええ、その男から私はスペインの白ワインを仕入れているのですが、ドン・ペスキートなら、数カ月の間、ブランシュ＝ミニョンヌを預かって、家族の一員のように大切にしてくれるでしょう」

「なんだって？　そなたはブランシュ＝ミニョンヌをスペインに送るつもりか？」三銃士の息子はびっくりして尋ねた。

「はい、しばらく離れるのはつろうございますが、でも、これはどうしても必要なことなのです」そう言うと、ブランシェは涙をぬぐった。「それに、この間のお話では、若様もスペインにご出発なさるおつもりでは？」

「そうだ。ブランシュ＝ミニョンヌの母親をひどい目にあわせた男に復讐をするために、キュウリモミータという闘牛士を探しにいくのだ」

「それでしたら、『スペインまでブランシュ＝ミニョンヌをお送りください』とお願いしても、まさかお断わりにはなりますまい」

「ブランシュ＝ミニョンヌをスペインまで送るだって？」ブランシェの申し出に、三銃士の息子は天にも昇るような気持ちで答えた。「もちろん、断わるわけがない。そうだよ、ブランシェ。断わるわけがないじゃないか」

するとプランシェは落ち着きはらって言った。

「若様のような立派なお方がブランシュ＝ミニョンヌを送ってくださるなら、スペインまでの道中がいくら長くても、心配なことはひとつもありません。ジャンヌも一緒に行かせて、ブランシュ＝ミニョンヌの面倒を見させますし……。ふたりには私の馬車を使わせますから、女の旅でもそれほど難儀なことではないでしょう。御者はバチスタンに務めさせます。これがつい先程、私が思いついた計画なのですが……。いかがでしょうか？　でも、トリスタン・ド・マカブルーの追手がかからないようにするためには、なるべく早いうちに出発しなければなりません。どうでしょう？　明日の朝、夜明けと同時にスペインに出立するというのでは？」

「明朝か？」

「はい。マカブルーの奴は、今やブランシュ＝ミニョンヌがこの《赤砂糖荘》にいることを知っています。少しでも出発が遅れたら、命取りになりかねません」

それを聞くと、三銃士の息子は、急にまた怒りの発作にとらえられたかのように叫んだ。

「ちくしょう！　やはり、あの男に背中を見せなければならぬのか？　あの臆病者のろくでなしに……」

「お願いです。ブランシュ＝ミニョンヌのためですから……」プランシェは懇願した。

「わかった。明日、スペインに向けて、出立しよう」

その言葉に、プランシェは三銃士の息子の手をとって、お礼を言った。

「ありがとうございます。ありがとうございます」

それから、ブランシュ＝ミニョンヌの部屋に飛びこむと、これからしばらくの間、スペインの友人のもとに行ってもらうと、自分の計画を話した。ブランシュ＝ミニョンヌは最初は首を横にふっていたが、プランシェが繰り返し説得すると、最後にはとうとううなずいた。

そうこうするうちに、半日が過ぎた。

その夜の夕食は悲しい雰囲気で始まった。ブランシェはブランシュ＝ミニョンヌのほうに目を向けるたびに、上を向いて、ナイフとフォークを持つ手を握りしめた。これからしばらくの間――もしかしたら、かなり長い間、会えなくなると思うと、涙が出そうになって、それをこらえるのに必死だったのである。

いっぽう、ブランシュ＝ミニョンヌのほうも、愛する養父と別れわかれになると考えると、胸がしめつけられるような思いがした。

ただ、そのなかで、ミロムだけがいつもと変わらず、おしゃべりを続け、バチスタンに軽口を叩いていた。バチスタンは突然、スペインに行けと言われて、落ち着かない気分でいたのだが、ミロムからしたら、そのくらいのことでは軽口をやめる理由にはならなかった。

「バチスタン殿。今度の旅は長くなりそうですから、貴公もひとつ長剣を腰に差したら、いかがでござろう」低く、美しい、朗々とした声で言う。「拙者もこれから我が名剣、〈撒死丸《さっしまる》〉――〈セーム・ラ・モール〉を研ぐつもりでござる。なにしろ、この前の闘いで、敵に何度も痛撃を加えましたからな。少々、刃こぼれしているのでござるよ」

それを聞くと、さすがに〈話し屋〉と呼ばれるだけあって、バチスタンも軽口で応じた。

「この前の闘いというのは、ああ、蚊だかブョだかの闘いかね？」

すると、ミロムは動じることもなく、こう言った。

「蚊とかブョを馬鹿にするものではござらん。あれは拙者の友ラ・フォンテーヌ殿を知っておろう。貴公は人だが、そのラ・フォンテーヌ殿が書いた寓話に、〈ライオンとブョ〉という話がある。それによると、ブョは、あの百獣の王と言われるライオンよりもさらに恐ろしい動物なのでござる。なにしろ、ライオンと闘って、勝利したのでござるからな」

そう言われると、バチスタンには、もはや返す言葉がなかった。ミロムは勝ち誇ったように、バチスタンにとどめを刺した。

「バチスタン殿、ともかく〈ライオンとブヨ〉を読んでみることでござる。私の友人のラ・フォンテーヌ殿が書いた寓話を……。さすれば、ブヨがどれほど恐ろしい力を発揮して、ライオンに勝利したか、その顚末《てんまつ》がわかることでござろう」

この滑稽なやりとりで、沈んでいた空気が明るくなると、一同はようやく笑顔を取り戻し、夕食を終えた。そうして、明朝の出立に備えて、早めに部屋にひきとった。

みんながいなくなると、プランシェはマドリードにいる友人、ドン・ホセ・ペスキートに宛てて、長い手紙を書いた。ブランシュ＝ミニョンヌがさる大貴族に目をつけられて誘拐されたこと、その誘拐からは、あ

る勇敢な若者によって助けだされたものの、まだ身の危険は去っていないこと——そういったことを細々と説明すると、ブランシェは「どうか、しばらくの間、娘を預かってほしい」とドン・ペスキートに依頼した。それから、〈この手紙を若様に託して持っていってもらえば、ドン・ペスキートは喜んで受け入れてくれるはずだ〉そう考えて安心すると、ブランシェは自分も寝室にひきとった。

そして、翌朝——三銃士の息子たちが《赤砂糖荘》を出発したのは、夜が明けて、まだまもない頃のことであった。

ブランシェは、大切なブランシュ＝ミニョンヌを乗せた馬車がだんだん遠ざかっていくのを最後まで見つめ、道の遠くに馬車が消えると、涙を拭いて、大きなため息をついた。それから、自分も《金の杵亭》に帰る支度を始めた。

いっぽう、馬車のなかでは、ジャンヌにぴたりと身体を寄せながら、ブランシュ＝ミニョンヌが、やはり悲しい思いをしていた。だが、ふと窓の外に顔をやって、そこに三銃士の息子の顔が見えると、甘い気持ちに胸が満たされ、辛い別離の悲しみも、少しは軽くなるのを感じた。

その間にも日は昇り、清澄な朝の空気とともに、素晴らしい一日が始まっていた。黄金の太陽の光は道を隅々まで照らし、木々の梢《こずえ》では、小鳥たちが楽しげにさえずっている。

それを聞くと、ミロムは小鳥たちを真似て、歌を唄いたくなった。だが、ブランシュ＝ミニョンヌが父親と別れて悲しい思いでいることを考えると、さすがに唄いだすわけにはいかず——だが、それでも、舌を動かしていないと気持ちが落ち着かないので、馬車を御しているバチスタン殿に話しかけた。

「おお、バチスタン殿、こうして我らは、恋とオレンジの国、スペインに向かって出発したわけでござるが、いや、美しい黒髪のアンダルシアの女たちが悩ましげな目つきで、拙者を見つめることを思うと、早くもこちらのほうが悩ましい気持ちになるでござるよ。拙者が通りすぎたあとには、恋に破れた女たちの切なげなため息があちらこちらから聞こえよう――それは、まちがいないことでござるからな。貴公はご存じないと思われるが、色男というものは、これでなかなか辛いものなのでござるよ」

「おまえさんが色男かどうかは知らんがね」バチスタンはむっとした様子で答えた。「おれが女だったら、髪がきれいにカールした美男子を選ぶね。もっと背が高くて……」

「背の高さなどは、どうでもよいことでござる」バチスタンの言葉が終わらないうちに、ミロムは口をはさんだ。「問題は男としての魅力でござるからな。いや、バチスタン殿。自慢するわけではないが、拙者の魅力を前にすると、女たちはたまらなくなるのでござるよ。拙者がほんの少し長く見つめて、にっこり微笑んでやるだけで、どんな美女でも、たちまち拙者の虜《とりこ》になるのでござる」

その言葉にバチスタンはふんと鼻で笑ってみせたが、とりたてて返事はしなかった。

やがて、日も中天に差しかかった頃、一行は小さな村に入り、《白馬の頭《あたま》亭》という看板の出ている宿屋の前で馬を止めた。

「不思議な宿屋でござるな」すぐにミロムが言った。「《白馬の頭亭》という文字を書いた看板は出ているが、馬の首をかたどった透かし彫りの看板がござらん！」

と、その時、縁なし帽を手にした宿屋の亭主が現われ、「いらっしゃいませ！」と、声をかけた。そこで一行は、亭主に案内されるまま、宿の中庭に入っていった。

「我らは先を急いでいる」馬から飛びおりると、三銃士の息子はすぐさま亭主に向かって言った。「すぐに鶏を何羽か、料理してくれ。馬を馬車からはずす必要はない。鞍もそのままでいい。食事がすんだら、すぐに出発するからな」

その言葉に、宿の亭主はただちに厨房に行って、料理人たちに指示を与えた。その間に、一行は宿の大きな食堂に入った。すると、食堂のテーブルのひとつに、木製の馬の頭が置かれていることに、ミロムが気づいた。

「おお、馬の頭はこんなところにござったか！」感嘆したような声をあげる。

「だが、これは看板というよりは模型だな」バチスタンが言った。「しかも、外ではなく、宿屋のなかに置かれている。そんなのは、おれは初めて見たぞ」

それを聞くと、ちょうど厨房から戻ってきていた宿の亭主が説明した。

「いえ、旦那様方、普通でしたら、ここにあるこの馬の頭の模型も、看板として表に掲げられているのでございますよ。ところが、昨日、近所の悪がきどもが、パチンコを使って石を飛ばし、この馬の耳を壊してしまったんでございます。それで、はあ、今、糊《のり》でくっつけている最中でして……。ちょうど、そこに旦那様方がお見えになったのでございます」

「おお、そう言えば、テーブルの下に糊の入った壺が置いてござるな。いやいや、それを見た時に、気づくべきでござった」ミロムが言った。

「ああ、旦那様方！」そう言って、ため息をつくと、宿の亭主は話を続けた。「この模型は、どうやら呪われているようなんでございます」

「呪われているだと？」亭主の言葉にびっくりして、三銃士の息子は尋ねた。

「呪われているですって？」胸の前で十字を切りながら、ジャンヌも繰り返した。

「ええ」もう一度、ため息をつきながら、宿の亭主は答えた。「まるでどこかの悪い魔法使いに呪いをかけられたみたいに……」

それを聞くと、ジャンヌがあわてて、また胸の前で十字を切った。

「この宿を始めようと思った時のことでございます」宿の亭主は話を続けた。「手前はこの宿に《白馬亭》と名前をつけまして、透かし彫りの看板がわりに、等身大の馬の模型を戸口の上に飾ろうと思いたったのでございます。どうです？　独創的でございましょう？ところが、馬の模型を飾ってから三カ月もしないうちに、突風が吹いて、白馬は地面に落ちまして、これが本当の落馬かと——いえ、冗談を言っている場合ではございませんで、手前の白馬は後ろ脚を二本、なくしてしまったのでございます。そこで、手前は馬の模型を戸口の上に戻しますと、宿の名前を変えて、《二本脚の白馬亭》にしたのでございます。はい、看板の文字もそう書きかえまして……。どうです？　独創的でございましょう？　最初のものより、さらに人目を引きますし……」

だが、三銃士の息子はそれほど白馬の話に興味を持てなかったので、亭主の言葉をさえぎった。

「なるほど。馬の模型の話はよくわかった。だが、それよりも、亭主。我らの食事のほうはどうなっているのだ？」

すると、亭主はこう答えた。

「もうテーブルのお支度はできております。料理ももうじき、できあがることでございましょう」

それから、馬の頭の模型に糊で耳をつけながら、話を続けた。

「ところが、この馬が不幸な目にあうというのは、どうやら運命で決まっているらしく、それからまたしばらくするうちに、今度は激しい雷雨が襲ってまいりまして、おお、手前のかわいそうな白馬は、雷に打たれて、残りの二本の脚も失ったのでございます。けれども、手前はこの不幸に打ちひしがれることなく、残された馬の模型を利用することにしました。そこで、宿の名前を《直腹《じかばら》の白馬亭》にしたのでございます。どうです？　独創的でございましょう？　才気煥発と言いますか……」

「再起不能と思われたのに……」ミロムが笑いながら言った。「一発逆転でござるな」

「それがそうでもございませんで……」亭主は首を横にふった。「旅のお方はこの独創的な屋号と模型の魅力がおわかりになりませんようで、旅をするのに、馬に脚がないのは不吉だとおっしゃるのでございます。そこで、手前はまた宿の名前を変えなければならなくなったのでございます。手前は模型の胴体の部分をのこぎりで切り落とし、首から上の部分だけ残して、屋号を《白馬の頭亭》にいたしました。それなのに、またこんなことになって……」

そう言うと、宿の亭主はまた深くため息をついた。

すると、ミロムが、その低く、美しい、朗々とした声で、慰めの言葉をかけた。

「まあ、それほど嘆くことはないでござるよ。これからまた模型に何かあっても、貴公は残っている部分を使って、宿の名前を変えればいいだけでござる。《白馬の口亭》とか、《白馬の耳亭》とか、《白馬の目玉亭》とか……」

「そうだ。仮に残っているものがなくなったとしても、《白馬の思い出亭》にする方法もある」三銃士の息子も笑いながら言った。

と、その時、ミロムが中庭に見慣れない道具を見つけて、大声を出した。

「やや、あれはなんでござるか？　なにやら、不思議な道具がござるが……」

「あれか」食堂の窓から、ちらっと中庭に目を走らせると、三銃士の息子は答えた。「あれはカタパルトだ」

「カタパルトでござるか？」ミロムが尋ねた。

「そうだ。古代の戦争でよく使われた兵器でな。あれを使って、大きな石を敵に向かって飛ばすのだ。投石器と言ったほうがわかりやすいかな」

「ああ、子供が使うパチンコを大きくしたものでござるな」

すると、ふたりのやりとりに、宿の亭主が割って入った。

「どうやら、手前のカタパルトがお気に召したようでございますね。あれは以前、骨董屋《こっとうや》で見つけて買ったものですが、ちゃんと使えるんでございますよ」

「そなたは骨董の趣味があるのか？」三銃士の息子は尋ねた。

「手前が、でございますか？　いいえ、旦那様」

「では、どうしてカタパルトを？」

「それは池に大きな波紋をつくるためでございます

よ」宿の亭主は答えた。「日曜日になると、手前は女房とともに、近くにある池のまわりを散歩するのですが、女房の奴、池に波紋ができるのを見るのが大好きでして……。手前は石を拾っては、池に投げこみ、波紋をつくっていたのでございますが、女房の奴が、そんな小さな輪じゃ満足できないと申しまして……。大きな波紋ができないせいで、夫婦の間に波紋が生じてしまったのでございます。そこで、骨董屋でこのカタパルトを見つけた時に、〈おお、これなら、大きな波紋をつくって、我が愛しの女房殿を満足させることができる〉と、そう思いまして、その場で購入したのでございます」

それを聞くと、三銃士の息子は思わず吹きだした。たちまち、声をあげて笑う。それにつられて、ミロムはもちろん、バチスタンやジャンヌも、しまいにはブランシュ＝ミニョンヌまでが、声を出して笑った。いっぽう、宿屋の亭主は、日曜日の過ごし方を話しただけで、どうしてみんなに笑われなければならないのか、いっこうに理解できない様子だった。

その時、「食事のお支度ができました」と給仕の者が呼びにきたので、一同は大きなテーブルを囲んで、目の前に並べられた料理を食べはじめた。旅のせいで、お腹がすいていたので、料理の皿は見るみるうちに空になっていった。だが、あまりに食事に夢中になっていたので、その間に、中庭に入ってきた見知らぬ男が、そっと厩舎《きゅうしゃ》に忍びこんでいったことには、誰も気がつかなかった。

いや、その男はまったく見知らぬ男というわけではなかった。もしブランシュ＝ミニョンヌがその男の顔を見ていたら、サン＝メリ教会で見た偽物の聖人のひとりだとわかって、恐ろしさに震えあがっていただろう。そう、この男はあの悪党のバロッコの手下のひとりだったのである。今度の旅が始まる前に、「トリスタン・ド・マカブルーは、ますます執拗にブランシュ

＝ミニョンヌを狙ってくるだろう」と食料品屋のプランシェが言っていたが、その予想は見事に当たっていたのだ。

実際、最初の計画がふたつとも失敗に終わったことに腹をたてて、トリスタン・ド・マカブルー公爵は、三銃士の息子に復讐し、今度こそ、ブランシュ＝ミニョンヌを手に入れてみせると心に誓った。そうして、その公爵の意を受けたバロッコたちが、すでにこうして動きだしていたわけである。

それでは、誰にも知られず厩舎にしのびこんだ男は、いったいそこで何を始めたのか？　しばらく、その男の様子を一緒に探ってみたい。

厩舎に入ると、男は薄暗がりに目を凝らし、やがて内部の様子がわかってくると、まっすぐに三銃士の息子の馬のところに行った。馬は飼葉《かいば》桶《おけ》の前で秣《まぐさ》を食べていたが、男はためらう気配も見せず、物馴れた様子で、ひらりと馬にまたがった。大柄だが、軽い身のこなしだった。

それから、馬を前に進ませると、厩舎の扉のところまで行った。扉は入った時にわざと半開きにしたままになっている。そうして、その扉の隙間から、じっと中庭の様子をうかがうと、男は時が来るのをじっと待った。いや、男がなんの〝時〟を待っているのか、それはこれからお話しするので、しばしお待ちいただきたい。

さて、その間に、三銃士の息子たちは食事を終え、再び出発する準備を始めていた。最初に食堂から出てきたのは、バチスタンとジャンヌ、それからブランシュ＝ミニョンヌである。三銃士の息子とミロムが支払いをすませている間、三人は中庭に出て、馬車が置いてある場所に向かった。

と、突然、厩舎のほうから、黒ずくめの格好で馬に乗った男がひとり現われた。男は矢のような速さで中庭を突っ切ってくると、ブランシュ＝ミニョンヌを片手で抱きあげ、門のほうに去っていった。ブランシュ＝ミニョンヌの叫び声に、ジャンヌとバチスタンは、自分たちも恐怖の叫び声をあげるほかは何もできなかった。

その声に、三銃士の息子はすぐさま中庭に飛びだした。

「ちくしょう！　あいつは私の馬を盗んで、ブランシュ＝ミニョンヌをさらっていったんだ！」走り去る馬を見て、怒りの咆え声をあげる。「これでは追いつく

ことは不可能だ。あの馬より速い馬は、どこを探してもいないからな。どうしよう？　そうだ！　いい考えがある！」

そう一瞬にして閃くと、三銃士の息子は目にも留まらぬ速さで、カタパルトのほうに向かった（残念ながら、作者《わたし》は、この時の様子を描写することができない。なにしろ、あまりに速くて、目にも留まらなかったからである）。そうして、たちまちカタパルトのそばまで来ると、今度は車輪をころがして、門の外に押しだした。それから、また宿屋にとってかえすと、食堂に行き、馬の頭をひっくり返して、底の部分に刷毛《はけ》で糊を塗った。それが終わると、その馬の頭を抱えて、カタパルトのところにまで戻ってくる。そうして、馬の頭を発射台のところに据えると、慎重に狙いをつけて、引き金を引いた。

すると、強力なバネのおかげで、馬の頭は空中を矢のように飛んでいき、ブランシュ＝ミニョンヌをさらった男のあとを追いかけていった。そして、おお、なんという神技であろう、狙いをあやまたず、ブランシュ＝ミニョンヌを乗せて、逃げていく馬の腰に着地した。

驚いたのは馬である。腰に激しい衝撃を感じて、走るのをやめると、馬はうしろをふりかえった。すると、なんとそこには馬の頭があるではないか！　頭は向こうを向いている。

と、そこで、三銃士の息子が予測していたことが起こった。

後ろに頭があるのを見て、馬は自分がこれまで後ろ向きに走っていたのだと結論した。馬と生まれて、後ろ向きに走るなど、それははなはだよろしくない。少なくとも馬道《ばどう》にもとる。ご先祖様に申し訳ない。そう考えると、正しい向きに――すなわち、木製の頭を前に、宿屋に向かって疾走しはじめたのである。

驚いたのは、ブランシュ＝ミニョンヌをさらった男である。馬がいきなり後ろ向きに走りだしたのを見ると（馬からすると、正しい向きなのであるが）、驚きあきれ、怒りくるって――だが、どうしてこんな不思議な現象が起こったのかは見当もつかず、頭がおかしくなりそうになった。そこで、馬の横腹に思い切り拍車をかけたのだが、そんなことをしたら、もちろん、馬の勢いは増すばかりであった。もう一度、前向きに走らせることはとうていできず、あとは自分が悲惨な運命に向かっていくのを、鞍の上で、指をくわえて見ているしかなかった。というのも、その先には、すでに三銃士の息子が唇に皮肉な微笑を浮かべ、ブランシュ＝ミニョンヌをさらった男が近づいてくるのを手ぐすねひいて待っていたからである。男はなすすべもなく、ただ、怒りに蒼白になっていた。

いっぽう、三銃士の息子は、馬がそばまで走ってくると、父親のひとりであるポルトスゆずりのたくましい腕を横に突きだし、その勢いを止めた。双頭の馬は、たちまち疾走するのをやめた。そうとうなものだ。三銃士の息子はすぐさまブランシュ＝ミニョンヌを抱きとめると、地面におろした。ブランシュ＝ミニョンヌはあまりの出来事に、馬の上で気絶していた。男のほうは馬が止まった勢いで、自分から地面に落ちていたが、この状況を利用して逃げだそうとした。

それを見ると、ミロムが男に声をかけた。

「待て！　待たぬか！　そこにおれ！　この〈撒死《さっし》丸《まる》〉をお見舞いもうす！」

そう相手を呼びとめながら、自分の身の丈より長い剣を抜くと、短い脚でちょこまかと追いかけていく。

「ミロムさん、走って！　走ってくださいな！」ブランシュ＝ミニョンヌの介抱に向かいながら、ジャンヌが叫んだ。

「や、その必要はない。奴が止まってくれれば、拙者は走らずとも、奴を捕まえることができる。おお、待てと言っているのに！　この臆病者が！」

だが、相手はいっこうに止まる気配を見せないので、ふたりの間は広がるばかりだ。と、そこに番羊《ばんよう》のブルータスが現われ、ミロムよりも早く——何十倍も早く走って、たちまち男に追いつくと、「メェー」という恐ろしい唸り声をあげて、男にかみついた。

この思いがけない攻撃に、男は「ぎゃあ！」という悲鳴をあげると、羊にかみつかれたことがよほどショックだったのだろう、地面に倒れて動かなくなった。

その様子をミロムは少し離れた場所から見ていたが、

男が動かなくなったとわかると、急いでその場に駆けつけた。そうして、少しずつそばに近寄りながら、男がもう息をしていないことを慎重に確かめると、上からねめつけるようにして、その低く、美しい、朗々とした声で言った。

「よかったな。もう死んでいて……。そうでなければ、拙者が殺してやるところでござった」

その間、三銃士の息子とジャンヌとバチスタンは、ブランシュ＝ミニョンヌの介抱にかかりっきりだったので、この光景は見ていなかった。

そこに、ミロムがひとりで戻ってきたので、三銃士の息子は尋ねた。

「どうした？　奴を取り逃がしたのか？」

「そうではござらん。奴は死んだでござるよ」ミロムは謙虚に答えた。

「おまえがやったのか？」

「まあ、そう言ってもよいかと……」

「そう言ってもよいとは？」

「拙者が〈撒死丸〉を手に追いかけてきたのがわかると、奴は恐怖のあまり、ほとんど死にかけたのでござる。そこにブルータスがやってきて、奴にかみつき、とどめを刺したのでござるよ」

それを聞くと、三銃士の息子は微笑した。

いっぽうブランシュ＝ミニョンヌは、なかなか気持ちが静まらなかったが、宿の亭主が持ってきてくれた強いお酒を飲むと、ようやく落ち着きを取り戻した。そうして、「自分のせいで遅れをとっては申し訳ないので、すぐに出発しましょう」と、けなげにも申し出た。その決心は固く、三銃士の息子が「しばらく休んでからにしたほうがいい」と言っても聞かなかった。

「いえ、いえ。すぐに出発いたしましょう」にっこり微笑みながら、ブランシュ＝ミニョンヌは言った。「マカブルーの追手はすぐそこまで迫っていましょう。これはもう時間との競争です。一刻も早く出立して、相手に追いつかれないようにしなくては……」

「おお、ブランシュ＝ミニョンヌ。たとえ、追いつかれても、私がいるぞ。心配は無用だ。それとも、貴女は……」

「いいえ、若様」三銃士の息子の言いたいことを察して、ブランシュ＝ミニョンヌは答えた。「わたしが若様の腕や勇気を信用しないなんて、そんなことがあるわけがございません。ただ、わたしは若様の血気盛んで、向こう見ずなご気性が心配なのでございます」

「そうでございますよ。もし若様が大勢の敵に囲まれて、万一、命でもお落としあそばされたら、いったい誰がブランシュ＝ミニョンヌを守ってくれるというのでしょう？」横からジャンヌも口添えする。

「そうであった」三銃士の息子は冷静になって答えた。「私はついかっとなる性格をしている。その性格は抑えるとブランシュとも約束したのだ。マカブルーと闘うには、知略を用いると……。よし、私は今、ここで誓うぞ。ブランシュ＝ミニョンヌを無事に安全な場所に送りとどけるまでは、知略を用いて、向こう見ずな真似はしないと……。これはブランシュ＝ミニョンヌとも約束しよう」

「そうなさってくださいませ」ジャンヌが続けた。「若様は剣の腕前だけではなく、知略にも優れていらっしゃいますからね。若様がちょっと頭をお使いになれば、敵がどんな卑怯な手を使って罠を仕掛けてきても、ブランシュ＝ミニョンヌを守ってくださることができますよ」

「そのとおりでござる」ミロムも言った。「旦那様は知略に優れていらっしゃる。だから、ジャンヌ殿、何があっても、ご心配には及びませぬぞ。なにしろ、絶対絶命のピンチに追いこまれたと思っても、その一秒後には、『ぴん！』と閃いて、名案を思いついているのでござるからな」

「ミロム！　それは言いすぎだぞ」静かに笑いながら、三銃士の息子は言った。

「いえ、いえ、決して言いすぎではござらん。旦那様は謙虚すぎるでござるよ。拙者は声を大にして申しますぞ。旦那様は〈思いつきの天才〉でござると……。旦那様が、ひとたび『そうだ！　いい考えがある！』とおっしゃったら、それは誰にも思いつかないようなものなのでござるから……。まったく！　誰にもでござるよ」

「そのとおりですわ」それまで黙って話を聞いていたブランシュ＝ミニョンヌも、ミロムの言葉に相槌を打った。「若様が素晴らしい考えを思いついてくださらなかったら、わたしは今頃、この世にはおりませんでしたわ。ああ、わたしの騎士様。若様はわたしの救い主です！」

その言葉に、心のなかでは酔いしれながらも、面《おもて》には出さず、三銃士の息子は、ブランシュ＝ミニョンヌの白い手を取り、そこに口づけをした。だが、そこで

なおもミロムが賛辞を浴びせようと、唇の端をむずむずさせているのを見ると、急いで出発の合図をした。それから、ブランシュ＝ミニョンヌが馬車に乗るのに手を貸すと、自分の馬にまたがった。宿の亭主が木製の馬の頭をはがしておいてくれたので、馬はもう双頭ではなくなっていた。

「ボルドー街道はやめて、オーヴェルニュ街道を行こう」宿屋の門を出ると、三銃士の息子は言った。

「オーヴェルニュ街道でござるか？」ミロムが驚いて、尋ねた。

「そうだ。いささか遠まわりにはなるが、うまくいったら、追手をまけるかもしれない。追手はボルドー街道を来るはずだからな」

と、その言葉に、ミロムが急に不安げな顔をして言った。

「しかし、旦那様。オーヴェルニュ街道のほうには、火山がたくさんあるのではござらぬか？」

「うん、あるな」三銃士の息子は答えた。「だが、みんな死火山だ」

「みんなでござるか？」

「みんなだ」

「それは残念でござる」たちまち、明るい顔になって、ミロムが言った。「拙者は火山の噴火というものを見てみたかったのだが……。しかたあるまい。さようであれば、火口のなかをのぞくだけで、満足するでござるよ」

このミロムの勇ましい言葉とともに、一行は《白馬の頭亭》を離れ、街道を急いだ。

10

読者はここで、危機を脱するには〝クレープ返し〟が有効だと知ることになる

それから数日の間、旅は何事もなく過ぎた。三銃士の息子はオーヴェルニュ街道を来たおかげで、追手がこちらの姿を見失ったのだと考えた。

そうして、クレールモン・フェランの近くの小さな村まで来た時のことだ。一行は《空飛ぶクレープ亭》という名の宿に入り、テーブルに落ち着いた。実を言うと、この宿屋の看板を見た途端、クレープに目のないミロムが（あたりまえだ。クレープに目があるなんて、聞いたことがない）、どうしてもここで昼食をとろうと言って聞かなかったのである。

だが、椅子に座って注文を始めたところで、三銃士の息子はミロムの言うことを聞いたのを早くも後悔しはじめていた。料理を頼むと、宿の主人が、その大きな身体を揺すって、怒りに満ちた声で、こう宣言したからである。

「嫌だね。うちはクレープをつくってるんだ」

「いや、それはわかっている」三銃士の息子は笑いながら、答えた。「だが、そのご自慢のクレープを味わう前に、我らは食事がしたいのだ」

すると、宿の主人は頑強に言いつづけた。

「それはできない相談だ。うちじゃ食事は出してない。出すのはクレープだけだ」

「だが、こっちだって、クレープだけじゃ、食事にならない。だいたい、宿の食堂でクレープしか出さないなんて、聞いたことがないぞ」三銃士の息子は言い返した。

「あいにく、それがうちのやり方でね」宿の主人は譲らなかった。「うちの店に来るなら、クレープしか食べない覚悟で来てもらわんと!」

「呆れた親爺《おやじ》だな」三銃士の息子はとうとう苛々して言った。「この店では鶏の串焼きとか、鴨の串焼きを出せんと言うのか?」

「出せないね。うちではクレープしか出さない。串焼きなんて……」

「ちくしょう! ハラヘリの神に懸けて言うがな、おまえは私のことをからかっているのか?」三銃士の息子はついに怒って、大声を出した。「串焼きのつくり方がわからないようなら、私の剣をおまえの身体に突き刺して、つくり方を教えてやろうか!」

それを聞くと、宿の主人は恐ろしさに震えあがって、急に態度を変えて言った。

「旦那様、お願いです。命ばかりはお助けを! 旦那様をからかうつもりなんて、毛頭《もうとう》ありません。実はあっしはクレープしかつくれないんです」

「クレープしかつくれないだと? そうか。ならば、それはよしとしよう」その言葉に、三銃士の息子は、とりあえずは怒りを収めて続けた。「だが、おまえには女房がいるだろう? おまえの毎日の食事をつくってくれる女が……。女房なら、クレープ以外の料理の仕方も知っていよう」

「それが旦那様、あっしは独り者なもんで……。自分の食事も自分でつくっているんです」

「なんだと? すると、おまえは毎日、クレープを食べているのか?」

「そのとおりで。クレープには、栄養がありますんで」

「いや、栄養はあるだろうが……。だが、どうして、そんな食事をとるようになったのだ? 何か理由があるのか？」

「いいえ、別に理由はありません。ただ、ある時、急に思いたって、『これからはクレープだけを食べて暮らそう』と誓いを立てたんです」

「そうか、誓いをな……。なるほど。事情はよくわかった」三銃士の息子は声をやわらげて言った。「だが、あいにくなことに、我らはそういった誓いを立てておらん。いや、幸いにしてと言うべきか。そこで、親爺。どうだろう？　ここは我らのために、普通の食事ができるようにしてくれまいか？　この宿の裏庭には鶏《にわとり》がいるだろう？」

「へい、二羽ばかり。裏庭には二羽、鶏《にわとり》がいます。でも、さっきも言ったとおり、あっしにはクレープしかつくれないんで……」

「それはわかっている。だから、少しの間、そこのかまどを貸してもらって、ここにいるジャンヌが昼食をつくれるようにしてもらいたいのだ」

「はあ、それでしたら、お安いご用で。かまどでもなんでも、宿にあるものは、どうぞご自由に使ってください」宿の主人はおとなしく答えた。

「では、頼んだぞ。その代わり、デザートにはお得意のクレープをたっぷり焼いてもらうからな」三銃士の息子は高らかに笑いながら言った。「フライパンでクレープを返す時に、空高く放りなげてな。この店の名前はそこからつけたのであろう？」

「そのとおりで」

その言葉にうなずくと、三銃士の息子は今度はジャンヌに言った。

「すまぬが、ジャンヌ。我らのために昼食をつくってくれぬか？」

それを聞くと、ひさしぶりに料理の腕がふるえるとあって、ジャンヌは大喜びで食堂の片隅にあるかまどの前に立ち、バチスタンを助手にして、さっそく昼食の用意を始めた。

そうして、三十分後、できあがった料理に舌つづみを打ちながら、ミロムがつぶやいた。

「それにしても、客に料理をつくらせるとは、おかしな宿屋でござる」

「確かにな」三銃士の息子は相槌を打った。それから、ジャンヌのほうを見て、続けた。「だが、そのおかげで、ジャンヌのおいしい手料理を味わえたのだから、宿の主人には感謝せねばならんな」

その間、宿の主人は食堂の端っこに座って、いつものようにクレープの食事を始めていた。それを見ると、あいかわらず、低く、美しい、朗々とした声で、ミロムが尋ねた。

「そんな甘い物ばかり食べて、よく平気でござるな」

すると、宿の主人は抗議するように答えた。

「いいえ、これは甘い物ではありませんで」

「甘くはないのでござるか？」

「へい。あっしはまず主菜として、十枚ばかり、塩、胡椒《こしょう》をしたクレープを食べますんで……。それから、ドレッシングをかけたクレープを二、三枚食べまして、最後に……」

「なんと？ ドレッシングをかけたクレープを？」主人の言葉にびっくりしたように、ミロムは尋ねた。

「へい、そいつはサラダ代わりのクレープですからね。そうやって少し味つけを変えないと、毎日、同じ料理は食べられませんので……」

「そうして最後に、砂糖をかけたクレープを食すのでござるか？」

「さようで。主菜用クレープ、サラダ用クレープ、そして最後にデザート用クレープ。こんなふうにして、あっしはクレープで、いわばフルコースを食べているわけで」

「しかし、いずれにしろ、クレープなのだから、似たようなものでござる。いやはや、奇妙な誓いを立てたものでござるな」

と、その時、十五人ばかりの男だけの集団がどやどやと入ってきたので、ふたりの会話は中断された。男たちは顔も服も煤《すす》で真っ黒に汚れていて、手には煙突掃除の人たちが使う道具を提《さ》げている。

「おい、クレープとワインだ」

「早くしてくれよ」

テーブルにつき、男たちはわいわいと騒ぎながら、陽気に注文した。それを受けて、宿の主人はかまどの前に立ち、クレープを宙に投げあげて、うまくひっくり返しながら、何枚も焼きあげた。そうして、男たちのところまで運んでくると、テーブルの上に並べながら、尋ねた。

「お客さんたちは、このあたりで煤払いのお仕事をなさってるんで？」

「そうだよ。このあたりの奴は特に汚れているからな。まあ、仕事とはいえ、かなりきついよ」男たちのひとりが言った。

「ああ、でも、少なくとも、お仕事には困らないのでは？　このあたりには煙突がたくさんありますからね」

「煙突だって？」宿の主人の言葉に、先程の男が訊きかえした。「おまえはおれたちのことを煙突掃除夫だと思ったのか？　これは心外《しんがい》だな。よく見れば、わかるだろうに……」

「すると、皆さんは、煙突掃除夫ではないので？」宿の主人は狐につままれたような顔で尋ねた。「では、いったい、なんの煤払いをしているんです？」

「火山だよ」

「火山ですか？」

「そうだ。おれたちは火山掃除夫なんだ。政府お抱えのな。火山ってのは、時々、掃除してやらないと、だんだん悪いものがたまっていって、最後には爆発する。それはおまえさんも知っているだろう？」

「いいえ。申し訳ありません」宿の主人はますます困ったような顔で返事をした。「そんなことは、今の今まで、まったく存じませんで」

この間、三銃士の息子たちは、「この煙突掃除夫の格好をした男と宿の主人のやりとりに耳を傾けていたが、突然、ミロムが三銃士の息子に向かって、小声で訊いた。

「旦那様。いかがでござろう？　あの火山掃除夫たち、怪しいとは思われぬか？」

「そうだな」三銃士の息子は、ミロムの耳もとにささやくようにして答えた。「おまえの言うとおり、あの男が本当のことを言っているとは、とうてい思えん。それに、あの男たちの顔を見ていると、見れば見るほど見覚えがあるような気がして、しかたがなくなってくるのだ」

「どういうことでござる？」あいかわらず声をひそめながら、ミロムは尋ねた。

「つまり、前に会ったことがあるということだ。煤で汚して、わからないようにしてあるが、あれはサン＝メリ教会で聖人のふりをしていた男たちにちがいない。ブランシュ＝ミニョンヌを助けるために、我らが蹴散らしてやった……」

「なんと、あの男たちでござるか？」震える声で、ミロムは言った。「すると、旦那様は、あやつらはマカブルーの手先で、火山掃除夫というか、煙突掃除夫に変装して、我らのあとを追ってきたと言うのでござるか？」

「おそらくな。奴らはみんな、煙突掃除夫が着る、長い上着を身につけている。その下にはたぶん、長剣を隠しているのだろう。そして、あの煙突掃除用のロープは、獲物を捕まえた時に縛りあげるために使うつもりなのだ」

「おお、旦那様！　旦那様は何ひとつ、お見逃しにならない。素晴らしい洞察力でござるよ」そう言うと、ミロムは小さな声で尋ねた。「で、このあとは、どうなさるおつもりで？」

その言葉に、三銃士の息子はぐっと拳を握りしめると、答えた。

「もし、生まれもった気性のままに行動しているとしたら、今頃はとっくに奴らに襲いかかっていたがな。しかし、私は誓ったのだ。ブランシュ＝ミニョンヌを無事に安全な場所に送りとどけるまでは、知略を用いて、向こう見ずな真似はしないと……」

「よいことでござるよ」ミロムは言った。「しかし、そうおっしゃるからには、何かお考えがおありで？

拙者、賭けてもよいが、旦那様はすでに名案を思いついたのではござらぬか？」

三銃士の息子はうなずいた。

「ひとつだけな。ここは奴らに足止めを食わせて、その間に我らができるだけ遠くに行けるようにする必要がある。そのためには、よいか？　ミロム、ちょっと耳を貸せ……」

そうして、食事を続けるふりをしながら、三銃士の息子はミロムに小声で指示を与えた。その間、煙突掃除夫の格好をした男たちはクレープを口に詰めこみ、ワインをがぶ飲みして、宿の主人をほくほくさせていた。

三銃士の息子はまちがってはいなかった。煙突掃除夫の格好をして、煤で顔と服を真っ黒にした、この怪しげな男たちは、トリスタン・ド・マカブルー公爵の手先だったのである。

首領はもちろん、サン＝メリ教会で聖人たちに化けて偽の奇蹟を演出し、それには失敗したものの、翌日、フォンテーヌブローでブランシュ＝ミニョンヌを誘拐して、公爵の信頼を取り戻した、あの悪党のバロッコである。バロッコは手下のひとりが《白馬の頭亭》でブランシュ＝ミニョンヌをさらうのに失敗したと知ると、すぐに新しい計画をたて、今度は煙突掃除夫の格好をして、三銃士の息子たちを襲おうと思いついたのだ。確かに自分たちはサン＝メリ教会で、ブランシュ＝ミニョンヌと三銃士の息子に顔を見られている。だが、煤で顔を真っ黒にしておけば、見破られることは決してあるまい。バロッコはそう考えていた。

それに、煙突掃除夫の格好をすれば、長い上着の下に剣は隠しもてるし、獲物を縛りあげるのに使うロープを持っていても不思議ではない。煙突掃除夫というのは、煙突の先から下に降りていくために、長いロープを持ちあるいているからである。

では、どうして、バロッコは自分たちを〈火山掃除夫〉と名乗ったのか？　どうして、〈煙突掃除夫〉と名乗らなかったのか？　そのほうがずっと簡単で、自然ではないか？

いやいや、読者諸君、そこで早まった評価を下してはならない。悪党の企みとは、底の知れないものなのである。深謀遠慮《しんぼうえんりょ》というか、遠慮深謀《えんりょしんぼう》というか、人生《じんせい》辛抱《しんぼう》というか、先を読むにあたっては、あらゆる可能性を考慮に入れておく。どんな小さなことでもおろそかにしない。

はたして——。

バロッコはすべてを見通していたのである。

考えてもみてほしい。もし煙突掃除夫が十五人も一緒に集まって歩いていたら、奇妙だと思われないだろうか？　道行く人に怪しまれたりしないだろうか？　それにひきかえ、〈火山掃除夫〉なら、それだけの人数がいてもおかしいことはひとつもない。火山は煙突より、はるかに大きいからである。したがって、大人数で歩いていても、人目を引くことは決してない。バロッコはそう考えたのだ。

もし、ここで三銃士の息子に正体を見破られていなかったら、バロッコの慎重さは、後世《こうせい》、おおいに讃えられることになったであろう。だが、三銃士の息子はすでにバロッコの計略に気づいていた。この点、バロッコにとっては、相手が悪かったとしか言いようがない。相手のほうが少しだけ優れていた。歴史の綾《あや》というものである。

それはともかく、三銃士の息子たちのいるテーブルに、時おり、視線を走らせながら、バロッコは自分の勝利を確信していた。計略はうまくいき、自分たちはブランシュ＝ミニョンヌを連れ去ることができると……。

ここで今、自分が合図をすれば、手下の半分が三銃士の息子に襲いかかり、残りの半分がブランシュ＝ミニョンヌを誘拐するのだ。

成功の予感に酔いしれて、今のこの瞬間を少しでも長く楽しもうと、バロッコは合図をするのを先延ばしにした。何を急ぐことがある？　獲物はもう目の前にあって、とうてい逃げられないのだ。それに、さっきからたくさんクレープを食べているせいで、やたらと喉が渇く。これではワインを飲むのをやめられない。というか、クレープとはこんなに塩辛いものだったのか？　まあ、いいか、ともかく酒が飲めるのだから……。というわけで、バロッコはなかなか合図をしないでいた。

いっぽう、我らが一行のほうは、ジャンヌのつくったおいしい料理を堪能《たんのう》しおわったところだった。

「さてさて、それではそろそろ、ご自慢のクレープをデザートにいただくとするかな」かまどの前にいた宿の主人のほうを向くと、三銃士の息子は声をかけた。「そのついでに、クレープ返しの妙技も見せていただこう。なにしろ、店の名が《空飛ぶクレープ亭》というのだから、フライパンで返す時に、さぞや高く舞いあがることであろう」

「へい。そのとおりで」そう言うと、宿の主人は張り切って、フライパンの長い柄を握った。「これから十枚ほど焼きますから、どんどん食べてくださいよ。クレープは焼きたてがおいしいんで」

そう言って、フライパンにタネを注いで、片面を焼くと、フライパンを上に放りあげるようにして、クレープを返した。クレープは見事に宙を舞うと、またフライパンの上に戻ってきた。宿の主人は「どうだ？」とばかりに、胸を張った。

が、期待に反して、三銃士の息子からは、称賛の言葉が返ってこなかった。それどころか……。

「なんだ。そんなものか？」焼きあがったクレープがテーブルに置かれると、三銃士の息子は馬鹿にしたような口調で言った。「店にこんな名前をつけるくらいだから、もっとすごいものが見られるのだと思ってい

たぞ」

　それを聞くと、宿の主人は自分の耳が信じられないといった様子で、三銃士の息子を見つめた。フライパンを持つ手が震えている。そこで、三銃士の息子は、追い討ちをかけるように言った。

「どんなにすごい〝クレープ返し〟が見られるのかと思ったら、そんなものなら、たいしたことはないな」

「あっしの〝クレープ返し〟がすごくないって？」怒りで喉を詰まらせながら、宿の主人は抗議した。「今のは空中で一回転半させたんですぜ」

「そうだったな。確かに一回転半した。私は見たよ。だが、高さが足りない」

「高さが足りないだって？」宿の主人は唸った。「言っときますがね、旦那。あっしの〝クレープ返し〟を見て、そんなことを言ったのは、旦那が初めてですぜ」

「初めてでも、なんでもしかたがない。私は思ったままを言っただけだ」三銃士の息子は続けた。「私にはそれだけのことを言う資格がある。我が生まれ故郷、ガスコーニュでは、クレープを返す時には、かまどの煙突のなかを通して、屋根の上まで放りあげる。そうして、料理人のほうは、急いで表に出て、落ちてきたクレープをフライパンで受けとめるのだ」

「そんな馬鹿な……」宿の主人はへなへなと椅子の上に座りこんだ。

すると、このふたりのやりとりを聞いて、とうとう我慢できなくなったらしい。偽の火山掃除夫たちが笑い声をあげた（まあ、本物の火山掃除夫というのもいないが……）。

これを聞くと、三銃士の息子は眉ひとつあげずに言った。

「お笑いか？　だが、私が言ったことに、嘘偽りはない。すべて本当のことだ」

「なんだと？　おれたちがそんなガスコーニュ人の与太話を本気にすると思ってるのか？」偽の火山掃除夫たちは口ぐらに言った（まあ、本物の火山掃除夫というのもいないが……）。

「私は嘘はつかない」三銃士の息子は落ち着き払って言った。

「じゃあ、おまえはどうだ？　おまえもそんなやり方で、クレープをひっくり返すことができるのか？　どうだ？　それを聞いたら、怖気《おじけ》づいたか？」三銃士の息子の言葉に、偽の火山掃除夫たちは（というか、もう面倒くさいので、悪党どもと呼ぶことにする）――悪党どもは、せせら笑いながら言った。

「怖気づくはずがない。国ではずっとそのやり方で、クレープをひっくり返していたのだからな」三銃士の息子は平然と言った。

「国ではな。でも、ここではできないって言うんだろう。『フライパンがちがうから』とかなんとか言って……。《遠くから来た者は平気で嘘をつく》って諺《ことわざ》があるが、そいつはまさにこのことだ。ガスコーニュ人なら、なおさら平気で嘘をつくだろうよ」

「ちくしょう!」たびたびガスコーニュ人の悪口を言われて、三銃士の息子は本気で腹をたてた。

だが、もう少しで相手につかみかかろうとしたところで、ブランシュ＝ミニョンヌとの約束を思い出し、かろうじて気持ちを抑えた。冷静さを取りつくろって、答える。

「いや、国じゃなくても、どこでもできる。私はどこの国でも、自分の国のやり方で、クレープを返してみせよう」

「ここでもか? この宿屋でも?」悪党どもが声をそろえた。

「ここでも、どこでもだ。そんなに疑うなら、ひとつやってみせようではないか」

そう言うと、三銃士の息子は断固とした足取りで、かまどに近づいた。そうして、悪党どもが呆れた顔で見つめるなか、宿の主人から長柄のフライパンを受け取り、タネを流しこんだ。

「おい、本気でやるつもりか? 冗談じゃなかったのかよ」悪党どもは口々にわめいた。

「もちろんだ。冗談なんかではない。さっきも言ったように、ガスコーニュでは、クレープを返す時には、かまどの煙突のなかを通して、屋根の上まで放りあげる。そうして、料理人のほうは、急いで表に出て、落ちてきたクレープをフライパンで受けとめるのだ。今から、それをやってみせよう」

これを聞くと、ジャンヌの傍らでは、ブランシュ＝ミニョンヌがつぶやいた。

「ああ、神様。わたしの騎士様はどうなさってしまったのでしょう? 突然、頭がおかしくなってしまわれたのかしら?」

「大丈夫だよ、ブランシュ＝ミニョンヌ」すぐにジャンヌが小声で言う。「若様は〈思いつきの天才〉でいらっしゃるのだから……。でも、ミロムさんはどこに行ったんだろうね」

その間に、三銃士の息子は大きなかまどの前に立ち、タネを流しこんだフライパンを火にかけて、ひっくり返す頃合いを見はからっていたが、いよいよ〈今だ！〉と思った瞬間、しっかりと膝を曲げ、腕に力をこめて、クレープを上に放りあげた。クレープは煙突のなかに消えていった。

「さあ、今度は落ちてきたところを捕まえにいくぞ！」フライパンを手にしたまま、三銃士の息子は叫んだ。そうして、稲妻のような速さで、通りに飛びだしていった。

それを見ると、決定的な瞬間を見逃してはならじと、悪党どもと宿の主人も扉に向かった。そして、ちょうど建物の外に出たところで、屋根の上からくるくると、クレープが回転しながら落ちてくるのを目撃した。

「どうだ？」落ちてきたクレープをフライパンで受けとめると、三銃士の息子は胸を張った。

悪党どもは賛嘆のあまり、思わず歓声をあげた。宿の主人はこの素晴らしい光景に感激して、大声で言った。

「参りました。旦那様の言ったとおりだ。旦那様に比べたら、あっしにはフライパンを握る資格はありません。旦那様は〈クレープの王様〉です」

だが、悪党どもの賛嘆も、宿の主人の感激も、ちょうどこの時、屋根の上にミロムがいたことを知ったら、

いっぺんにしぼんでしまったことだろう。ミロムは三銃士の息子が悪党どもと「嘘だ」「本当だ」「そんなことはできない」とやりあっている隙に宿を抜けだし、屋根にのぼって、煙突の陰に隠れた。そうして、三銃士の息子がフライパンを手に外に飛びだしてくるのを見るや、あらかじめ指示されていたとおり、屋根まで持ってあがってきていたクレープを（宿の主人が焼きあげた最初の一枚だ）、三銃士の息子に向かって、放りなげたのである。

それでは、三銃士の息子が投げあげたクレープはどうなったかと言うと、それはただ単にかまどのなかに落ちて、燃えてしまったのである。悪党どもや宿の主人は、三銃士の息子のあとを追って、すぐさま外に飛びだしたので、クレープがかまどに落ちてきたことには気がつかなかったのだ。

だが、悪党どもも、はたまた宿の主人も、三銃士の息子に騙されたとは露ほども疑わず、我らがヒーローに賛辞の嵐を浴びせていた。

「なんてことだ！　まさに奇蹟です！」尊敬の念をこめて、宿の主人が言った。「この目で見たのでなかったら、こんなことはとうてい信じられなかったでしょう！」

「そのとおりだ」悪党どもも唱和する。

しかし、三銃士の息子はそんな賛辞くらいでは満足しなかった。計画はまだこれからなのである。

「いやいや、あれくらいはなんでもない」宿の食堂に戻ると、三銃士の息子は言った。

「なんでもないだって？」たちまち、悪党どもの間から、抗議の声があがった。

そこで、三銃士の息子は落ち着いて、答えた。

「そうだ。なんでもない。私がろうそく祝別の日にしたことに比べたらな」

訳注　ろうそく祝別の日は、二月二日のキリスト奉献、聖母マリアのお清めを祝う日。フランスではこの日にクレープを食べる習慣がある。

するると、今度は宿の主人が声をあげた。

「おお、旦那様。ろうそく祝別の日に、旦那様は何をしたんです？　ぜひ、教えてください！」

「いや、何、ちょっとした賭けをしただけだ。さっきのように、クレープを投げあげて、煙突を通し、村の広場で受けとめてみせると言ってね」

「で、その賭けには勝ったんで？」

「もちろんだ。まあ、村の広場というのは、クレープ屋から歩いて十分のところにあったから、それほど簡単ではなかったがね」

「おお、神よ！」宿の主人は天を仰いで、その場に立ちつくした。

と、その瞬間、

「いや、そんなことができるはずはない！　そいつは不可能だ」

悪党どものなかから、声があがった。首領のバロッコだ。

「不可能なことは何もない」三銃士の息子は冷静に答えた。「それは今、証明してみせたではないか！」

「ああ、確かに宿の前の通りで受けとめるのは見せてもらった」バロッコは言い返した。「だが、ここから歩いて十分も離れた場所で受けとめるというのは、それとは話がちがう。もう一度、言うぞ。そんなことはできるはずがない！」

「そうか。それなら、やってみせようじゃないか」三銃士の息子も言い返した。「しかも、私がクレープを受けとめるのは、村の広場なんかじゃないぞ。もっと離れたところだ。今日は力がありあまっているからな。私はどこまでもクレープを飛ばすことができる。よし、ここは私が力のかぎり、クレープを投げあげて、そのクレープが村の上空を越えていき、隣の丘の上に落ちてきた時に、私が受けとめるというのではどうだ？」

それを聞くと、さすがに宿の主人が止めに入った。

「でも、旦那様。隣の丘の上までは、歩いて三十分はかかりますよ」

「かまわん！　今日は力があふれてくるのを感じるからな。どんな奇蹟だって起こしてみせる」そう言うと、三銃士の息子はまたバロッコに話しかけた。「だが、あらかじめ言っておくが、私がクレープを投げたあと、私のあとについてくるつもりなら、よほど速く走らねばならんぞ。それでよかったら、始めるぞ。さあ、親爺、早くクレープを焼く準備をしてくれ」

その言葉に、宿の主人はクレープのタネをフライパンに注いだ。

だが、三銃士の息子がそのフライパンをかまどの火にかけようとした時、バロッコが三銃士の息子の肩に手をかけた。

「待て！」大きな声で言う。「ちょっと待つんだ。おれたちを騙そうったって、そうはいかんぞ。《猿に木登り》とはこのことだ」

「どういうことだ？」三銃士の息子は尋ねた。

「そんな策略におれたちが引っかかると思っているのか？　経験豊かなおれたちが……。そうやすやすと、ガスコーニュ人に騙されてたまるかっていうんだ」

「すると、さっきは私が騙したというのか？」

「いや。さっきはちゃんと、おまえのあとをついていったからな。クレープが落ちてくるのをこの目で確かめることができた」

「だったら、今度もあとをついてきたらよいではないか」三銃士の息子は言った。

すると、相手は血相を変えて、怒鳴った。

「おい、おれたちがおまえと競走して、勝てると思っているのか？　おまえは地獄の鬼のように足が速いからな。あっというまに、おれたちに差をつけて、いちばん先に丘の上に着くことだろう」

「そうかもしれん。で……。だから？」

「だから、おれたちがあとから丘の上に着いて、おまえが『クレープを受けとめたぞ』と言った時、それが嘘じゃないと、誰が証明できるんだ？」

「それなら、フライパンのなかを見てみればいいだろう。私が『受けとめたぞ』と言ったのなら、フライパンのなかにはクレープが入っているはずだ」

「そこだ！　おれが言っているのは、まさにそこなのだよ。そのフライパンに入っているクレープがおまえが投げたクレープだと、いったい誰が証明できるんだ？　そのクレープは、もしかしたら、おまえがおれたちを騙すために、あらかじめ持ってきたものかもしれないじゃないか！」

それを聞くと、悪党どもが声をそろえて、首領に同意した。

「そうだ！　そうだ！　おれたちはそう簡単には騙されないぞ。なにしろ、経験が豊かだからな」

その言葉に、三銃士の息子は困ったような顔をした。

「いや、騙すだなんて……。そんなことは……。いや、皆さん……」しどろもどろの口調で言う。

いっぽう、バロッコのほうは、得意満面になって言った。

「は、は、は。どうやら、おれたちを騙すのがそう簡単ではないと、悟ったようだな。いいか？　やり方はこうすることにする。まず、おれたちが隣の丘に行く。それから、三十分後におまえがクレープを投げて、丘を目指して走ってくる。これなら、おれたちはおまえが空を飛ぶクレープに追いついて、ちゃんとフライパンで受けとめたかどうか、この目で確かめることができるってわけだ。どうだね？」

「いや、でも、それは余計な心配というもので……」三銃士の息子はいかにも追いつめられたように言った。

「余計な心配だと？　余計かどうかは、もうじきわかるだろう」そう皮肉たっぷりに答えると、バロッコは手下たちのほうを向いて、出発をうながした。「さあ、行くぞ。丘の上までは三十分はかかるというからな」

そうして、最後にもう一度、三銃士の息子に視線を投げかけると、こうつけ加えた。

「いいか？　三十分たつまでは、クレープを投げるんじゃないぞ！」

それから、手下たちを引き連れ、宿屋を出ていくと、意気揚々と隣の丘を目指していった。

悪党どもの一団が通りの角を曲がって、その姿が見えなくなると、三銃士の息子は大声で笑った。

「よし、これで奴らを追っ払ったぞ。作戦は見事に成

功した。だが、こうなったら、一秒も無駄にできない。すぐに出発しよう」

その言葉に、ミロムとバチスタンは馬車に馬をつなぐために、急いで中庭に飛びだしていった。いっぽう、宿のなかでは、ジャンヌがブランシュ＝ミニョンヌにこう話していた。

「だから、言ったろ？　ブランシュ＝ミニョンヌや。若様は〈思いつきの天才〉だって……」

ブランシュ＝ミニョンヌは、三銃士の息子のほうを見ると、顔を赤くしながらつぶやいた。

「ああ、わたしの騎士様、お許しください。たとえ、ほんの短い間でも、若様の頭がおかしくなってしまわれたのではないかと疑ったことを……」だが、そこでにっこりと、極上の笑みを浮かべると、こうつけ加えた。「でも、若様がどうなさるおつもりかなんて、誰にわかるでしょう？　若様は〈思いつきの天才〉でいらっしゃるのだから……」

すると、そこにミロムとバチスタンが戻ってきた。ふたりとも、ただならぬ様子だ。

「大変です！」「大変でござる！」ふたりは同時に口を開いた。

「何があった？」三銃士の息子は尋ねた。「ミロム、話せ！」

「はい、旦那様。馬が眠らされているでござる！」

「馬が眠らされている？」

「おおかた、眠り薬を飲まされたでござるよ。叩いても、鞭で打っても、どうすることもできないでござる。脅しても、すかしても、ぐっすりと眠りこんだままで、いっこうに起きないでござるよ」

「それだけじゃないんです！」今度はバチスタンが口を開いた。「馬車のほうも……。梶棒がのこぎりで切られて、車輪が真っぷたつにされていたんです」

「ちくしょう！」三銃士の息子は叫んだ。「これもまた、あの悪党どもの仕業だな」

そうして、ミロムとバチスタンを連れて、すぐさま厩舎に走った。

行ってみると、馬は確かにぐっすりと眠りこんでいた。それでも、三銃士の息子は、一応、馬を起こしてみた。だが、よほど強力な眠り薬を飲まされたのか、馬はまったく目を覚まさなかった。いっぽう、馬車もバチスタンが言ったとおり、梶棒と車輪が壊され、とうてい使えるような状態ではなくなっていた。

「くそっ！　あの悪党ども、作戦が失敗した時に備えて、こんな手を打っていたのだな。こうしておけば、私たちが出発するのをおくらすことができると考えて……」三銃士の息子は言った。

と、そこに、ブランシュ＝ミニョンヌを連れて、ジャンヌがやってきた。

「ああ、なんということでしょう！」

「これからどうなってしまうのでしょう？　わたしたち、どうすればいいのかしら？」

「ああ、これで、もしあの悪党どもが騙されたとわかって、ここに戻ってきたら……」ジャンヌが震える声で言った。

「その時は、この私が最後のひとりまで片づけてやる」三銃士の息子は宣言した。

すると、ブランシュ＝ミニョンヌが、泣きそうな声で懇願した。

「どうか、若様、わたしとの約束を思い出して、どうか冷静になって……。闘いはできるだけ避けてくださいまし……。血を流すのは……」

「それでは出立するしかないな。ただちに出発だ」三銃士の息子は言った。

「しかし、旦那様。馬はどうするのでござる？」ミロムが尋ねた。「我らには馬車もないのでござるよ」

「馬も馬車もなしで出発する」三銃士の息子は答えた。「クレールモン・フェランまで間道《かんどう》を使って、歩いていこう。クレールモン・フェランはそう遠くない。そこに着いたら、新しい馬と馬車を買おう。そうして、旅を続けるのだ」

「ええ、そうしましょう。わたし、足が痛くなっても、頑張りますわ」ブランシュ＝ミニョンヌが賛成した。

「いや、足が痛くて歩けなくなったら、おお、ブランシュ＝ミニョンヌ、私が貴女を抱えていこう。この三銃士の息子が貴女を運ぶ輿《こし》になろう」

と、その時、宿の主人が厩舎のほうに走ってきた。主人はまだ何が起こったのか、よくつかめていないらしく、三銃士の息子に向かって、こう言った。

「旦那様。そろそろ三十分たちますが……。新しいタネの用意もできましたんで、そろそろクレープを投げる支度を始めたほうがよいかと……」

「クレープを投げるだと？　もうその話はおしまいだ」

そう吐きすてるように言うと、三銃士の息子は宿の主人に、今の状況を手短に説明した。そうして、厩舎で眠っている馬たちを今度、迎えにくるまで預かってくれるように頼むと、山間を抜けてクレールモン・フェランに行く近道を尋ねた。

それから、しばらく後、一行は断崖がそそり立つ、オーヴェルニュの険しい山道に入っていた。


いっぽう悪党どもは……。

一行が出発した一時間後、丘の上でいくら待っていても、三銃士の息子がいっこうに姿を見せないので、悪党どもは業《ごう》を煮やして、急いで《空飛ぶクレープ亭》に戻ってきた。

悪党どもの姿を見ると、宿の主人は三銃士の息子から預かった封筒を首領のバロッコに渡した。封筒の表にはこう書いてあった。

マカブルー公爵の手下の悪党の皆様

この宛名を見ると、バロッコは悔しそうに言った。

「ちくしょう！　あのガスコーニュ人は、おれたちの正体を知っていたのか！」

それから、手紙を取りだして、声に出して読んだ。

皆様
皆さんをお待たせしたまま、丘の上に合流することができず、失礼いたしました。実はあまりに力をこめすぎたせいで、クレープは矢のように空を飛び、パリの方向に消えていってしまったのだ。私はこれからパリまで走って、セーヌにかかるポン・ヌフの橋の上で、そいつをフライパンに受けとめるつもりだ。
署名　三銃士の息子

それを聞くと、手下の悪党どもは声をそろえて叫んだ。

「くそったれのくそったれ！　あの野郎は、おれたちを騙したんだ！　虚仮《こけ》にしやがったんだ！」

バロッコのほうは、手紙を読みおわると、宿の主人の喉もとに短剣を突きつけ、三銃士の息子たちがどの道を通っていったのか、すぐに話すように言った。

宿の主人は恐ろしさに震え——それも、まあ当然だが——訊かれたことを正直に話した。

「よし、行くぞ」必要な情報を手に入れると、バロッコは言った。「奴らが行ってからは、まだ一時間もたっちゃいない。十分、追いつけるぞ」

こうして、怒りに駆られ、憤激に燃え、わめき、叫び、咆哮《ほうこう》しながら、悪党どもは三銃士の息子たちのあとを追っていった。

11

サン＝タリルの湧水《わきみず》

道は険《けわ》しく、急な登りが続いている。あたりは荒涼としていて、どちらを向いても、切りたった崖しか目に入らない。そんなオーヴェルニュの山中《さんちゅう》を三銃士の息子たちは苦労しながら進んでいった。

なかでも、大変だったのはミロムである。ミロムはただでさえ足が短いのに、例の幅広の靴のせいで、かなりガニ股ぎみに歩かなければならない。それに加えて、自分の身の丈よりも長い名剣、〈撒死《さっし》丸《まる》〉の存在がある。腰に佩《は》いたその剣は、ミロムが足を進めるたびにふくらはぎを打ち、山道を登りにくくする。そればかりか、下手をすると、足に絡まって、ミロムをつまずかせる。そこでつい、皆から遅れがちになってしまうのだ。

だが、当のミロムはそんなことはいっこうに気にせず、バチスタンが笑って見ているのに気づくと、いつものように自信たっぷりの口調で、こう負け惜しみを言った。

「いや、バチスタン殿。拙者は根っからの騎士ゆえ、騎馬《きば》の旅しか、したことがないのだ。日頃から、徒歩《かち》で旅することに慣れている貴公とはちがって、歩くのは苦手なのでござるよ」

それを聞くと、バチスタンはただちにやり返した。

「確かに、その短い足じゃ、歩くのは苦手だろうて」

「おお、短い足と申したか？　バチスタン殿、騎士にとって、短い足は長所のひとつ。貴公はそのことをご

存じないようでござるな。実際、足が長すぎたら、馬に乗った時に、地面にひきずりかねん。騎士として、これ以上、みっともないことはないでござるよ」

「まあ、馬に乗る時にはいいかもしらんが、山道を登るなら、それじゃあ、きついぞ。その短足じゃあな」

その言葉に、ミロムは少しむっとしたようだったが、言い返すことはしなかった。その代わり、おそらく元気を出すためだろう、ガスコーニュの歌を唄いはじめた。それを聞くと、ジャンヌやブランシュ＝ミニョンヌとともに、前を歩いていた三銃士の息子が言った。

「短足と言われて、嘆息も洩らさず、言い返したりもしないで、唄いはじめるとは！　ミロムも賢くなってきたようだな。これは長足の進歩だ。ついでに、長足になるとよいのだが……」

しかし、その言葉も無視して、ミロムは唄いつづけた。山中に、その低く、美しい、朗々とした声が響く。が、しばらくして、突然、三銃士の息子が歌をやめるようにミロムに命じた。番羊のブルータスが立ちどまって、心配そうにあたりのにおいを嗅ぎはじめたからだ。

「奴らが追ってきたのか？」三銃士の息子はつぶやいた。

だが、あたりを見まわしても、怪しい影は見えなかった。山は静寂に包まれて、物音ひとつしない。

「ブルータスはきっと、獣《けもの》の気配を感じたのでござるよ」ミロムが言った。

「そうだな。では、行こう」

ブランシュ＝ミニョンヌを怖がらせたくなかったので、三銃士の息子は何事もなかったような顔をして、一行をうながした。だが、今のやりとりで、ブランシュ＝ミニョンヌはもう心配になったらしく、どことなく心細げな顔をしていた。

一行はまた歩きはじめた。だが、ブルータスはまだ何か気になるらしく、時おり立ちどまっては、低く「メェー」と唸っていた。

すると、おそらく緊張をやわらげようとしたのだろう、ジャンヌが言った。

「そう言えば、この先に湧水《わきみず》があると、《空飛ぶクレープ亭》のご主人が言ってらっしゃいませんでしたっけ？」

「ああ、サン＝タリルの湧水だな」三銃士の息子は答えた。「その湧水の近くに峡谷に架かる橋があって、それを渡ると、サン＝タリルの村に着くということだった」

「そうでござった。で、その村まで来れば、クレールモン・フェランはもう遠くない。宿の主人はそう言ってござったよ」

と、その時、バチスタンが声をあげた。

「おやま、あそこに水が湧きだしているのが見えるぞ！」

見ると、確かに、山道の少し先で、崖の真ん中あたりから水が流れだしている。

「ちょうどいい！　拙者は喉が渇いて、死にそうでござるよ！」ミロムがたちまち駆けだした。

「いや、待て！　その水を飲んではならぬ！」三銃士の息子は、急いであとを追いかけた。

「どうしてでござる？」湧水のそばで立ちどまると、ミロムは不審げな顔で尋ねた。「旦那様、どうしてでござるか？」

「ミロム、おまえは宿の主人の言っていたことを聞いていなかったのか？」

「はて、忘れたでござるよ。宿の主人はなんと申しておりましたか？」

「その水は《サン＝タリルの石の湧水》と言ってな。このあたりでは有名な湧水だそうだ。というのも……」

三銃士の息子は説明しかけた。だが、ミロムは話を聞いていない。

「いや、石の湧水だろうが、なんだろうが、関係ないでござるよ。ともかく、拙者は水を飲むでござる」そう言って、水を両手に受けようとする。

「馬鹿者！　おまえは石になりたいか！」三銃士の息子はあわててミロムの肩をつかんだ。「その水は触れるだけで、なんでも石にしてしまうのだぞ。おまえの口も、喉も、胃も……」

「拙者の胃も？」

「そうだ。その水を上からかけるだけで、かけられたものは石化《せきか》する」

「じゃあ、この湧水を受けただけで、拙者の手は……」震える声で、ミロムは尋ねた。

「石になるのだ。即座にな」三銃士の息子は答えた。

「恐ろしや！」ミロムは慎重に、湧水から遠ざかった。

訳注　今はもう涸れているが、この湧水はクレールモン・フェランに実際に存在した。石灰分が多いため、この湧水の下で死んだ小動物が何ヵ月もの間に石化して見つかっているという。

三銃士の息子は続けた。

「もし、この湧水を上から浴びたりしてみろ。おまえはたちどころに石像になってしまうんだぞ」

「石像に？　あのモリエールの戯曲、『ドン・ジュアン』に出てくる〈騎士の石像〉のように？」

「まあ、小像だろうがな」三銃士の息子は皮肉まじりに答えた。

と、そこにジャンヌとブランシュ＝ミニョンヌ、バチスタンもやってきた。ミロムが震えているのを見ると、バチスタンが言った。

「気の毒に！　さぞかし、肝を冷やしたろう。でも、まあ、不思議な湧水だな。どうだね？　ミロムさん。ひとつ、おれが石にしてみせようか？」

　それを聞くと、ミロムは怯えたように尋ねた。

「石にしてみせるとは？　誰をでござる？」

「いや、そうじゃなくて……」バチスタンは続けた。

「誰をじゃなくて、何をだよ。人じゃなくて、物を……。たとえば、葉っぱのついた枝をね。ミロムさん、ひとつ、そこにある枝を石にして見せようか？」

　そう言うと、バチスタンは近くの木から枝を手折《たお》って、崖の真ん中から流れおちる湧水に浸《ひた》した。すると、枝はたちまち石になった。

「これはたまげたでござる！」バチスタンが差しだした石化した枝に触ると、ミロムは叫んだ。「枝が石よりも固くなったでござるよ」

「信じられない出来事ですわ」ブランシュ＝ミニョンヌも言った。
「確かに……」三銃士の息子は相槌を打った。そして、すぐにまた一行をうながした。「さあ、時間がない。先を……」
　が、そこで言葉を止めた。後ろのほうから、怒声や罵声の入りまじった、騒がしい人声《ひとごえ》が聞こえてきたのだ。声はだんだん大きくなりながら、オーヴェルニュの山々にこだました。
　それと同時に、今、越えてきた山の斜面に、男たちの姿が現われた。トリスタン・ド・マカブルー公爵の手先となった悪党どもだ。悪党どもの姿は、木立や灌木の茂みの間に見え隠れしながら、だんだん近づいてくる。先程の怒声や罵声は、三銃士の息子たちに追いついたせいで、悪党どもがあげていたのだ。

「早く！　橋まで行こう」三銃士の息子は叫んだ。

「私が橋の手前で、悪党どもを足止めするから、みんなは早く橋を渡って、サン＝タリル村まで逃げてくれ」

その言葉に、一同は足を速めて、宿の主人が言っていた橋を目指した。だが、谷川を見下ろす断崖の縁《ふち》まで来たところで、誰もが絶望の声をあげた。

向こう岸の断崖に架かっているはずの橋がなくなっていたのだ。おそらく、最近の嵐か何かで、崩れおちたのだろう。断崖の縁には、こちら側にも向こう側にも、木製の橋の残骸が哀れな姿をさらしていた。

「くそったれ！　道はここに窮《きわ》まったぞ！」三銃士の息子は吼えた。

実際、大地が真っぷたつに裂けているようなこの峡谷を渡っていかないかぎり、これ以上、遠くには行けないのだ！

悪党どもは、まだ遠くにいる。だが、ここまでやってくるのは、もう時間の問題だ。

「ああ、今度こそ、万事休すですわ」震える声で、ブランシュ＝ミニョンヌが言った。

「いや、そんなことはない。ブランシュ＝ミニョンヌ。そんなことは……。そうだ！　いい考えがある！」

突然、そう思いつくと、三銃士の息子はミロムのそばに駆けよった。

「早く！　ミロム！　おまえの帯を！」

そうして、ミロムがまだ驚きからさめないうちに、上着を脱がせると、身体をぐるぐる巻きにしているフランネルの赤い帯をはずしにかかった。帯の端に手をかけると、「あ〜れ〜、お殿様、お許しを〜」の要領で帯を引っ張り、ミロムの身体をくるくる回して、帯をほどいたのである。いわゆる〈帯まわし〉である。

それから、長さ十二メートル、幅五十センチメートルあるその帯を、《サン＝タリルの石の湧水》の下に持っていった。

すると、どうだろう？　ものの三秒もしないうちに、ミロムの帯は石化して、文字通り、石のように固くなった。

「おお、拙者の帯が……。拙者の帯が……」それでも、まだ何が起こったのかわからず、ミロムはひとりでわめいていた。

「こら、黙れ！　ミロム！　おまえの帯のおかげで、みんなが助かるんだぞ！」三銃士の息子は言った。

そうして、石になった帯を断崖の縁まで持ってくると、端を抱えて持ちあげ、くるっと巧みに回転させて、向こう側の断崖に架けた。こうして、即製の石橋ができあがった。

一同はすばやく、この〝帯の橋〟を通って、峡谷を渡った。そして、最後に三銃士の息子が橋を渡ったところで、反対側の橋のたもとに、悪党どもが姿が現わした。

「よし、間に合った！」

そうひと言つぶやくと、三銃士の息子は靴の先で〝帯の橋〟を蹴り、谷底に落とした。

「ちくしょう！　くそったれ！」またもや目の前で獲物を取り逃がしたのがわかると、悪党どもは大声を出した。

こうして、悪党どもが為す術もなく、わめき、叫び、呪いの言葉を投げつけている間に、三銃士の息子たちは断崖から遠ざかっていた。ただ、ミロムだけは、時おり立ちどまっては、深いため息をついていた。上半身をたくましく見せてくれていた帯を失ったことで、心《しん》からしょげかえっていたのである。

実際、帯がなくなってみると、ミロムはびっくりするほどみすぼらしく見えた。上着の下ではちきれんばかりになっていた上半身は、もはやその面影をとどめず、そこにはただ痩せて、貧相な胸があっただけだからである。

「ああ、旦那様。どうして、旦那様は拙者の胸板を谷底に落としてしまったのでござるか？」ミロムは泣き言を言った。

「おまえの胸板？」三銃士の息子は尋ねた。

「拙者の帯でござる。谷底に落とさなければ、またフランネルの帯に戻すこともできたかもしれませんのに……」

「それは無理だ」三銃士の息子は言下に否定した。

「だが、そう嘆くな。ピレネーを越える前に、新しい帯を買ってやろう。スペインに入る前に……」

「今のと同じくらいの長さの帯を？」

「二倍の長さの帯をだ、ミロム」

「二倍の長さの帯を！　旦那様、このミロム、幸せにござる」さっきまで嘆いていたのが嘘のように、ミロムは上機嫌になって叫んだ。それから、咳払《せきばら》いをして、こうつけ加えた。「いや、これは決して、見た目だけの問題ではござらん。帯というものは、筋肉を支える役割があるものでござるからな」

12

天下《てんか》無双《むそう》の矛槍《そう》の達人

クレールモン・フェランに着くと、一行は馬車と馬、それから馬につける鞍を買った（根っからの騎士であるミロムは、これに大満足した）。そうして、クレールモン・フェランで休みもとらず、すぐに手綱をとって、南に向けて出発した。

旅は今度は順調に進み、一行はなんの苦もなく、ピレネーのふもとにあるバイヨンヌに着いた。そこで、三銃士の息子は約束どおり、ミロムにフランネルの帯を買ってやった。ミロムの上半身は上着の下ではちきれそうになり、前よりもいっそうたくましくなった。

バロッコを首領とする悪党どもは、さすがにあきらめたらしく、もうあとを追ってこない。

一行はフランスにおける最後の逗留地であるバイヨンヌを離れて、スペインに向かった。そうして、アンダイエ、オンダリビア、イルンをまたたくまに通りすぎて、エルナニとトルサの間の村で夜を過ごすことにした。投宿したのは、《ムーア人の塔》という名前の宿屋である。

さて、その夜のこと……。ミロムと同じ部屋に寝ていた話し屋バチスタンは、夜中にものものしい物音がしたのにびっくりして、跳ねおきた。

見ると、窓から差しこんでくる美しい月の光に、ミロムがベッドの上に立ちあがって、自分の身の丈よりも長い剣をふるっている。ミロムはシャツ一枚の姿で、

剣を両手に持ち、その先で何度もベッドの羊毛布団《ようもうぶとん》を突き刺していた。

「おのれ、このミロムがいると承知で、このあたりに出没するとは、不届千万！　いざ、尋常に勝負せよ！　拙者がまとめて成敗してくれるぞ！」

「あれま、いったい何があったんだね？」バチスタンは叫んだ。「ミロムさん、おまえさん、夢でも見てるかね？　だったら、早く目を覚まさんと……」

「いや、夢を見ているわけではござらん。それっ！　それっ！」

「だったら、いったい、何をしてるんかね？」バチスタンは、重ねて尋ねた。

「成敗だ。やつらを退治して、成敗しているでござるよ」

「なるほど、ベッドのなかに蛇でもいたかね？」

「いや、もっと悪いものでござる」

「もっと悪いもの？　そいつは恐ろしい」バチスタン

は言った。

「そのとおり！　蛇なら、退治するのは簡単でござる」ミロムは答えた。「尻尾をつかまえて、遠くに放りなげれば、それでよいのでござるからな。だが、今、拙者が相手にしているのは、血に飢えた猛獣！　恐ろしい床虱《とこじらみ》たちなのでござるよ」

「すると、おまえさんは、床虱を相手に剣をふりまわしているのかね？」

「おお、たぶん、この一匹で、敵は全滅でござる」そう言うと、ミロムは布団に向かって、最後のひと突きを加えた。

バチスタンは、「あーあ」と大袈裟《おおげさ》にため息をついて、文句を言った。

「まったく、たかが床虱で、こんな騒ぎを起こすなんて！　騒ぎは起こすし、人は起こすし、おかげで、こっちはすっかり目が覚めてしまったではないか？」

「そうお怒りめさるな」ミロムは答えた。「それより

も、バスチタン殿、拙者の立場にもなってみてくだされ。なにしろ、目を覚ますと、床虱の大軍が襲いかかってくるところだったのでござるからな。だが、拙者は眠っている時でも、片方の耳だけは起きているのでござる。そこで……」

「だからといって、眠っている者を起こしてもいいと思ってるのかね?」

ミロムの話をさえぎって、バチスタンは言った。だが、ミロムはその言葉を無視して続けた。

「そこで、床虱たちの足音がして、いちばん先頭の奴が拙者の脇腹に食らいついた時でござるよ。拙者はがばと跳ねおき、愛剣の〈撒死丸《さっしまる》〉を手に取ると……」

「ベッドの布団を突き刺したのかね?」皮肉な口調で、バチスタンは言った。「布団が穴だらけになるのにもかまわず……」

「そうかもしれん。実を言うと、拙者、闘いに夢中になると、我を忘れてしまうものでな。布団にどれほど損害を与えたかは、よくわからんのでござるよ。だが、それもしかたなかろう。拙者の布団は床虱の巣でござったのだから……」

「しかたないことはなかろう」ミロムの言葉にバチスタンは意地悪く指摘した。「まあ、明日の朝になったら、宿の亭主がどんな顔をするのか、見物《みもの》だね。なにしろ、はあ、布団は最初は床虱の巣だったかもしらんが、今は蜂の巣になっとるんだから……」

それを聞いて、さすがに形勢が不利になったと悟ったのか、ミロムは逆に相手に尋ねた。

「バチスタン殿。そうすると、貴公のベッドには、あの猛獣どもはひそんでいないのでござるか?」

「猛獣ども?」

「血に飢えた猛獣……。床虱のことでござるよ」

「さあ、二匹か三匹はいるかもしらんが……」

「お望みなら、拙者が退治いたすが……」

「いや、お望みではない。ちっとも、お望みではないぞ」おそらく、自分の布団がミロムのものと同じように穴だらけにされることを恐れたのだろう。バチスタンはあわてて言った。「おれはベッドに床虱がいても、なんにも気にせず、ぐっすり眠ることができる。だから、お望みではないぞ」

それを聞くと、ミロムは不思議そうな顔をした。

「床虱がいても、ぐっすり眠れると？」それから、すぐに納得したという顔で、大きくうなずいた。「なるほど、わかったでござる。貴公は床虱のいるベッドでも熟睡するために、あのガスコーニュ人が発明した技を使ったのでござるな？」

「ガスコーニュ人が使った技？」バチスタンは驚いて、尋ねた。

「そうでござるよ。そのガスコーニュ人は、宿屋に泊まる時には、身体じゅうにワックスを塗るのでござる。そうするまでは、ベッドに入らないのでござるよ」

「ワックスを身体じゅうに塗るまではかね？」

「そのとおり。そのガスコーニュ人はベッドに入る前に、必ず身体じゅうにワックスを塗り、そのおかげで、床虱に悩まされることなく、朝まで熟睡することができるのでござる」

「それはまた、どうしたわけで？」バチスタンは尋ねた。

「簡単なことでござるよ。床虱の奴らは、腹に食いついて血を吸ってやろうと、身体をのぼろうとするのだが、ワックスですべって、うまくのぼれないのでござる。ようやく、上まであがったとしても、ぴかぴかに磨かれた床を歩くように、つるんと足がすべって、転落死してしまう。というわけで、シーツの上に床虱が散らばっているなかで、ガスコーニュ人はぐっすりと眠っているのでござる」

それを聞くと、バチスタンはどうやら、この話に刺激されたらしい。〈話し屋〉の名に懸けて、自分も面白い話をしなければ気がすまなくなった。

「そのガスコーニュ人の話は聞いたことがないがね。だが、別にそんな技を使わなくても、床虱を寄せつけないマルセイユ人の話なら知ってるぞ」

「それはぜひ聞かせていただきたいものでござるな」ミロムは少しむっとして言った。「そのマルセイユ人はどんな技を使うのでござる」

「技？　技なんてものは、ひとつも使わないね」自信たっぷりに、バチスタンは答えた。「ベッドに入る前に、身体じゅうにワックスを塗ることもない。そんな居間を磨きあげるような真似はする必要がないんだ」

「では、どうするのでござる？」早く続きが聞きたくなって、ミロムは叫んだ。「どうするのでござる？」

「どうもしないよ。ただ、おとなしく眠ってるだけだ。で、朝になると、その男のまわりには、床虱の死骸が散らばっているというわけだ」

「おお、それでは拙者のように成敗するのでござるな？」

「そんなこともしない。というのも、この男は情熱的なマルセイユ人のなかでも、さらに情熱的な男でね。身体のなかには熱い血潮が流れているんだ。それこそ、煮えたぎるような血潮がね。だから、ほれ、そんな男の血を床虱が吸ったら、どうなるかわかるだろう？　喉も胃も、内臓じゅうを火傷《やけど》して、またたくまに死んでしまうというわけだ」

その話は面白かったので、ミロムは危うく感心してしまいそうになった。だが、ここで相手を褒めたら負けになる。そこで、自分が優位に立つために、その場で思いついた話をした。

「ああ、そのマルセイユ人のことでござるか。その男の話なら、聞いたことがあるでござるよ。どうやら、そのマルセイユ人は、拙者が先程話したガスコーニュ人と一緒の宿に泊まったことがあるらしく……」

「なんと、ふたりは知り合いだったのかね？」ミロムの言葉にびっくりして、バチスタンは尋ねた。

「いや、知り合いではないのだが、ある時、偶然、同じ宿に泊まったのでござるよ。ところが、あいにくなことに、部屋がひとつしかなかったものでな。しかも、ベッドがひとつしかなかったもので、ふたりは同じベッドで眠ることになったのでござる。

ということで、その時のことを詳しくお聞かせすると――マルセイユ人と一緒に部屋に入ると、ガスコーニュ人はこう申した。

『あんら、この部屋はこの間、来た時に、おらが泊まった部屋ではねえか』

すると、マルセイユ人のほうも、こう申したでござる。

『おやま、おれも何カ月か前に、このベッドで寝たことがあんぞ』

そうして、ふたりはまもなく、同じベッドで眠りについたでござるよ。と、しばらくして、ふたりが気持ちよさげに鼾《いびき》をかいているところに、床虱の大軍がやってきて、号令一下、ふたりの前でぴたりと足を止めたでござる。それはまあ見事に統率のとれた軍隊で、軍規の厳しさをうかがわせるものでござった。

さて、こうして、隊がふたりの前に整列すると、床虱の将軍がこう言ったでござる。

『皆の者、ここ一週間は、この宿に泊まり客がひとりもなく、兵糧が尽きて、ひもじい思いをさせた。だが、今夜は天の助けか、目の前に素晴らしいご馳走がふたつ並んでいる。どうか節度を保って、存分に味わってもらいたい』

この訓示が終わると、床虱の兵士たちは、行儀よく一列になって、ガスコーニュ人とマルセイユ人の間を行進していった。そして、将軍の合図とともに、いっせいに食事にとりかかったのだが、すぐにその小さな口から、恐怖に駆られた絶望的な叫び声をあげたのでござる。

『いかん！　これはマルセイユ人だ！』

『いかん！　こちらはガスコーニュ人だ！』熱い血潮のマルセイユ人の話は、床虱なら誰でも知っている。なにしろ、この男の血を吸って内臓に火傷を負って死んだ者は数知れず、そういった犠牲者を家族に持たぬ者は、兵士たちのなかに一匹もおらなかったからでござる。また、ガスコーニュ人に関しても、下手に身体にのぼると、足がすべって墜落死するということは、国じゅうに知れわたっていた。おお、それを考えたら、床虱の兵士たちの恐怖がいかばかりであったか、容易に察しがつくというものでござろう。

結局、哀れな床虱たちは、恐怖にとらわれ、進むことも退《ひ》くこともならず、ただただ、シーツの上で、そのかぼそい脚を震わせて、その夜はまんじりともしないで過ごした。そうして、翌朝、ガスコーニュ人とマルセイユ人が目を覚ました時には、その中間に散らばって、じっと横たわっていたのでござる。かわいそうに、床虱たちは、飢えと恐怖で絶命していたのでござるよ。さあ、バチスタン殿、いかがでござる？　拙者の話は？」

こうして、その場で思いついた話を滔々《とうとう》と語ると、ミロムはバチスタンに尋ねた。だが、その質問に答えはなく、ただ鼾の音が返ってくるだけであった。

「ふむ。眠っておるのか。どうやら、バチスタン殿は、自分の話よりも拙者の話のほうが面白かったので、ふて寝してしまったようでござるな」ミロムは、満足げに口にした。

だが、お相手がいないのでは、おしゃべりを続けることもできず、バチスタンにならって、おとなしく眠ることにした。

そして、翌朝――。

この村の教会がいかにもスペインの小さな村にあるような、きれいでかわいらしい教会だと聞いたので、ジャンヌとブランシュ＝ミニョンヌが、「それなら、ぜひ参拝したい」と言って、出かけていった。

その間に、三銃士の息子とミロム、それからバチスタンは、馬車に馬をつないだりして、出発の準備をしていた。と、ミロムが馬に鞍をつけていた時、宿の亭主がやってきて、小さな半月刀を見せながら、片言のフランス語で言った。

「だんな。この短剣、買わずに旅、出るか？」

「なんと、そなたは短剣売りでござったか？」

「へえ」ミロムの質問に亭主は答えた。

「だが、拙者には必要ござらん。なにしろ、この腰に差した〈撒死《さっし》丸《まる》〉があるからな。これで十分でござる」

すると、亭主は首を横にふった。

「それ、十分ない」

「十分ではないと？」ミロムは気色ばんで言った。

「拙者の〈撒死《さっし》丸《まる》〉だけでは、足りないと申すのか？」

「長剣、投げられない」あいかわらず片言のフランス語で、亭主は説明した。「短剣、投げられる。遠くの敵、倒す」

「確かに、それはそのとおりでござるな」ミロムは譲った。「だが、短剣を投げるには、秘訣《コツ》があろう？　拙者は投げ方を知らんのだ」

「投げ方、簡単。あと、ついてくる。おれ、投げ方、見せる」

「ふむ。それは面白そうでござるな」

亭主に誘われて、ミロムは浮きうきしてついていった。早くも、頭のなかでは、見事に短剣を投げて、バチスタンをあっと言わせている場面を思い浮かべている。

まもなく、亭主は塔のてっぺんにある広い部屋にミロムを案内した。そこには半月刀の短剣だけではなく、種類も大きさもさまざまな武器がしまわれていた。

「おや、ここには矛槍《むそう》もござるな」部屋の片隅に、長い木製の柄のついた矛槍を見つけると、ミロムは尋ねた。「これも売っているのでござるか？」

「いや、だんな」宿の亭主は笑いながら答えた。「おれ、昔、トレドで武器職人してた。この短剣、矛槍、その時につくったもの。でも、商売だめになって、ここで宿、始めた。武器、その時、店から持ってきた」

「なるほど、それで宿の亭主でありながら、武器を売っているわけでござるな？」

「そう。おれ、店にあった武器、処分したいだけ。短剣、まあまあ売れる。でも、矛槍、ほとんど売れない。くそたれ！」

そう言うと、亭主は実際に半月刀の短剣を手に取って、投げ方を説明した。

「短剣、こう持つね。刃の先、持つ。それから、こうして、えいっ、投げる」

亭主が投げた短剣は、空中で二回、三回と回転してから、天井の梁《はり》に突き刺さった。そのあとも、何回か、お手本を見せると、亭主はミロムに短剣を渡した。

「上にいる敵、これで倒す。わかった？　簡単ね。今度、だんなの番」

「よし。やってみるでござるよ。だが、その前に……」

そう言うと、ミロムは塔のテラスから身を乗りだして、下に向かって叫んだ。

「旦那様！　バチスタン殿！　早く！　ここまでのぼってきてくだされ。これから拙者は短剣を投げるでござる。拙者の妙技を見にきてくだされ！」

それを聞くと、三銃士の息子とバチスタンは何が起こったのか見当がつかず、ミロムが危険な目にあっているのではないかと考え、急いで塔をのぼってきた。

「いったい、どうしたというのだ？」塔のてっぺんにある部屋まで来ると、ミロムに向かって、三銃士の息子は尋ねた。「こんなところで、何をしているのだ？」

「短剣の投げ方を教わっていたのでござる。スペインに行ったら、きっと役に立つでござるよ」

「なんだと？　そんなことのために、私たちを塔の上まで呼びよせたのか？」

「おお、旦那様。これから、拙者の妙技を見せるでござるよ。とくと、ご覧あれ。まずは短剣の刃のほうをこう持って、それから、こうして、えいっと投げるのでござる」

その言葉と同時に、ミロムは短剣を投げた。だが、短剣は天井の梁には刺さらず、石の壁にあたって、落ちた。どうやら、刃こぼれしたようだ。

「くそたれ！　だんな、短剣、こわした」宿の亭主が短剣を拾いながら言った。

だが、ミロムは悪びれる様子もなく、あいかわらず自信たっぷりに言った。

「何？　刃こぼれと？　これは少し、力を入れすぎたようでござるな。この部屋はちと狭すぎるでござるよ」

「あれま、ミロムさん。おまえさんは、こんなものを見せるために、おれたちに階段をのぼらせたのかね？」そうバチスタンが不満げに言って、階段を降りようとした。

すると、ミロムが突然、何かを思いついたように、新しい短剣を手にすると、言った。

「バチスタン殿、待たれよ。そのまま、そこにじっとしていてくだされ。何があっても、動かんように！拙者、これから、貴公の頭上、一センチのところに、この短剣を命中させてごらんにいれる。これなら、『こんなもの』とは言えぬでござろう。いざ、お気をつけよ！」

だが、ミロムが短剣を投げる前に、三銃士の息子はミロムの腕を押さえた。

「無茶をするのも、いいかげんにしろ！」厳しい口調で叱る。「さあ、下に降りて、出発の準備をするぞ。ジャンヌやブランシュ＝ミニョンヌも、じきに戻ってくるだろうからな」

その言葉を合図に、三人は宿の亭主を伴って、下に降りようとした。その時、通りのほうから、恐ろしい悲鳴が聞こえてきた。

三銃士の息子には、それがブランシュ＝ミニョンヌの声だと、すぐにわかった。そこで、急いでテラスに出ると、のこぎり壁のところまで行き、壁の隙間から通りの様子を確かめた。と、その瞬間——全身の毛が逆立った。

大きな茶色い熊が一頭、通りを歩いているのだ！その先ではジャンヌとブランシュ＝ミニョンヌが通りの真ん中に横たわっている。熊はおそらく、餌《えさ》を求めて、ピレネーの山のなかから降りてきたのだろう。ジャンヌとブランシュ＝ミニョンヌは、教会を参拝した帰りに、この熊に遭遇した。そこで悲鳴をあげ、そのまま気絶してしまったのだ！　そのふたりに向かって、熊は低い唸り声をあげながら、だんだん近づいていく。ふたりのところまでは、あと十メートルほどだ。

「ちくしょう！」三銃士の息子は咆えた。「もう間に合わない！　今から降りたのでは、私が通りに出るまでに、熊はふたりに襲いかかっているだろう。せめて、ピストルがあればいいのだが、そんなものは持っていない。いや、もしかしたら、この部屋には……」

そう考えて、三銃士の息子は、部屋のなかにピストルかマスケット銃がないか、ざっと見まわした。だが、そのどちらも見つからなかった。思わず、絶望のため息が出てくる。

が、その時、突然、ある物が目に留まって、三銃士の息子は喜びの声をあげた。

「よし！　いい考えがあるぞ！　ミロム、バチスタン、早く！　早く、矛槍を！　矛槍を全部、テラスまで持ってきてくれ！」

その言葉に、ミロムとバチスタンは腕いっぱいに矛槍を抱えて、テラスまで運んだ。宿の亭主もそれを手伝う。

熊はジャンヌとブランシュ＝ミニョンヌまであと数歩のところまで来ていた。

三銃士の息子はミロムたちから矛槍を受け取ると、いつものように目にも留まらぬ早さで、一本いっぽん、投げていった。ミロムたちは自分の抱えている矛槍がなくなると、また部屋の隅に取りにいき――そうやって、部屋とテラスを何度も往復した。だが、矛槍を運ぶのに忙しく、通りで何が起こっているのかはわからなかった。

「旦那様は何をなさっているのでござろう？」

「何をなさってるんだか」

「だんな、何してる？」

三人はすれちがいざま、口々に言いあった。

いっぽう、三銃士の息子は最後の矛槍を投げおわると、勝利の雄叫びをあげた。

「やったぞ！　ブランシュ＝ミニョンヌは助かったぞ！　もちろん、ジャンヌもだ。やったぞ！」

それから、はやてのように階段を駆けおり、通りに飛びだすと、まだ気絶しているジャンヌとブランシュ＝ミニョンヌを抱きおこしにいった。

その間に、ミロムとバチスタン、宿の亭主は塔のテラスから下をのぞき、ようやく何があったのか、そうして三銃士の息子が何をしていたのか、理解した。

通りの真ん中には、丸い檻《おり》に入った熊がいた。だが、よく見ると、檻の柵は矛槍でできていた。三銃士の息子は熊のまわりに矛槍を投げていき、矛槍の先を深く地面に突き刺して、頑丈な檻をつくり、そこに熊を閉じこめたのだ。

「くそたれ！　すごいよ」宿の亭主が言った。

「おやま。あれま」バチスタンも唱和する。

「まさに神技《かみわざ》でござる」ミロムも言った。

そう感嘆の声をあげると、三人は急いで下に降りて、

ジャンヌとブランシュ＝ミニョンヌを介抱するのを手伝いにいった。ジャンヌとブランシュ＝ミニョンヌはすでに三銃士の息子が宿の部屋まで運んでいた。

やがて、ベッドの上で意識を取り戻すと、ジャンヌとブランシュ＝ミニョンヌは、起こったことを話した。それによると、教会を出たところで、熊に遭遇し、逃げる間《ま》もなく、気を失ってしまったのだという。そこで、三銃士の息子は、ふたりが気絶している間に、どうやってこの危機からふたりを救ったのか、簡単に説明した。

「ああ、わたしの騎士様」事情がわかると、ブランシュ＝ミニョンヌが声をあげた。「若様は本当に〈思いつきの天才〉でいらっしゃる。若様の思いつきには、尽きることがありませんのね」

その時、突然、銃声が鳴り響いた。宿の亭主が矛槍の檻に閉じこめられた熊をピストルで撃ち殺したのだった。

こうして一件落着すると、一行は残っていた支度を終わらせ、マドリードに向かって出発した。

だが、ちょうど村を出たところで、後ろから呼びとめる声が聞こえてきた。見ると、先程の宿の亭主が腕に何かを抱え、血相を変えて走ってくる。

「馬、止まれ！　だんな、待て！」怒った声で言う。

一行は馬を止めて、亭主が追いつくのを待った。

「これ、ひどい。これ、恥知らず」

近くまで来ると、亭主は腕に抱えたものを三銃士の息子に見せながら言った。それはミロムが穴だらけにした羊毛布団だった。中身の羊毛は、もうずいぶんなくなっている。

「くそたれ！　これ、もう、布団ない。くそたれ！」

ミロムの鼻先に布団を突きつけると、亭主は続けた。

「確かに布団ではないな」三銃士の息子は言った。ただ、どうしてそのことで宿の亭主が怒っているのか理由がわからず、不思議に思って尋ねた。「だが、これはいったいどういうことだ？」

すると、亭主はミロムのほうを示しながら、答えた。

「くそたれ！　この小さな人、布団、こんなにした。この小さな人、布団に穴あけた」

その言葉に、三銃士の息子がまだ不審そうな顔をしていると、バチスタンが昨日の夜、部屋で何があったかを説明した。

「それで、まあ、ミロムさんが床虱と闘って、布団を蜂の巣にしてしまったというわけで……」

それを聞くと、三銃士の息子は大笑いをし、新しい布団の代金として、いくばくかの金を宿の亭主に与えた。すると、亭主はたちまち機嫌を直し、嬉しそうにお礼を言った。

「ありがと」それから、スペイン語でこうつけ加えた。

「行く手に神のご加護があらんことを《バジャ・ウステ・コン・ディオス》！」

そうして、ハンカチをふるかわりに、布団の抜け殻をふって、さようならの合図をした。

一同は再び旅路についた。三銃士の息子はすぐにミロムに言った。

「おお、ミロム。スペインの宿がみんな床虱を布団に飼っているとすると、私はたちまち破産してしまうぞ。なにしろ、ミロムが穴だらけにした布団を毎回、弁償しなければならなくなるからな」

だが、それを聞いても、ミロムは返事をせず、何事か、じっと考えこんでいた。

「どうした？　ミロム。何を考えこんでいるのだ？」

三銃士の息子は尋ねた。

すると、ミロムはあいかわらず不思議そうな顔で答えた。

「いや、先程の宿の亭主が言ったことについてでござるよ。旦那様もお聞きになったと思われるが、亭主は確か、『小さな人』と申しておった。『小さな人』と……。あれはいったい、誰のことでござろう？　あの時、拙者はあたりを見まわしたのだが、それに該当《がいとう》する者はいなかったように思われるのでござるが……」

13

人道的な闘牛

その後、旅はマドリードまで、何事もなく続いた。三銃士の息子たちは先を急ぎ、宿泊や休憩も最小限にとどめた。

その経過を簡単にたどると、出発してまもなく、一行はフランスの町トゥールーズに名前が由来するトロサの町を通りぬけ、ギプスコア地方の豊かな自然を楽しみながら、レコンキスタの英雄エル・シッドの故郷であり、〝カスティーリャの真珠〟と讃えられたブルゴスに入った。そこで一泊して、この美しい町の眺めを堪能すると、翌日はアランダの町を通って、ソモシエラ山脈の険しい山道に挑んだ。この山道は山賊や追いはぎが出ることでも有名だが、幸い、そういったものには出会うことなく、無事に峠を越えると、そのままアランダ街道を進んだ。そうして、首都を取り巻く幾多の門のなかでもいちばん素晴らしいと言われるアルカラ門に到着すると、その門からマドリードに入ったのである。

さて、マドリードに到着すると、一行は町の人々に、「ドン・ホセ・ペスキートの店はどこにあるのか？」と尋ねた。すると、町の人々は、「ドン・ホセ・ペスキートの店というのは、あのおいしい白ワインを製造販売している店かね？ それなら、マヨール通りにあるよ」と口々に教えてくれた。

そこで、さっそくマヨール通りに行くと、すぐにドン・ペスキートをつかまえることができた。一行を代表して、ドン・ペスキートに簡単に事情を説明すると、三銃士の息子はプランシェから預かってきた手紙を渡した。《しばらくの間、ブランシュ＝ミニョンヌの面倒を見てほしい》と、ドン・ペスキートに依頼する手紙である。

その手紙を読んで、ブランシュ＝ミニョンヌにどれほど恐ろしいことが起こったのか、どうしてここまで旅をしてこなければならなかったのかがわかると、ドン・ペスキートは強く気持ちを揺さぶられた様子で、心から一同を迎え入れた。

「おお、セニョリータ、セニョーラ、セニョール。どうぞお入りください。セニョール・プランシェのお嬢さん、それから、お嬢さんをお守りしてきたセニョーラ、セニョール。皆さんを心から歓迎します。ようこそ、ホセ・ペスキートの家《カーサ》に！」

その言葉に、三銃士の息子とジャンヌ、それからブ

ランシュ＝ミニョンヌは店の奥にある家に入った。ドン・ペスキートの指示で、召使いたちが馬を厩舎につなぎ、馬車を乗り物置き場にしまいにいく。ミロムとバチスタンはそれを手伝いにいった。

その間に、家のなかではドン・ペスキートが、妻のエルビラと娘のパキータをブランシュ＝ミニョンヌとジャンヌ、三銃士の息子に紹介した。パキータは十七歳で、金色の髪に茶色い瞳の美しい娘だった。ペスキートの家族は三人とも、まずまずフランス語を話せたので、会話に不自由はしなかった。

パキータとブランシュ＝ミニョンヌはすぐに仲良くなった。スペインとフランスの美しい娘がふたり並ぶさまは、金髪と黒髪の見事な対照もあって、見ている者の目を惹《ひ》きつけた。ジャンヌとドーニャ・エルビラは、娘たちが仲良くなったのをいいことに、おしゃべりに夢中になった。

いっぽう、三銃士の息子は、「自分がスペインに来た目的は別にある」と言って、ドン・ホセ・ペスキートに、「闘牛士のキュウリモミータに関することで、何か知っていることはないか？」と尋ねた。

すると、ドン・ペスキートは大声をあげて、笑いだした。

「キュウリモミータですと？　あなたはキュウリモミータに会うために、スペインにいらしたのですか？」

「そうなのだが……。もしかしたら、セニョールはキュウリモミータをご存じなのか？」ドン・ペスキートの反応にびっくりしながらも、三銃士の息子は訊いた。

「知っているなんてものじゃありませんよ！　このマドリードで、キュウリモミータを知らない者はおりません」ドン・ペスキートは答えた。

「では、どこに行けば、その闘牛士に会えるか、教えていただけるのか？」

「もちろんですよ、セニョール。これほど簡単なことはありません。アルカラ広場に行って、≪人道闘牛場》を訪ねてごらんなさい。キュウリモミータに会えますから……」

「《人道闘牛場》？」三銃士の息子は訊きかえした。

「ええ。キュウリモミータの闘牛場で、そこでは〝気の弱いスペイン人〟たちのために《人道的な闘牛》が行なわれているのです」

「〝気の弱いスペイン人〟？《人道的な闘牛》？正直に申しあげるが、セニョール・ペスキート。私には何がなんだか、さっぱりわからんのだが……」三銃士の息子は呆然として尋ねた。

「いや、これは失礼しました。これから説明しましょう」ドン・ペスキートは答えた。「キュウリモミータは普通の闘牛士ではないのです。もともと気弱な性格で、血を見るのが怖いのです。なにしろ、でんでんむしと闘うのも嫌なくらいで、でんでんむしにも、全然無視されるくらいなんです」

「だが、それなら、どうして闘牛士になったのだ？」

三銃士の息子は思わず叫んだ。

「それは両親の希望でして……。キュウリモミータは職業を選ぶ時、両親の意向に逆らえなかったのです。本当は聖職者になりたかったらしいのですが……。でも、息子が闘牛士になるのを見たいという、両親の夢に屈して……」

「でも、闘牛士になったら、牛を殺さなければならない」三銃士の息子は、不審に思って尋ねた。「先程、セニョールは、キュウリモミータは血を見るのが嫌いで――なんだったか洒落《シャレ》を申していらしたな。そうだ、かたつむりだ！　かたつむりと闘うのも、かなり無理だとか……」

「そうなんです、セニョール。キュウリモミータは血を見るのが嫌いで――だから、牛は殺さないのです。そこで、最初の話に戻りますと、両親の希望と、自分の気弱な性格の折り合いをつけるために、キュウリモミータは《人道的な闘牛》を始めたのです。これは

〝気の弱いスペイン人〟たちから喝采を受けました。もし、よろしかったら、今日の午後、《人道闘牛場》にご案内しますよ。そうすれば、キュウリモミータともお話しになれますし、何より、ほかでは決して見られない闘牛《コリーダ》を見ることができますから……」

「それはかたじけない。そのお申し出、喜んで受けることにする」三銃士の息子は言った。「というのも、私は一刻も早くキュウリモミータと会って、話を聞かなければならないのだ！　だから……」

「ええ、それは大丈夫ですよ。昼食ももうじきご用意できますから……。食事が終わったら、アルカラ広場の《人道闘牛場》に出かけましょう」

と、そんなことを話しているうちに、まもなく家政婦が昼食の支度ができたことを告げにきた。

昼食は素晴らしかった。サフランのスープ、スペイン伝統の煮込み料理《プッチェーロ》、ひよこ豆の料理——そう言えば、読者はその素晴らしさをわかってくれるだろう。

人道闘牛場

こうして昼食が終わると、三銃士の息子とドン・ペスキートは、ミロムとともに、アルカラ広場の《人道闘牛場》に出かけた。

アルカラ広場に着くと、三銃士の息子は広場の中央にある、その闘牛場の大きさにびっくりした。

「おお、キュウリモミータがこれほど巨大な闘牛場を持っていたとは！」

すると、ドン・ペスキートが言った。

「いえ、そちらはマドリードの本物の闘牛場です。キュウリモミータの闘牛場はもう少し遠くにあります。あちらです」

そこで、広場をしばらく行くと、天幕を張った、小さな闘牛場が見えてきた。入口には大きな文字でこう書いてある。

窓口には、さざ波の立った池のように、顔じゅうがしわだらけで、鼻に大きな眼鏡をかけた七十歳から七十五歳くらいの老人がいて、切符を売っていた。

「あの人がキュウリモミータです」ドン・ペスキートが三銃士の息子に耳打ちした。

「あの老人が？」三銃士の息子は驚いて言った。「あの年でまだ現役なのか？」

「それはもうじきわかりますよ。とにかく、入りましょう」

三人は入口の段をのぼると、切符を買って、なかに入った。

闘牛場の階段席には、客はほとんどいなかった。

「かわいそうに！ これではあまり儲かっているとは言えないでござるな」ミロムが言った。

「それでも、最初は客がかなり入ったんですよ」ドン・ペスキートが答えた。「物珍しさからね。でも、今は熱狂的なファンのほかは、誰も見にこようとはしません」

三銃士の息子はうなずいた。それから、ちょっと気になっていたことを尋ねた。

「キュウリモミータは闘牛士の格好をしないのか？」

「ああ、そうお尋ねになるのは、窓口では普通の服を着ていたからですね」ドン・ペスキートが笑いながら答えた。「ご心配なく。あとで正闘牛士《マタドール》の衣裳をつけて、出てきますよ。マタドールやら、何やらのね」

「何やらとは？」三銃士の息子はなおも尋ねた。

「まあ、あとでわかりますよ。もうしばらくのご辛抱を！」ドン・ペスキートは言った。それから、木管の笛の音が聞こえてくると、こう続けた。「そろそろ、闘牛《コリーダ》が始まりますよ。開幕を告げる音楽が鳴りだしましたから……」

それを聞くと、

「これが開幕を告げる音楽でござるか？　あそこにいる黒眼鏡の男がひとりでフラジオレットを吹いているだけなのに……」ミロムが呆れたような声を出した。

「そうなんですよ、セニョール。昔は華々しいオーケストラの演奏で始まったものなんですが……。なにぶん、今は時代が変わりまして、キュウリモミータは経費を節約しなければならなくなっているのです」

と、その時、今度はトランペットが鳴り響いた。

「おや、黒眼鏡の男は、今度はトランペットを吹きだしたでござるよ」

「あれは闘牛士たちの入場をうながす合図の音楽です。

この音楽が鳴ると、槍士《ピカドール》や銛り打ち士《バンデリジェーロ》、それに正闘牛士《マタドール》とその助手を務める闘牛士たちが円形の砂場《アレーナ》に出てくるのです」

すると、またトランペットが鳴り響き、円形の砂場《アレーナ》に続く、両開きの木の扉が開いた。そして、長い槍を手に、痩せた馬に乗ったピカドールが現われた。

それを見ると、三銃士の息子は思わず、驚きの声をあげた。

「なんということだ！　あれはキュウリモミータでは

ないか！」

「ええ、セニョール。キュウリモミータです」ドン・ペスキートが答えた。

「確か、キュウリモミータはマタドールだったのでは？　ピカドールでもあったのか？」

「ああ、セニョール、それはしかたのないことなんですよ」三銃士の息子の疑問に、ドン・ペスキートは説明した。「先程も言ったように、キュウリモミータは費用を節約する必要がありまして……。だから、マタドールのほかに、ピカドールもしなければならないのです」

「ということは、ピカドールはひとりなのか？　普通はふたりいると聞いたが……」

「はい。普通はそうなんですが、ここではキュウリモミータひとりです。なにしろ、経費の関係で……」

その間に、キュウリモミータは場内を一周すると、観客に挨拶し、入ってきたのとは別の扉から退場した。

「次は助手の闘牛士の登場です」ドン・ペスキートが言った。

「助手の闘牛士?」三銃士の息子は訊きかえした。

「ええ、ピンクと黄色とか、あるいはピンクと緑とか、ふたつの色が表裏《おもてうら》になったケープをふって、雄牛を怒らせる役目をします」

と、そこで、最初にピカドールが登場した時の扉が開いて、伝統的な闘牛士の衣裳をまとった男が円形《アレ》の砂場《ーナ》に入ってきた。金や銀で刺繍をした短い上着の下に、やはり刺繍で飾ったベストを着こみ、短いニットのズボンをはいて、絹の靴下とサテンの靴を身につけている。肩にはおったケープはピンクと紫だ。その闘牛士が帽子をとって観客席にふりながら、優雅に場内を一周するのを見ると、三銃士の息子はまた驚いて、声をあげた。

「信じられない! これもまたキュウリモミータではないか!」

「確かに! あの鼻にかけた眼鏡と、しわだらけの顔は、見まちがえようがないでござる」主人の言葉に、ミロムもまた呆れたように言った。

「はい。こちらもキュウリモミータです」ドン・ペスキートが答えた。「これもまた経済的な問題で……」

「それでピカドールになったり、助手の闘牛士になったり、いろいろな役をひとりでこなしているというわけだな」ドン・ペスキートの言葉を受けて、三銃士の息子は言った。

「そのとおりです。セニョール。今、キュウリモミータが円形《アレ》の砂場《ーナ》を出ましたから、また衣裳を変えて現われるはずです」

なるほど、それから数分もすると、ドン・ペスキートが言ったとおり、キュウリモミータはちがう色の衣裳をまとって、円形《アレ》の砂場《ーナ》に現われた。両手には色紙を巻いた七十センチメートルくらいの長さの銛《もり》を持っている。

「出てきましたね。キュウリモミータは、今度は銛士《バンデリジェーロ》になって登場です」

「バンデリジェーロ？」三銃士の息子は尋ねた。

「ええ。手に色紙を巻いた銛を持っているでしょう？　あれがバンデリジャと呼ばれる銛で、一度刺さったら抜けないように、先のほうに〝返し〟がついています。あの銛を雄牛の首に打ちこむのがバンデリジェーロの役目です。バンデリジェーロは、先程も出てきた助手の闘牛士が務めますが、キュウリモミータはケープを

ふって雄牛を怒らせる役目と、銛を打ちこむ役目のふたつの役目に応じて、衣裳を変えています」

「ということは、あのキュウリモミータは全部ひとりで闘牛をするつもりでござるか？」

「はい、セニョール。これであとひとり、正闘牛士《マタドール》の紹介が終わりますと、いよいよ闘牛が始まります。キュウリモミータがもう一度、衣裳を変えてくると……」

その言葉どおり、バンデリジェーロに扮したキュウリモミータが退場すると、その数分後にはまた新しい、だが、今までよりずっと豪華な衣裳に身を包んだキュウリモミータが登場した。

「これがマタドールの衣裳です。〈剣の達人《プリマ・エスパーダ》〉――つまり、マタドールの……」

「ふむ。マタドールというのは、剣と赤い布を持っているのでござるな」ミロムが言った。

「はい、その剣がエスパーダです。スペイン語では剣

のことをそう言います。マタドールはそのエスパーダで雄牛にとどめを刺します。赤い布はムレータと言います」

「雄牛にとどめを刺す?」ドン・ペスキートの言葉を聞きとがめて、三銃士の息子は尋ねた。「ということは、キュウリモミータは牛を殺すのか? 先程の話によれば、気弱な性格で、血を見るのが嫌だということだったが……」

だが、その言葉に、ドン・ペスキートは思わせぶりな笑みを浮かべながら、こう答えた。

「いや、それはあとのお楽しみということで……」

その間に、マタドールの衣裳を着たキュウリモミータは、黒眼鏡の男が演奏するフラジオレットの音楽に合わせて、場内を一周し、観客席に挨拶すると、別の門から退場した。

その数分後、またトランペットの音楽とともに、痩せ馬に乗った〈ピカドールのキュウリモミータ〉が円形の砂場《アレーナ》に登場した。

「まさか、もう一度、闘牛士たちの紹介をするのではござるまいな?」心配そうな声で、ミロムが言った。

「そうではありません、セニョール」ドン・ペスキートがあわてて説明した。「いよいよ、これから競技が始まるのです。闘牛《コリーダ》は伝統を重んじる競技なので、何事も定められたとおりにする必要があるのです。最初はピカドールやバンデリジェーロ、マタドールなどの闘牛士の登場。それから、ピカドールと雄牛との闘い。三番目には、助手の闘牛士によるケープを使った雄牛の挑発、四番目がバンデリジェーロによる銛打ち。そして、最後にマタドール、またの名を〈剣の達人《プリマ・エスパーダ》〉による〈真実の瞬間《オラ・デ・ベルダ》〉。これはマタドールが雄牛にとどめを刺すことを言います。これまでのところで、もう闘牛士たちの登場は終わっていますので、ここからはいよいよピカドールと雄牛の闘いが始まるというわけです」

　こうして、ドン・ペスキートが三銃士の息子たちに闘牛の決まりを説明している間に、〈ピカドールのキュウリモミータ〉は痩せ馬を早足で走らせ、場内を軽く一周すると、雄牛が出てくる門の前に馬を止めた。槍を手に、やり手のピカドールといった雰囲気で門が開くのを待っている。その間に、雑用係として働いている少年たちが羊毛布団を抱えて飛びだしてきて、馬の後方に重ねておいた。それが終わると、少年たちはまたすばやく退場した。

　すると、〈牛の控えの場《トリル》〉に通じている専用の門が開いて、いよいよ雄牛が円形の砂場《アレーナ》に踊りでてきた。といっても、踊りながら出てきたわけではない。勢いよく、飛びだしてきたのである。それは肩の部分が力強く盛りあがった素晴らしい牛で、角も太く、先が鋭くとがっていた。

「おや、あの牛の背中にあるのはなんでござる?」雄牛の姿を見て、ミロムが尋ねた。

「クッションと枕ですよ。詰め物がいっぱいしてありましてね。背中と、それから首のまわりを覆っているのです。槍から守るためにね」ドン・ペスキートが笑いながら答えた。「なにしろ、ここでは《人道的な闘牛》が行なわれるのですから……」

　その間に、雄牛のほうは薄暗い〈牛の控えの場《トリル》〉から急に明るい場所に出てきたので、目が眩《くら》んだように円形の砂場《アレーナ》の中央で止まった。そうして、〈ピカドールのキュウリモミータ〉を見つけると、前脚で怒ったように地面をかきはじめた。

「どうです? 本当に怒ったように見えるでしょう? あれは怒った真似をしているんです」ドン・ペスキートが言った。

「怒った真似をしている?」三銃士の息子はびっくりして、繰り返した。

「そうです。あれを見たら、本当に怒っているように見えるでしょう? 頭を低く下げて、恐ろしい光を目に浮かべ、前脚で激しく地面をかいていると……。誰もがそう思うにちがいありません。ああ、でも、あの雄牛は雌羊よりもおとなしく、蝶よりも危険ではないのです。キュウリモミータはよくあそこまで仕込んだものですよ」

と、その時、雄牛が角を前に突きだして、まっすぐにピカドールの乗る馬に襲いかかった。それを見ると、キュウリモミータは手にしていた槍を首のまわりのクッションに突き刺した。だが、牛はこの槍の攻撃をものともせず、頭を巧みに馬の腹の下に入れると、角を上手に使って、優しく優しく優しく——ちょうど母親が赤ん坊を抱きあげるように優しく、ピカドールごと馬を持ちあげると、後方に重ねてあった布団の上に馬をひっくりかえした。布団のおかげで、もちろん、衝撃は少なかった。

「ブラボー！　雄牛！　ブラボー！　雄牛！」観客たちから歓声があがった。

だが、そこで、ミロムが驚きの声をあげた。

「やや、これは不思議でござる。今、牛は馬の腹を傷つけたようには見えなかったのに、馬の腹からは血が出てござるよ。これはいったい、どうしたわけでござろう？」

「ああ、あれは赤いペンキですよ、セニョール。本物の闘牛に見えるように、馬の腹にはあらかじめペンキが塗ってあったのです。ですから、馬はもちろん、かすり傷ひとつ負っていません」

「いや、あの雄牛は本当によく仕込まれているな」三銃士の息子は感心して言った。

「それに優しい性格でござるよ」ミロムもほろりとして答えた。「拙者は感激したでござる。布団の上に馬とピカドールをひっくりかえす時のやり方ときたら――――あれはまるで、母親が子供たちをゆりかごに寝かせるようでござった。いや、旦那様、拙者はあのあと、あの雄牛が子守唄を唄いはじめるかと思ったでござるよ」


　さて、その間に、円形の砂場《アレーナ》では、キュウリモミータと馬が起きあがっていた。キュウリモミータはまた馬にまたがると、次の出番に備えるため、門から出ていった。雄牛はその様子を優しく見守っていたが、キュウリモミータたちがいなくなると、再び怒ったように地面をかきはじめた。いっぽう布団のほうは、キュウリモミータが退場している間に、少年たちが片づけた。

　その数分後、今度は〈助手のキュウリモミータ〉が場内に入ってきて、雄牛の前でピンクと紫のケープをふりはじめた。それを見ると、雄牛は怒ったふりをして、ケープに向かって突進した。だが、そこはきちんとしつけられているので、本物の闘牛で見られるように、怒りに任せてケープに穴をあけるようなことはしない。角がケープに触れるか触れないかのところで、巧みに顔をそらすのだ。

「見てください。この素晴らしい技を！　キュウリモミータには金がありませんからね。高価なケープに穴をあけるわけにはいかないのです」ドン・ペスキートが誇らしげに言った。「だから、角でケープをひっかけないように、注意ぶかく、顔を横に向けるのです」

こうして何度か優雅な《ケープの技》――スペイン語で言う《カポーテの技》を披露すると、キュウリモミータはまた衣裳を変えに退場した。

そして、またトランペットが鳴り響くと、今度は両手に銛を持って、〈バンデリジェーロのキュウリモミータ〉が登場した。キュウリモミータは足を鳴らして、雄牛の注意を引きつけた。すると、雄牛は猛烈な勢いで、キュウリモミータに突進してきた。だが、そのすぐ前まで来ると、急に止まり、静かに頭を下げた。

「キュウリモミータはもう年ですからね。眼鏡をかけていても、あまりよく見えないんです」ドン・ペスキートが解説した。「だから、雄牛のほうは、キュウリモミータがちゃんとした場所に銛を打てるように、おとなしく待っている必要があるんです」

実際、見ていると、キュウリモミータは頭を下げている雄牛の角の間に立って、雄牛の首に鼻が触れるほど顔を近づけて、銛を打つ場所を探していた。クッションで覆われていない場所に打ったりしたら、牛が傷ついてしまうからだ。そのうちに、ようやくその場所が見つかったのか、震える手で銛を打ちこんだ。

こうして、やっとのことで仕事を終えると、キュウリモミータは脇によけた。すると、雄牛は先程中断した突進の続きを始め、首のクッションに突きたった銛を怒ったように揺らしながら、「モー！　モー！」と苦しげに鳴いてみせた。それは見ている者の胸が痛くなるような迫真の演技だった。いっぽう、キュウリモミータは常連の観客たちの拍手を浴びながら、退場した。

と、黒眼鏡の男が、今度は少し荘厳に聞こえるように、トランペットを演奏した。

「〈真実の瞬間《オラ・デ・ベルダ》〉を告げる音楽です。つまり、これからいよいよ、マタドールの手で雄牛は死ぬことになるわけです」ドン・ペスキートが言った。

「ということは、やはりキュウリモミータは雄牛を殺してしまうのか？」納得できないといった口調で、三銃士の息子は訊いた。「あんなによくしつけられた、優しい雄牛を……」

「ええ、キュウリモミータはあの雄牛を殺します」ドン・ペスキートは笑みを浮かべながら答えた。「慣れたものですよ。今までに、もう一万八千回はあの雄牛を殺しているのですから……。まあ、見ててください。キュウリモミータは〈剣の達人《プリマ・エスパーダ》〉の名に恥じない腕前を見せますから……。ほら、マタドールの衣裳を着たキュウリモミータが出てきましたよ」

見ると、円形の砂場《アレーナ》には、短い剣を右手に、左手には赤い布――ムレータを持ったキュウリモミータが登場したところだった。

「雄牛を殺す前には、何回か《ムレータの技》が披露されます」ドン・ペスキートが解説を続けた。「つまり、ムレータに向かって雄牛が突進してきたのをひらりとかわすわけです。この時、雄牛との距離が近ければ近いほど、観客は拍手を送ります。雄牛の角が胸をかすめるほど近くで突進をかわすことができたら、大喝采です。でも、この闘牛場ではそんなことは起こりません。キュウリモミータはもう高齢で、リウマチにやられていますからね。危ういところで、すばやく身をひねって、雄牛の突進をかわすことはできません。そこで、この闘牛場では雄牛のほうが軽い身のこなしで、マタドールをかわすのです。まあ、ともかく、見てください。見ればわかりますから。ほら！」

その言葉と同時に、円形の砂場《アレーナ》では、雄牛が〈マタドールのキュウリモミータ〉に突進した。そうして、角が相手の胸を突き刺すかと思われた瞬間に、横にステップを踏んで、キュウリモミータの脇を通りすぎた。見事な《ムレータの技》だ。

「ブラボー！　雄牛！　ブラボー！　雄牛！」観客から歓声があがった。

その後、雄牛はマタドールに向かって突進し、危ういところで身をかわし、その脇を全速力で走りぬけるという《ムレータの技》を何度か繰り返した。

そのうちに、とうとう〈真実の瞬間《オラ・デ・ベルダ》〉がやってきた。雄牛はキュウリモミータの近くまで戻ってくると、おとなしく、その前で首を垂れた。

いっぽう、キュウリモミータは雄牛の角の間に立ち、狙いをつけるために、雄牛の背中のほうに身をかがめると、クッションではなく枕を探した。そうして、背中を覆っていた枕を見つけると、今度は一瞬の迷いもなく、見事な手つきで、その枕に剣を突きたてた。

だが、高齢のせいで、狙いをあやまったのだろうか、剣の刺さったところからは血が噴きだして、枕を赤く

染めた。雄牛は一瞬、ぶるっと身体を震わせると、脚を細かく痙攣《けいれん》させはじめた。膝がぐらぐらして、もう立っているのがやっとという様子だ。

と、思った瞬間、身体のバランスがくずれて、雄牛はどうっとばかりに倒れた。

「ちくしょう！　キュウリモミータは牛を殺してしまったぞ」三銃士の息子はすさまじい声で咆えた。

「いやいや、ご心配なく。どうぞ落ち着いてくださ い」三銃士の息子の怒りように、ドン・ペスキートがあわててなだめた。

「だが、あの血は？」

「あの血は豚の血ですよ」ドン・ペスキートは説明した。「袋に入れて、枕のなかに隠してあったんです。それよりも、セニョール、どうでしたか？　あの雄牛の死ぬ演技は見事なものだったでしょう？　今だってそうです。じっと動かずに、死んだふりをしているんです。見てください。息さえ、しないようにしているんです！」

その間に、キュウリモミータは雄牛の頭に片足をのせ、勝利のポーズをとると、観客たちに向かって、深々と一礼した。観客たちは熱狂のあまり、ステッキや帽子、葉巻や手袋を円形の砂場《アレーナ》に投げこんだ。

と、そこでまたトランペットが鳴った。

円形の砂場《アレーナ》には、少年のひとりに手綱を引かれて、年とったラバが入ってきた。少年がラバと雄牛をロープで結ぶと、ラバはまだ死んだふりをしている雄牛を引く真似をした。けれども、門までひきずっていく力はないので、真似だけすると、あとは雄牛が立ちあがって、ラバのあとについていった。

こうして、円形の砂場《アレーナ》から誰もいなくなると、三銃士の息子は言った。

「さてと、雄牛もいなくなったことだし、キュウリモミータに話を聞きにいくとしようか」

すると、ドン・ペスキートが首を横にふって言った。

「いや、まだ闘牛《コリーダ》は終わっていませんよ。最初の雄牛が死んだだけですからね。まだあと五頭残っています。闘牛は一日に六回、行なわれるのです」

「ということは、キュウリモミータはあの馬鹿げた衣裳の着替えをあと五回もするのか？」

「はい、セニョール。そうしてまた同じ馬に乗って登場して、同じ布団にひっくりかえされ、同じ雄牛にとどめを刺すのです」

「でも、私はそれがすべて終わるまで、とうてい待っていられんぞ！」三銃士の息子は叫んだ。

けれども、ドン・ペスキートは平然と答えた。

「お待ちいただかなければなりません。闘牛《コリーダ》は伝統を重んじる競技なのですから……。闘牛の途中で、キュウリモミータと話す時間もありません。円形の砂場《アレーナ》に出ていない間、キュウリモミータは着替えに忙しいので……」

「わかったよ」三銃士の息子はあきらめて答えた。「待つことにしよう。なにしろ、私はどうしてもキュウリモミータに会って、訊かなければならないことがあるのだから……。今日じゅうに……。どうしてもな」

その時、二回目の闘牛の開始を告げるトランペットの音が鳴り響いた。

14

モー隠せない、闘牛士キュウリモミータが明かす〝ヴォー城の出来事〟

　こうして、ようやくこの不思議な闘牛《コリーダ》が最後まで終わると、ドン・ペスキートとミロムは、三銃士の息子をその場に残して、ひと足先にマヨール通りのドン・ペスキートの家に帰っていった。三銃士の息子がキュウリモミータと、ひとりで話をしたいと言ったからである。

　ふたりを出口まで見送ったあと、三銃士の息子は雑用係として働いている少年たちのひとりに声をかけた。

「すまぬが、この《人道的な闘牛》の主宰者《しゅさいしゃ》である、キュウリモミータ殿のところに案内してもらえないか？」

「はい、セニョール。ぼくについてきてください」そうフランス語で答えると、少年は先に立って歩きはじめた。「マタドール・キュウリモミータは、今、〈牛《ト》の控《リ》え場《ル》〉で着替えをしていらっしゃいます」

「〈牛《ト》の控《リ》え場《ル》〉で？」

「はい、セニョール」

「それでは、私はキュウリモミータ殿が着替えをすませて、〈牛《ト》の控《リ》え場《ル》〉から出てくるのを待とう」三銃士の息子は言った。

　すると、少年は首を横にふった。

「でも、セニョール。マタドール・キュウリモミータは、ほかのところでは、お客様をお迎えできません。だって、マタドールのお部屋は〈牛《ト》の控《リ》え場《ル》〉にあって、マタドールはそこで生涯の友である雄牛と、愛馬の三人で暮らしているんですから……。だから、ついてきてください」そう生真面目《きまじめ》な口調で言うと、少年は笑いながらこうつけ加えた。「大丈夫。雄牛が一緒だからといって、危険なことはありませんから……」

「わかった。それではついていこう」三銃士の息子は返事をした。

こうして、〈牛の控えの場《トリル》〉の入口まで来ると、少年は扉を大きくあけた。そこから、中をのぞくと、三銃士の息子は薄暗がりのなかに、キュウリモミータの姿を認めた。キュウリモミータは継当《つぎあ》てだらけのケープに身を包んで、今脱いだばかりのマタドールの衣裳にブラシをかけて、丁寧にたたんでいた。

「どうぞ、セニョール」三銃士の息子が戸口でためらっているのを見ると、キュウリモミータは声をかけた。

「バジーレに会いにきなさったのか？」

「バジーレ?」三銃士の息子は訊きかえした。

「そうじゃ。わしの雄牛じゃ」

キュウリモミータはうなずいた。おそらく、三銃士の息子が《人道的な闘牛》に感動して、雄牛を見にきたのだと思ったのだろう。

「いや、キュウリモミータ殿。雄牛に用があるわけではない」三銃士の息子は言った。「私はヴォーのことで来たのだ」

「ヴォー?」キュウリモミータは驚いたような声をあげた。

「ヴォー城のことだ」三銃士の息子は簡潔に答えた。すると、キュウリモミータはびくっとしたように身をすくませ、動揺した様子を見せた。

「ヴォー城……」震える声でつぶやく。

「そうだ」三銃士の息子はうなずいた。「どうだ? 話してくれぬか? ここにいるのは私たちだけだ。そうだろう?」

「確かに……。セニョールとわしのほかは、そこにいるバジーレとドーニャ・ソルだけじゃが……」

そう言うと、キュウリモミータは〈牛の控え場《トリル》〉の片隅で、仲良く同じ飼葉《かいば》桶《おけ》から餌を食べている雄牛と雌馬を指差した。それから、ベッドの近くに置いてある椅子を示して、三銃士の息子に勧めた。

「まあ、よかったら、お座りなされ。話はそれからじゃ」

そこで、三銃士の息子はその椅子を持ってくると、キュウリモミータの前に座った。そうして、まっすぐにキュウリモミータの目を見つめながら、どうして自分がスペインまでやってきたのか、その目的を簡単に説明した。

「つまり、その男は牛の頭のかぶりものをして女性に乱暴を働いたのだが、私はその卑劣な男の化けの皮をはがして、その女性の復讐をしてやりたいのだ。いや、絶対にそうすると、その女性の娘御に誓ったのだ!

そのためには、キュウリモミータ殿、ヴォー城であったことについて、そなたの知っていることを教えてもらわなければならぬ。教えてくれ！　キュウリモミータ殿。そなただけが頼りなのだ！」

すると、キュウリモミータはがたがたと震えはじめた。

「わしは何も知らん。セニョール。知らんのじゃ」うめくように言う。

「そんなはずはない！」三銃士の息子は叫んだ。剣の柄《つか》に手をかけながら、続ける。「もし忘れたというなら、これで記憶を呼びさましてやろうか？」

その言葉に恐れをなして、キュウリモミータは懇願した。

「お願いじゃ、セニョール。許してくれ！　わしは何もしておらん。わしは無実なのじゃ」

それを聞くと、三銃士の息子は、少し口調をやわらげて、言った。

「いや、そなたが無実なのはわかっている。キュウリモミータ殿、哀れな被害者の女性の手紙には、そなたがやったのではないと、はっきり書いてあったからな。だが、そなたではなくても、誰かがつくり物の牛の頭をかぶって、女性に乱暴を働いたのは事実なのだ。そして、その牛の頭のかぶりものは、そなたがスペインから持ってきたものなのだから、そなたはその男のことを知っているのではないか？〈ヴォーの洞窟〉で卑劣なふるまいに及んだ、そのあさましい男のことを……」

だが、キュウリモミータは尻ごみして、首をたてにふらなかった。

「おお、セニョール。それは知らんほうがいい。お願いじゃから、過去をほじくりかえさんでほしい。あれはもう遠い昔のことじゃ。忘れたほうがいい。下手にほじくりかえすと、不幸をもたらすことになる！」

「いや、そんなことにはならない。私はその卑劣な男をこらしめると誓ったのだ。どうか、その男の化けの皮をはがすのを手伝ってくれ！　これは大切なことなのだ！　私はどうしてもそうしなければならないのだ！」三銃士の息子は言った。

しかし、キュウリモミータは、うめき声を洩らすだけだった。

「話してくれ！」

三銃士の息子は繰り返した。その口調には、絶対に訊きだしてやるという、断固たる決意が感じられた。

すると、その不屈の意志の前に、とうとう降参したのか、キュウリモミータが大きくため息をついて言った。

「よろしい。それほど、おっしゃるなら、話してしんぜよう。いや、口にするのも恐ろしいが……」

そうして、気持ちを落ち着けるためか、しばらく目をつむって考えこむと、今から二十年前に起こった、その忌《い》まわしい出来事を語りだした。

キュウリモミータの回想（1）　ヴォー城での出来事

あれは当時、フランスの大蔵卿であったフーケ閣下が居城であるヴォー・ル・ヴィコント城の完成を記念し、ルイ十四世国王陛下を招いて、祝宴をお開きになった時のことじゃった。わしは余興で闘牛《コリーダ》のパロディをお見せするために、フーケ閣下に呼ばれて、はるばるフランスに出向いたのじゃが……。ああ、あの時、フーケ閣下のお申し出を受けなければ、あんなことにはならなかったのに！　そう思うと、今でも後悔の気持ちがわいてくるほどじゃ。

さて、フーケ閣下のお招きを受けると、わしはペドリージョという軽業をしている芸人とともに、フランスに出かけていった。そう、このペドリージョという男が牛の頭のかぶりものをして、闘牛士に扮した貴族の若様たちを相手に雄牛の真似をするという趣向だったのじゃ。

そこまで話すと、キュウリモミータは三銃士の息子に言った。

「だが、この闘牛のパロディの詳しいことについては、その娘御の哀れな母親の手紙で、もう知っておるのじゃったな。ヴォー城で開かれた華やかな祝宴や、ほかの素晴らしい余興についても……」

「ああ、知っている。知っている」三銃士の息子は先が知りたくて、苛立たしげに答えた。「だから、早く先を続けてくれ！」

そこで、キュウリモミータは、その続きを話しはじめた。

さて、闘牛の出し物が終わったあと、わしはヴォー城で居室として与えられていた部屋に戻った。ペドリージョに手伝ってもらって、出し物で使った小道具や、ボール紙でつくった牛の頭のかぶりものを運んでの。

そして、夜は松明《たいまつ》に照らされた庭園や噴水を眺めて、その美しさに目を見はったのじゃが、なにしろ、昼間の公演で疲れていたからの、早めに部屋にひきとって、休むことにした。

だが、部屋に入って、まだ数分もたっておらん時のことじゃ。ちょうどわしは寝支度をすませて、ベッドにもぐりこもうとしていたのだが、突然、何かがドアをひっかく音がして、背筋がぞくっと震えた。

いったい、何事だろう？　そう思って、ドアをそっとあけてみると、そこには豪華な衣服を着た、若い貴族の男がいたのじゃ。その男は、顔立ちからすると、美男子と言ってよかったと思うが、何かこう、猫のように陰険でな。そういった種類の美男子じゃった。その目には昏《くら》い炎が輝き、唇は薄く、皮肉な笑みを浮かべるように、端のほうがめくれかえって、ぴくぴくと痙攣《けいれん》していた。そのせいで、美しいというよりは、恐

ろしい、冷酷な顔つきに見えた。

「闘牛士殿」許しも乞わずに、いきなり部屋に入ってくると、その貴族の男は軽い、人を小馬鹿にしたような口調で、わしに言った。「お休みのところ、申し訳ないが、ひとつ、私のために役に立ってほしいと思ってな」

「なんでしょう？　旦那様」わしは丁寧にお辞儀をして答えた。「私のお役に立てることなら、なんでもいたしますが……」

「しばらくの間、牛の頭を貸してもらいたいのだ」

「牛の頭を？」貴族の男の頼みがあまりに思いがけないものだったので、わしはびっくりして尋ねた。

「そうだ。実は友人と賭けをしてな。その友人をなんとしてでも、驚かさなければならんのだ」貴族の男はいかにも、もっともらしく答えた。

だが、もちろん、わしは騙されなんだ。この男は嘘をついておる。じゃが、そう思っても、わしは一介の闘牛士じゃ。貴族の頼みを断わることはできない。そこで、黙ってお辞儀をすると、牛の頭のかぶりものを差しだしたのじゃ。

それを受け取ると、貴族の男はすぐにそのかぶりものを広いマントの下に隠した。そうして、尊大な様子で、わしに向かって小銭の詰まった財布を投げてよこすと、そのまま部屋を出ていった。

貴族の男が姿を消すと、わしはもう一度ベッドに入ろうとした。じゃが、男の陰険で冷酷な顔が印象に残ったのと、牛の頭を貸してほしいという奇妙な頼みが気になって、とうてい眠る気分にはなれない。そこで、寝るのはやめにして、その貴族の男のあとをつけることにした。まあ、好奇心に駆られたというわけじゃ。

貴族の男はマントの下に牛の頭を隠したまま、階段を降り、それから庭園に出て、その奥にある木立のなかに入っていった。わしはその姿を片時も見失うことはなかった。それにまた、わしは職業柄、身が軽い。そこで、木の陰から木の陰、茂みの後ろから茂みの後ろへと巧みに姿を隠しながら、相手に気づかれることなく、なんなくあとをつけていったのじゃ。

いっぽう貴族の男のほうは、木立のなかでも篝火《かがりび》で周囲を照らしていないほうに歩いていった。いったい、どこに行くつもりだろう？　わしは思った。

と、木立を抜ける道が〈ヴォーの洞窟〉に行く小道と交差するところで、貴族の男が突然、立ちどまり、あわてた様子で近くの木の後ろに隠れた。その理由はすぐにわかった。男が隠れた木の前を、美しい若い娘が夢見るような顔つきで、〈ヴォーの洞窟〉に向かって歩いていくのが見えたからじゃ。

娘が目の前を通りすぎると、貴族の男は木の陰から出て、足音を忍ばせながら、娘のあとをつけていった。わしも小道まで出ると、そのあとについていった。

やがて、〈ヴォーの洞窟〉の入口まで来ると、おそらく宴の喧騒から離れて、静かに夢想に耽るためだろう、娘は洞窟のなかに入っていった。

いっぽう、貴族の男は洞窟の入口まで来ると、あたりに誰もいないのを確かめるように、すばやく周囲を見まわした。そうして、わしがあとをつけているとも知らず、誰にも見られていないと判断すると、マントの下から牛の頭のかぶりものを取りだした。先程、わしのところから持っていったボール紙の牛の頭じゃ。それから、その牛の頭をかぶると、洞窟のなかに入っていったのじゃ。

と、まもなく、洞窟のなかから恐怖に駆られた叫び声が聞こえてきた。もちろん、娘が襲われたのにちがいない。そう思って、わしはとっさに木の陰から飛びだすと、本能的に娘を助けにいった。だが、洞窟まであと数歩というところで、立ちどまらざるを得なくなった。近くの茂みから、男が三人、現われて、わしの行く手をさえぎったからじゃ。

「声を出すな！　さもないと死ぬことになるぞ」男たちはわしの喉もとに短剣の先を突きつけて、言った。

そうなったら、抵抗することは不可能じゃ。わしは何も言わず、おとなしく両手を縄《なわ》で縛られた。そうして、心のなかでこうつぶやいた。〈ああ、あの男は自分の卑劣な行為を邪魔されないように、配下の者を忍ばせていたのだ。かわいそうに、あの娘は恐ろしい待ち伏せの罠にかかってしまったのだ〉と……。

そう悲しい気持ちで考えていると、しばらくして、洞窟から貴族の男が出てきた。男は牛の頭のかぶりものを腕に抱えて、せかせかした足取りで、わしを捕まえた三人の男の近くまでやってきた。乱れた衣服で……。そう、貴族の男の衣服は誰かと取っ組みあいの喧嘩でもしたように、激しく乱れていたのじゃ。貴族の男は青白い顔に、目だけをぎらつかせて、唇の端をぴくぴくと痙攣させていた。その様子は、何かに憑《つ》かれた、恐ろしい獣《けだもの》のように見えた。

「私のあとをつけてきたのか？」わしの姿に気づくと、

貴族の男は目を吊りあげて言った。「どうやら、貴様はバスチーユの地下牢で死ぬまで暮らしたいようだな」

するとわしを捕まえた男のひとりがおもねるように言った。

「若殿様、こんな奴のために、わざわざバスチーユに投獄を命じる〈封印状〉をお書きになる必要はございませんよ。若殿様にそんなお手間をとらせなくても、この私が短剣でちょっとひと突きしてやれば、もうそんな好奇心を持つこともできなくなりますから……」

だが、それを聞くと、貴族の男は唇の端に皮肉な笑みを浮かべて答えた。

「いや、今夜は楽しいことがあったからな。私は機嫌がいい。私の情熱を満足させてくれた美しい洞窟の精《せい》に免じて、この男の好奇心は許してやることにしよう」

「まったく、若殿様は人がよすぎますよ」短剣を手に、先程の男が残念そうに口にした。

すると、貴族の男が首を横にふった。

「いや、私には考えがあるのだ。黙って聞いているがよい」それから、残忍そうな目つきでわしを見ると、こう続けた。「貴様は夜明けと同時に、この城から出るのだ。よいな？」

「はい、旦那様」わしは震える声で答えた。

「城を出たら、まっすぐにスペインに帰れ！　途中、どこにも立ち寄るなよ」

「はい、旦那様」

「絶対にそうするんだ。貴様のためにな」

「私のため？」貴族の男の言った意味が理解できず、わしは訊きかえした。

すると、貴族の男は皮肉な調子でこう説明した。

「そうだ。貴様のためだ。洞窟の精は、おそらく、自分を襲ったのは貴様だと訴えるだろうからな。貴様がつくり物の牛の頭をかぶって、かよわい女性に乱暴を働いたと……」

ああ、それを聞いた瞬間、わしは心臓が止まるかと思った。雷が頭に落ちて、足の先まで通りぬけたような気分じゃった。そうじゃ。わしには貴族の男が何を考えついたのか、よくわかったのじゃ。男は自分の犯した罪をわしになすりつけることにしたのじゃ。わしひとりに……。

言うまでもなく、牛の頭のかぶりものは、わしの持ち物じゃ。だとしたら、わしが訴えを否定し、真実を話して、「本当の犯人はこの貴族の男だ」と言っても、誰が信用するだろう？ 力のある大貴族の息子を真犯人だと言ったことで、かえって立場を危うくするだけじゃ。この貴族の男は何もかも考えていたのだ。おそらくは、わしに罪をなすりつけるところまで……。そうなったら、この男の言うとおりにしたほうがいい。わしは考えた。夜明けと同時に、この城から逃げださなければ、抵抗もできない女性に乱暴を働いた罪で、恐ろしい罰を受けることになるだろう。

そんなことをわしが考えている間、貴族の男のほうは、勝ち誇ったような笑みを浮かべながら、からかうような目でわしを見つめていた。わしはがっくりと頭を垂れるしかなかった。

「こいつを部屋まで連れていけ！」そう配下の者たちに命令すると、貴族の男はわしの腕に牛の頭を抱えさせて、言った。「おい、闘牛士、すぐに出発する準備をしろ。それができたら、仲間と一緒にできるだけ早く城を発つんだ。早ければ早いほうがいいぞ。これは私からの貴重な忠告だ。だからといって、私に礼を言うには及ばんがね」

そうして、恐ろしい笑い声をあげながら、小道を去っていった。

その姿が見えなくなると、配下の男たちは部屋までわしを連れていき、わしが荷造りを始めたのを見ると、すぐに帰っていった。「よい旅を《ボン・ボワイヤージュ》」と皮肉な口調で言いながらの。

その翌朝──お祭しのとおり、わしは夜明けも待たずに、ヴォー城を出発した。軽業をする芸人、ペドリージョと一緒にの。もちろん、牛の頭のかぶりものも持って……。そうして、どこにも寄らずに、一直線にスペインに帰ってきたのじゃ。と、まあ、これがヴォー城であった出来事なのじゃが……。

そこまで話すと、キュウリモミータは話をやめて、息を継いだ。

いっぽう、三銃士の息子は、憤慨のあまり、小鼻をぴくぴくさせながらキュウリモミータの話を聞いていたが、話が一段落したところで、叫ぶようにして尋ねた。

「で、その男の名前は？　その貴族の男はなんという名前なのだ？」

「おお、セニョール。それは……。いや、いずれにせよ、もうしばらく聞いてくだされ。というのも、わしの話はまだ終わっておらんのじゃ。実はこのあと、さらに恐ろしい出来事が起こっての」

そう言うと、キュウリモミータは、その恐ろしい出来事というのを話しだした。

キュウリモミータの回想（２）　生まれた子の秘密

さて、マドリードに戻ると、わしはまた《人道的な闘牛》の興行に戻った。そうして、ヴォー城で起こった、あの忌まわしい出来事から、十カ月が過ぎた頃のことじゃ。まあ、それだけ月日がたつと、わしはあの時の悲しい出来事も、ほとんど忘れておった。ところが、ある夜のこと──ああ、その夜のことはもう思い出したくないのじゃが──男がひとり、わしを訪ねてきた。

その男の顔を見た時、わしは恐怖に声をあげた。その男は〈ヴォーの洞窟〉の近くでわしを捕まえた、あの三人の男のひとりだったのじゃ。そうじゃ、あのおぞましい出来事があった夜、貴族の男の命令で、洞窟のまわりを見張っていた、あの三人の……。いや、ついでに言うと、その男は貴族の男におもねって、短剣でわしを殺してしまおうと提案した男じゃった。

「いったい、なんの用です？」恐ろしさに震えながら、わしは〈短剣の男〉に尋ねた。

「それはあとでわかる。そんなことはどうでもいいから、ともかく支度をして、わしと一緒に来い」

「一緒に行く？」不安に駆られて、私はつぶやいた。

「そうだ。これから、フランスに行くのだ。若殿様が待っていらっしゃる」

わしは首を横にふった。じゃが、それは所詮、空《むな》しい抵抗にすぎなかった。すぐに〈短剣の男〉がこう言ったからじゃ。

「いや、ぜひとも、来てもらわなければならん。おま

えの運命は、私たちの手のなかにある。そのことを忘れるな。若殿様が〈封印状〉を書けば、おまえなどすぐに牢獄に送ることができるのだからな。スペインの牢獄でもフランスの牢獄でも、おまえの望みしだいに……」しかし、そこでいったん話をやめると、〈短剣の男〉は猫なで声でこうつけ加えた。「だが、まあ、安心するがいい。若殿様はおまえをひどい目にあわせたいと思っていらっしゃるわけではないのだから……。それどころか、おまえがおとなしく言うことを聞いたら、莫大なご褒美をくださるかもしれんぞ」

それを聞くと、わしはもうどうすることできないと悟った。わしの運命は、あのフランスの貴族に握られているのじゃ。そう考えると、わしは自分の運命を呪いながら、〈短剣の男〉とともに、泣く泣くフランスに行くしかなかった。

こうして旅が始まると、フランスとの国境までは馬に乗っていった。じゃが、ピレネーを越えてフランスに入ると、〈短剣の男〉がわしを馬車に乗せ、おそらく行先がわからないようにするためじゃろう、わしに目隠しをした。そうして、旅が再開されてから数日後に、わしは馬車から降ろされた。

あいかわらず目隠しをされたままだったので、そこがどこかはよくわからなかった。だが、大仰《おおぎょう》に門や扉を開く音がしたので、どこかのお城に連れてこられたのだろう――そう思っていると、急に目隠しがはずされ、わしはまわりを見まわした。すると、そこは豪華な家具のしつらえられた、素晴らしい部屋のなかじゃった。

と、その時、いきなり扉が開いて、〈ヴォーの洞窟〉でかわいそうな娘を襲った、あの貴族の男が入ってきた。

「セニョール・キュウリモミータ」貴族の男は唇の端にひきつった笑いを浮かべると、皮肉な口調で言った。「あなたにいい知らせがある」

「いい知らせ？」わしは何がなんだかわからず、ただ繰り返した。

「そうだ。いい知らせだ。おめでとう！　あなたは父親になったのだ」

「父親に？」わしは飛びあがった。

「そうだ。かわいらしい男の子の父親にな」

「どういうことです？　旦那様。私にはさっぱりわかりませんが……」

そうわしが言うと、貴族の男は陰気な笑い声をたてながら続けた。

「これはこれは、闘牛士殿。あなたはヴォー城であったことを、もうお忘れか？　祝宴の夜に、あの洞窟であったことを……」

「いえ、忘れてはおりません」あの夜のことを思い出して、わしは身体じゅうに戦慄《せんりつ》が走るのを覚えながら答えた。

すると、貴族の男は急に口調を変えて、乱暴に言った。

「ならば、キュウリモータ、あの洞窟の精に自分が何をしたのかも、忘れてはおるまい。そのせいで、おまえは父親になったのだ。わしはあの洞窟の精が生んだ子供を父親に引き渡すために、わざわざスペインに人をやって、おまえを呼びよせたのだ」

それを聞くと、憤慨《ふんがい》のあまり、わしは思わず抗議した。

「とんでもない！　あの件について、私が無実なのは、旦那様がいちばんご存じでしょう？　あの娘を襲ったのは旦那様なのですから！　旦那様がひとりでなさったことじゃありませんか！」

だが、言ってから、すぐに後悔した。貴族の男が突然、火がついたように怒りだして、持っていた鞭《むち》でわしを打ったからじゃ。

「黙れ！　黙れ！　黙れ！」貴族の男はわめいた。「おまえは私の言うとおりにすればいいのだ。いいか？　よく聞け！　おまえがその子供の父親かどうかなどというのは、どうでもいい。大切なのは、おまえがその子供を預かるということだ。子供はおまえに引き渡す。私はそう決めたのだ」

「でも、ということは……」わしは訳がわからず、つぶやいた。「旦那様はあの娘から子供をさらってくるおつもりですか？」

「おつもりではない。キュウリモミータ」貴族の男は皮肉な笑いを浮かべて言った。「子供はもうさらってきているのだ。おまえに連れていってもらうためにな」

「ああ、あなたは悪魔だ！」わしは思わず叫んでいた。「血も涙もない怪物だ！　かわいそうな娘に乱暴を働いて、〝不名誉〟を与えたばかりでなく、その娘から子供を奪うなんて！」

「だから、その不名誉の証拠をなくすために、子供を引き取ってやったのではないか！　私の優しさに、娘はきっと感謝していることだろう。そうは思わないか？　キュウリモミータ」

まったく悪びれた様子もなく、そう平然と言い放つと、貴族の男は恐ろしい笑い声をあげた。もう恥知らずとしか言いようがない。そのあまりにも臆面もない態度に、わしのほうはすっかり度胆を抜かれて、意気消沈してしまった。と、貴族の男が話を続けた。

「それに、これからおまえの前に連れてこられるものを見たら、子供をさらったことで、私がどれほど娘に対して、思いやりにあふれたことをしたか、すぐにわかるだろう」

そう言うと、貴族の男は天井からぶらさがっていたひもを引いて、呼び鈴を鳴らした。すると、たちまち扉が開いて、スペインにわしを探しに来た男――〈短剣の男〉が現われた。

「若殿様、ご用事で？」

「子供を連れてきてくれ」

「御意！」

そう言って、部屋から出ていくと、〈短剣の男〉は腕に赤ん坊を抱えて、すぐに戻ってきた。赤ん坊の顔はヴェールで隠されていた。と、貴族の男が、いきなりヴェールをはがして言った。

「見ろ！　闘牛士！」

その赤ん坊を見た瞬間、わしの喉からは恐怖の叫び声が出た。というのも……。

赤ん坊の頭は、牛の頭だったのじゃ！

驚きのあまり、わしは立っているのがやっとじゃった。足ががくがく震え、今にもその場にへたりこんでしまいそうじゃった。

「どうした？　闘牛士」わしの様子を見ると、恥知らずにも、貴族の男がつまらない冗談を口にした。「おまえは毎日、闘牛場で、勇敢にも牛と闘っているのだろう？　それなのに、牛の頭を見るのが怖いか？　それでも闘牛士と言えるのか？」

しかし、そんな冗談に反論する気も起きず、わしはただ呆気にとられて、自分は恐ろしい夢を見ているのだろうかと、目の前の牛の頭を凝視《ぎょうし》していた。
「どうだ？　闘牛士」貴族の男が続けた。「これで先程、『子供をさらったことで、私がどれほど娘に対して、思いやりにあふれたことをしたか』と言った理由がわかったろう。しかも、私は母親がまだこの化物《ばけもの》の顔を見る前に、連れだしてきてやったのだ」
「ああ、なんという恐ろしいことだ」わしはつぶやいた。「だが、どうして牛の頭を持つ赤ん坊が、この世に生まれてきてしまったのだろう？」

それを聞くと、貴族の男はしたり顔で説明した。

「簡単なことだ。この化物の母親は、〈ヴォーの洞窟〉で牛の頭の男にもてあそばれたあと……」

「牛の頭の男って、それはあなたではありませんか！」わしは思わず叫んだ。

すると、

「私ではない！　牛の頭の男だ」貴族の男は冷ややかに答えた。「その牛の頭の男にもてあそばれたあと、この子供の母親は熱に浮かされて、妊娠中、毎日こう譫言《うわごと》を口走っていたそうだ。『ヴォー！　ヴォー！　ヴォー！　どうして、ル・ヴォー様はヴォーのお城をお建てになったの？　もう！　もう！　もう！　ヴォーのお城はもう見たくない！』と……。そして、その譫言は子供が生まれるまで続いたという。だから、ほら、わかるだろう？　牛の頭の男の印象が強烈に焼きついたせいで、母親は自分も牛になってしまったように、毎日、『モー！　モー！　モー！』と声をあげていた。それが母親の身体に、そしてひいては胎内にいる子供に影響を与えて、牛の頭の赤ん坊がこの世に生まれてきたというわけだ。おわかりかな？　セニョール・キュウリモミータ」

キュウリモミータの話はまだ途中だったが、そこで三銃士の息子は思わず、口をはさんだ。先程から話を中断しないようにと我慢して聞いていたのだが、その我慢が限界に達したのだ。

「ちくしょう！　キュウリモミータ殿、早くその男の名前を教えてくれ！　早く！」

「いや、その名前は……」キュウリモミータは口ごもった。そうして、言葉を続けた。「それより、わしの話を最後まで聞いてくだされ。わしはまだ話しおわっておらんのじゃ」

「では、早くしてくれ！　千倍も早くだ」三銃士の息子は叫んだ。

そこで、キュウリモミータは、話の続きを始めた。

こうして、哀れな牛の頭の赤ん坊を目の前にすると、わしはその貴族の男の要求を断わることができなくなってしまった。いくらその男に対して、激しい嫌悪と憎しみを覚えたとしても、赤ん坊に罪がないことはよくわかっていたからの。貴族の男は、わしに赤ん坊を預けると、どこか山深い場所に住む、羊飼いか何かのところで、この子供の面倒を見てほしいと言った。

まあ、いかに恥知らずだとはいえ、貴族の男もさすがに自分の息子を殺す勇気はなかったのじゃろう。とはいっても、「どうせこの子供は長く生きられないだろうから、それまでの間だけ、スペインで生かしておくのだ」とも言っておった。そうして、わしがフランスを出発する前に、わしに対する報酬と、子供の養育費として、かなりの金《かね》を渡してくれた。

さて、スペインに入ると、わたしはピレネーの山のなかで羊飼いをしている親戚の男に牛の頭の赤ん坊を預けることにした。まあ、なんだかんだと言っても、この子供はあまり目立たんほうがいいし、わしの親戚は人里離れた山のなかで、連れ合いと一緒に牛や羊を飼うだけで、ひっそりと暮らしていたので、ちょうどよかったのじゃ。それで、どうにか貴族の男に言われたことを果たすと、わしはようやくマドリードに戻って、また《人道的な闘牛》を再開した。わしの天職とも言うべき仕事を……。

そして、それから十数年が過ぎたあとのことじゃ。あのろくでなしの貴族の男の予想に反して、牛の頭の子供はすくすくと育っていた。おそらく、もともと身体が丈夫だったのじゃろう。病気らしい病気はひとつもせず、無事に十七歳の誕生日を迎えたのじゃ。普通の子供とちがっているのは頭部だけで、性格も優しく、

頭もとってもよかった。まさに理想的な若者じゃった。じゃから、わしの親戚夫婦も、その子を目のなかに入れても痛くないほどかわいがっておった。

もちろん、それには牛の頭の若者が、牛や羊を上手に世話して、よく働いてくれたということも関係していたろうが……。まあ、牛や羊の世話が上手なのも、不思議はない。なにしろ、動物たちは若者の牛の頭を見て、自分たちの仲間だと思って、おとなしく言うことを聞くのじゃから……。

ああ、だが、残念なことに、そんな平和な暮らしは長くは続かなかった。それこそ、牧歌的な暮らしは……。

というのも、ある日、わしの親戚がマドリードを訪ねてくると、泣きながらこう話したのじゃ。「二、三日前に、恐ろしげな顔をした男たちの一団が、突然、家にやってきて、牛頭《うしあたま》の息子を連れていってしまった」と……。

親戚の話によると、夫婦や〈牛頭の若者〉が泣いて懇願するのも聞かず、男たちは〈牛頭の若者〉に金属の仮面をかぶせ、用意してきた馬車に乗せて、一緒に連れていってしまったという。出発の時に、御者に向かって、「パリまで！　バスチーユまで！」と行先を告げての。

そのあとのことは、わしは知らん。まあ、いろいろ疑っていることはあるがの。いずれにしろ、これでわしの話はおしまいじゃ。セニョール、わしは知っていることはすべて話した。知っていることで、口にできることはすべてでの。

そう言うと、キュウリモミータはハンカチで口をぬぐった。三銃士の息子は、最後にキュウリモミータが言ったことが気になって、尋ねた。

「そなたは今、バスチーユと言ったな？　それから、〈牛頭の若者〉は金属の仮面をかぶせられたと……」

「そうじゃ。鉄の仮面をの」キュウリモミータは答えた。

「そして、その若者は今でもバスチーユの牢獄にいるのだろう？　だとすると、それは数多くの謎に包まれ、伝説に彩《いろど》られた人物――あの有名な《鉄仮面》ではないのか？　《鉄仮面》はそなたの言う〈牛頭の若者〉ではないのか？」

「たぶん、そうじゃろう、セニョール」三銃士の息子の言葉に、キュウリモミータはうなずいた。「スペインに暮らしておるせいで、わしは《鉄仮面》の話は聞いたことがないがの。バスチーユの牢獄にいて、鉄の仮面をかぶっておるのなら、その《鉄仮面》とやらは、〈牛頭の若者〉にちがいあるまい」

「ちくしょう！　私はその若者を救いだしてやる！」三銃士の息子は咆えた。「そうして、その若者を苦しめた男に復讐してやるのだ。おお、キュウリモミータ殿。かくなるうえは、その貴族の名前を私に明かしてくれるだろうな。哀れな娘の名誉を奪って、絶望のなかで死なせたばかりか、その息子の頭が牛の頭だったことを隠すために、鉄の仮面をかぶせてバスチーユの牢獄に閉じこめた、その卑劣な貴族の名前を……。その貴族とはいったい誰なのだ？　早く、名前を！　その男の名前を言ってくれ！」

だが、意外なことに、キュウリモミータは首を横にふった。

「それは言えん。おお、セニョール。その男の名前は、わしには言えんのじゃ」

「どうしてだ？　どうして、その男の名前を言えないのだ？　その男の仕返しが怖いのか？　それで言いたくないのか？　だが、キュウリモミータ殿。その男がどれほど力を持っていようと、この三銃士の息子がいるからには恐れる必要はない。キュウリモミータ殿の身の安全は、私が保証しよう」

「いや、セニョール。そんなことを恐れているわけではない」キュウリモミータは言った。「わしはもう年寄りじゃ。いつ死んでもかまわん。じゃから、男の仕返しを恐れているわけではない」

「ならばどうして？　おお、キュウリモミータ殿。それなら、どうしてその男の名前が言えないのか、理由を教えてくださらんか？」三銃士の息子は言った。

すると、キュウリモミータはようやく、その理由を口にした。

「それではお話しもうそう。その男は恥知らずにも、『自分の名前は決して口にするな』と言って、《聖母様》に誓わせたのじゃ。聖母マリア様に……。スペインでは、《聖母様》に誓った約束は、決して破ることはできない。《聖母様》を裏切ることになるからの。おお、セニョール。お望みなら、わしを殺してもかまわん。じゃが、わしはその男の名前を口にすることはできんのじゃ」

それを聞くと、三銃士の息子はこれ以上、強要しても、キュウリモミータの気持ちを変えさせることは無理だと判断した。キュウリモミータは頑固一徹に、〈男の名前を口にすると、《聖母様》を裏切ることになる〉と、そう思い込んでいるからだ。

「だが、それなら、どうしたらよいのだろう？　どうしたら？」三銃士の息子は怒りに任せて、言葉を投げつけた。「おお、キュウリモミータ殿。そなたはブランシュ＝ミニョンヌの母親をひどい目にあわせた男が、それにふさわしい罰を受けなくてもよいとお考えか？　そなたの頑迷な思い込みによって、あの卑劣な男をこらしめることができなくなっても……。ああ、そなたのせいで、私はその恥知らずな貴族に復讐をすることができないのか！」

と、その言葉に、キュウリモミータが叫んだ。

「いや、わしはそんなことは言っておらん。わしだって、あの男が罰を免《まぬか》れてもよいと思ってるわけではないのじゃ。だから、このままにしておくつもりはない」

「ということは、名前を教えてくださるのか？」三銃士の息子は勢いこんで尋ねた。

「いや、わしは誓いを破ることはできん」キュウリモミータは頑《かたく》なに言った。「だが、ひとつ思いついたことがある。明日、闘牛《コリーダ》が終わった頃、ここに来てくださらんか。セニョールにカスタネットを差しあげよう」

「カスタネットを？」三銃士の息子は訊きかえした。

「そうじゃ。だから、今日はひとまず、おひきとりくだされ」三銃士の息子を戸口まで送りながら、キュウリモミータは言った。「わしはその男の名前を口にすることはできん。じゃが、カスタネットなら、それができるじゃろう」

「カスタネットが男の名前を私に教えてくれるのか？」三銃士の息子は尋ねた。

だが、それにははっきり答えず、

「アディオス、アミーゴ。明日はカスタネットがおしゃべりをする日になるじゃろう」

そう言うと、キュウリモミータは〈牛の控え《トリル》の場〉の扉を閉めた。

15

ミロムは唄い、キュウリモミータは死に、カスタネットは話す

ドン・ホセ・ペスキートの家に戻ると、三銃士の息子はブランシュ＝ミニョンヌを居間に呼び、真実を知ってブランシュ＝ミニョンヌがあまりショックを受けないように気をつけながら、キュウリモミータから聞いたことを話した。

「ああ、わたしの騎士様」三銃士の息子の話が終わると、ブランシュ＝ミニョンヌは感謝の気持ちをこめて叫んだ。「それでは、若様はわたしの兄をバスチーユから助けだしてくださるおつもりですの？　鉄の仮面をかぶせられた兄を……」

「そのつもりだ。牛の頭をしているとはいえ、貴女の兄上なのだから」三銃士の息子は力強く答えた。

「牛の頭がなんでしょう！　たとえ、サソリの頭だろうと、わたしは兄を愛します。だって、わたしたちは同じ母親から生まれた兄妹《きょうだい》なのですもの。ああ、お兄様。かわいそうなお兄様。今頃、どんなにお辛い思いをしていらっしゃるのか……。どれほど涙に泣きぬれていらっしゃるのか……。わたしのキスでお兄様をお慰めして、涙を乾かしてさしあげたい」

　そう愛情に満ちた優しい声で言うと、兄を思う気持ちで胸がいっぱいになったのか、ブランシュ＝ミニョンヌは声をあげて泣きくずれた。

「明日になったら、闘牛士のキュウリモミータが、貴女の母上に辛い思いをさせた、あの卑劣な男の名前を明かしてくれる。それを知ったら、私はすぐさまパリに向かって、バスチーユの牢獄から《鉄仮面》を——貴女の兄上をお助けしよう」

「ありがとうございます。若様。ありがとうございます」ブランシュ＝ミニョンヌは泣きながら、礼を言った。

「おお、ブランシュ＝ミニョンヌ。私はまず貴女の兄上を牢獄から救出するつもりだ。というのも、母上をひどい目にあわせた、あの人でなしの貴族に復讐をする時、私は貴女の兄上にも、その場に立ち会ってもらいたいからだ。大丈夫だ。すべて私に任せてほしい」

この言葉にいくらか気持ちが落ち着いたのか、ブランシュ＝ミニョンヌはジャンヌとドーニャ・エルビラ、そして今や本物の姉妹のようになった、ペスキート家の娘のパキータの待つ部屋に戻っていった。

そうこうするうちに、夜になった。夕食の話題は、もっぱら、午後に見てきた《人道的な闘牛》のことに集中した。

「あれなら、キュウリモミータが牛の角にかかって死ぬということはないでござるよ」ミロムが言った。

すると、ドン・ペスキートが笑みを浮かべながら、答えた。

「それはそのとおりなのですが……。でも、実はちょっと面白い話がありましてね。ロマの占い師がタロットカードで未来を見たところ、キュウリモミータは牛の角のひと突きで死ぬだろうと言うのです」

「牛の角のひと突きでござるか？」ミロムが驚いたような声をあげた。「それはありえないことでござるよ。あれほどよく仕込まれた優しい雄牛に、キュウリモミータが殺されるはずがない。カードがまちがった予言をしたのか、さもなければ、その占い師がキュウリモミータに含むところがあったのでござろうよ」

「でも、カードがまちがうことは絶対にないんですの

よ」ミロムの言葉に、ドーニャ・エルビラが真剣な口調で答えた。
　こうして、皆が《人道的な闘牛》のことで話に花を咲かせるなかで、ただひとりブランシュ＝ミニョンヌだけは物思いに沈んだ顔をしていた。それを見ると、パキータが心配して、ギターを取りにいき、「夕食後のひとときに」と言って、セレナーデやセギディーリャなど、自分の知っているアンダルシアの歌をすべて唄った。その美しく、情熱的な調べに、ブランシュ＝ミニョンヌは、しばし愁《うれ》いを忘れたようだった。
「おお、素晴らしい歌でござったな」パキータが唄いおわると、ミロムが言った。「聴いているうちに、拙者はあるガスコーニュの友人から教わった歌を思い出したでござるよ。その友人はスペインに長く暮らしておったのだが、ガスコーニュに戻ってくると、拙者にアンダルシアのセレナーデ——つまり、恋の歌を教えてくれたのでござる」

「まあ、どんな歌ですの？　ぜひ、聴かせてくださいな」にっこりと魅力的な笑みを浮かべて、パキータがせがんだ。

「おお、セニョリータのような美しい娘御に頼まれたら、お断わりするわけにはいかないでござるよ」パキータの言葉に、ミロムは礼儀正しく答えた。「そのかわいらしい唇で頼まれたら……。ですが、セニョリータ、よろしかったら、そのギターを拙者に貸してくださらんか？」

その言葉に、三銃士の息子はびっくりして尋ねた。

「ミロム。おまえはギターが弾けるのか？　おまえにそんな才能があったとは、今まで知らなかったぞ」

「いや、旦那様。もちろん、ギターは弾けないでござるよ。しかしながら、恋の歌《セレナーデ》には、ギターがつきものでござるからな」

そうしゃあしゃあと言うと、ミロムはギターをかき鳴らす真似をして、その低く、朗々とした、美しい声で、「姿を見せてよ、バルコニー」という歌を唄いはじめた。

姿を見せてよ　バルコニー
（ある執拗なセレナーデ）

I
アンダルシアの昼下がり
青い瞳のロリータに
ペドロはたちまち恋に落ち
どこに住むのか確かめる
夜ともなれば　月の明かりに
下から見あげる　バルコニー　ギターを抱え
聞いておくれよ　恋の歌
（ペドロの歌）
グラナダの　真珠の君よ

姿を見せてよ　バルコニー
君に捧げるセレナーデ
唄ってきかせてあげるから
姿を見せてよ　バルコニー

Ⅱ

アンダルシアの夜は更けて
青い瞳のロリータは
いっこう姿を現わさず
哀れペドロは待ちぼうけ
やがて日がたち　週が去り　月も過ぎゆき
涙ににじむよ　バルコニー
聞いてもらえぬ　恋の歌

（ペドロの歌）
グラナダの　真珠の君よ
姿を見せてよ　バルコニー
君に捧げるセレナーデ
唄ってきかせてあげるから
姿を見せてよ　バルコニー

Ⅲ

アンダルシアに時古《ときふ》りて
青い瞳のロリータは
六十年後も現われず
ペドロはとうとう恨み節
けれどもロリータ　涙ながらに　理由を明かす
それなら無理だよ　バルコニー
聞くに聞けない　恋の歌

（ロリータの唄）
お誘いは　嬉しいけれど
出られないのよ　バルコニー
わたしの部屋には窓ひとつ

中庭向いてあるだけだから
出られないのよ　バルコニー

ミロムが唄いおわると、食卓のまわりには爆笑が巻きおこった。ペドロの失恋の思いがけない理由を知って、ブランシュ＝ミニョンヌも小さな笑みを見せた。だが、夜はもう更けていたので、一同は談笑をやめ、それぞれ寝室にひきとった。

そして、翌朝……。三銃士の息子が朝食にスペイン風の素晴らしいココアを味わっていると、ドン・ペスキートの店の者が、「下まで降りてきてくれ」と呼びにきた。少年がひとり、「急用だ」と言って店を訪ねてきて、「三銃士の息子にすぐに知らせたいことがある」というのだ。

三銃士の息子はすぐに店まで降りていった。そこには、昨日、《人道闘牛場》で雑用係をしていた少年のひとりがいた。

「ああ、セニョール、すぐに来てください！」三銃士の息子の顔を見ると、少年は言った。「マタドール・キュウリモミータが『死ぬ前に、どうしてもセニョールに話をしたい』と言っています！」

「何？　キュウリモミータ殿は死にそうなのか？」三銃士の息子は大声をあげた。「いったい、何があったのだ？　急病か？」

「いえ、マタドールによれば、牛の角が心臓に突き刺さったのです。きっと、もう助からないでしょう。だから、セニョール、早く！　そうじゃないと、臨終に間に合わなくなります！」

「ちくしょう！　走るぞ！」三銃士の息子は少年に声をかけた。「キョウリモミータ殿の臨終に間に合わなければ、ブランシュ＝ミニョンヌの母親をひどい目にあわせた、あの卑劣な男の名前を聞くことができない！　走るぞ！」

そう叫ぶと、三銃士の息子はあっというまに店から飛びだし、少年を後ろにしたがえ、アルカラ広場の《人道闘牛場》を目指した。そうして、《人道闘牛場》の入口の石段をのぼると、〈牛の控え場《トリル》〉に飛びこんだ。そこではキュウリモミータが真っ青な顔をして、胸に赤い血の染みをつくり、ベッドに横たわっていた。その染みは刻一刻と大きくなっていく。

三銃士の息子が入ってきたのに気づくと、キュウリモミータは目を開いた。そこにはもはや生気はなかった。それを見ただけでも、死期が迫っているのがわかった。

「ロマの占い師は、わしが牛の角のひと突きで死ぬと予言しておったが、それはどうやら本当だったようじゃ」弱々しい声で、キュウリモミータが言った。

「だが、あの雄牛はあれほどきちんと仕込まれていたのに！　それがどうして、そなたに傷を負わせたのだ？」三銃士の息子は嘆くように言った。

すると、キュウリモミータは小さく首を横にふった。

「いや、セニョール。わしに傷を負わせたのはバジーレではない。わしの雄牛では……。わしは自分で胸に牛の角を突き刺してしまったのじゃ。事故での」

「事故で？」

「そうじゃ。今朝、靴をはこうとして……」

「靴をはこうとして？」何がなんだかわからず、三銃士の息子は繰り返した。

「そうなんじゃ。わしは、今朝、靴をはこうと思って、牛の角の靴べらを手に持って歩いていたのじゃが、運の悪いことに、床に落ちていたオレンジの皮につまづいての。手に持った靴べらがぐさっと胸に突き刺さってしまったのじゃ」

「おお、なんという恐ろしい運命だろう！」三銃士の息子は叫んだ。

「そう、これは運命なのじゃ。最初からそうなることに決まっていたのじゃ」キュウリモミータは悲しそう

に笑って言った。「わしは牛の角のひと突きで死ぬことになっていたのじゃ。だが、セニョール。嘆くことはない。わしは幸せなのじゃ。本物の闘牛士として、こうやって胸に牛の角を受けて、死ぬことができるのじゃからの」

「いや、まだ死ぬとはかぎらない」三銃士の息子は言った。「傷は思ったより浅いかもしれない。そうだ。早く医者を呼ぼう。早く！」

「その必要はない。もう意識が遠くなってきた……」キュウリモミータは答えた。「だが、死ぬ前にセニョールとの約束を果たさなければ……」

「おお、すると、ようやくあのヴォー城でかよわい女性に乱暴を働いた、あの貴族の名前を話してくれるのか？」三銃士の息子は勢いこんで尋ねた。

だが、キュウリモミータは首を横にふった。

「それはできん。セニョール。その男の名前は絶対に口にしないと、わしは《聖母様》に誓ったのじゃ。それはセニョールにもお話ししたろう」

「ああ！」三銃士の息子は嘆息を洩らした。

「だが、昨日も言ったように、わしの代わりにカスタネットが話す。カスタネットはわしじゃないからな。口を開いてもかまわないのじゃ。さあ、これを……」

そう言うと、キュウリモミータは三銃士の息子にカスタネットを差しだした。だが、それは打ち合わせる部分が糊づけされて、固く口を閉じていた。

「どういうことだ？」カスタネットを受け取りながら、三銃士の息子は訊いた。

「わしが死んだら……」さっきよりも、さらに弱々しい声で、キュウリモミータは続けた。「おお、わしが死んだら、家に戻って、その糊をはがしてくれ。そうしたら……」

そこまで言うと、キュウリモミータは言葉を止めた。いよいよ最期の時を迎えて、声が出なくなったようだ。

「そうしたら？」キュウリモミータの上にかがみこむ

と、三銃士の息子は尋ねた。

キュウリモミータは虫の息で続けた。

「そう……したら……カスタ……ネットは……口にする……だろう。あのひれ……」

「あのひれ？」

「……つな……男の……名前を……」

そう最後まで言いおわると、キュウリモミータは一瞬、身体を震わせた。それと同時にがくんと首が横に倒れた。

キュウリモミータは息をひきとった。

と、その瞬間、〈牛の控え場《トリル》〉の片隅から、「モォーッ！」という悲しげな声があがった。雄牛のバジーレだ。バジーレはベッドのそばまで来ると、キュウリモミータの身体にすがりついた。「モォーッ！　モォーッ！」と悲痛な叫び声をあげながら、生涯の友であったキュウリモミータの冷たくなった手をぺろぺろと舐める。

この胸の張り裂けるような光景に、三銃士の息子はいたたまれなくなって、〈牛の控え場《トリル》〉をあとにした。

そうして、ドン・ペスキートの家に戻ると、さっそくカスタネットから秘密を訊きだすことにした。キュウリモミータから渡された時のまま、カスタネットは打ち合わせ面が糊づけされて、固く口を閉じていた。三銃士の息子は短剣の先を使って、ちょうどカキの殻をあけるように、カスタネットをこじあけた。

すると、中には小さくたたんだ紙が入っていた。三銃士の息子は一刻も早くブランシュ＝ミニョンヌの母親をひどい目にあわせた、あの卑劣な男の名前を知ろうと、震える手で紙を開いた。

そして、その紙に目を落とし、

そこに書かれた文字を見て、

その文字でつづられた名前を読んだ時、

憤激のあまり、家じゅうに響きわたるような叫び声をあげた。

そこには、《トリスタン・ド・マカブルー》と書かれていたのだ！

「あの男か！　またあの男なのか！」三銃士の息子は咆えた。「だが、それなら、なおさら結構。私はブランシュ＝ミニョンヌの母親だけではなく、ブランシュ＝ミニョンヌの復讐もしてやることができる。まさに一石二鳥だ。いや、父親とお兄さんの分まで入れれば、一石四鳥だ。待っていろよ！　トリスタン・ド・マカブルー。今度こそ、決着をつけてやる！」

16

太陽王ルイ十四世

さて、親愛なる読者諸君、我々はここでマドリードを離れ、さらっと一行《いちぎょう》ペンを走らせ、パリまで戻ることにする（これだけの距離を越えるのに、ペンより早く走れるものはないのである）。行先はもちろん、ロンバール通りで、我らが友人プランシェが経営する《金の杵亭》である。

前章でお話ししたように、三銃士の息子がカスタネットから秘密を聞いて、「目指す復讐の相手はトリスタン・ド・マカブルー公爵である」と知ってから、はや一カ月が過ぎていた（ペンは距離だけではなく、時間も一瞬にして越えるのである）。

ということで――。

その朝、ロンバール通りの《金の杵亭》の店の前では、糖蜜の壺を棚に並べるのに、どうやったら芸術的に見えるか、番頭のアブドンが頭をひねっていた。と、遠くのほうから馬が駆けてくる音が聞こえたので、アブドンはそちらをふりかえった。

すると、通りの曲がり角に、馬に乗った男が三人現われて、こちらに向かってくるのが見えた。アブドンはその男たちをじっと見つめた。そして、その三人が誰だかわかると、糖蜜の壺のことは忘れて、「おお！」と声をあげながら、大あわてで店に駆けこんだ。

「旦那様。戻ってきました。若様とバチスタンとミロムが……。馬に乗って、ロンバール通りに……」

それを聞くと、プランシェは急いで通りに飛びだした。通りではちょうど、三銃士の息子たちが馬から降りて、見習い店員たちに手綱を渡しているところだった。

「ああ、若様。お帰りなさいまし。それで、ブランシュ＝ミニョンヌは？」三人を店に入れると、プランシェはいちばん気になっていたことを訪ねた。

「安心せよ」プランシェの言葉に、三銃士の息子は簡潔に答えた。「ブランシュ＝ミニョンヌはドン・ホセ・ペスキートのもとで安全に暮らしている。私がブランシュ＝ミニョンヌの母御の復讐を果たしたら、なんの心配もなく、この《金の杵亭》に戻ってこられるはずだ。だが、詳しいことは上にのぼって、そなたの部屋で聞かせよう。そのほうが落ち着いて話せるからな」

こうして、上にあがって、プランシェとふたりきりになると、三銃士の息子はフォンテーヌブローの《赤砂糖荘》を出てからマドリードに着くまでの出来事を

簡単に説明した。それから、マドリードで闘牛士のキュウリモミータに会ったことを話すと、あの祝宴の夜、ヴォー城で何があったのか、キュウリモミータから聞いたことを伝えた。そして、最後に「これは口の固いカスタネットから、無理やり訊きだしたのだ」と言って、ブランシュ＝ミニョンヌの母親を襲った男の名前を明かした。

その男の名前を聞くと、プランシェはびっくりしたような顔をした。

「なんですって？　ブランシュ＝ミニョンヌを誘拐した男と、母親をひどい目にあわせた男が同一人物だったとは！　あのトリスタン・ド・マカブルーだとは！　若様、それにまちがいないのですね？」

「まちがいない」

「ああ、なんという恐ろしいことなのでしょう！」プランシェはため息を洩らした。それから、三銃士の息子に向かって尋ねた。「若様は、これからどうするおつもりで？」

「まずはバスチーユの牢獄に入る」三銃士の息子は答えた。

「バスチーユの牢獄に入るですって？」プランシェは飛びあがった。

「そうだよ、プランシェ。私はそうするつもりだ。それが今の私のいちばんの望みなのだ」

その言葉に、プランシェは三銃士の息子を見つめた。まるで、「若様は頭がおかしくなってしまわれたのではないか」とでもいうように……。

「ああ、でも、どうしてそんなことを？　私にはさっぱりわかりかねますが……」プランシェは口にした。

「簡単なことだよ」そう言うと、三銃士の息子はあらためて自分の意図をプランシェに説明した。「私はブランシュ＝ミニョンヌのお兄さんを牢獄から救ってやりたいのだ。牛の頭に生まれたせいで、鉄の仮面をかぶせられ、バスチーユに閉じこめられている、かわい

そうなブランシュ＝ミニョンヌのお兄さんを……。しかも、できるだけ早くな」

「でも、仮にバスチーユに入ったとして、どうやってブランシュ＝ミニョンヌの兄さんを――《鉄仮面》の男を救いだすんです？　それは不可能でございますよ」

「いや、プランシェ。私には考えがある」

「ああ！」三銃士の息子の言葉に、プランシェは天を仰いだ。

「いずれにしろ、そのためには、まずバスチーユの牢獄に入って、ブランシュ＝ミニョンヌのお兄さんの閉じこめられている監房まで行く必要がある。だが、プランシェ、私はどうやったら、バスチーユに投獄されるのか、その方法を知らんのだ。どうやったら、バスチーユの牢獄に閉じこめてもらえるだろう？」

「確かに、よほどの理由がないと閉じこめてはもらえないでしょうね」プランシェは言った。「でも、若様。

それよりも難しいことは、牢獄から出ることです。バスチーユの牢獄に入ったはいいが、出てこられなくては……」

「心配ない、プランシェ。私は出てくる」プランシェの言葉をさえぎって、三銃士の息子は言った。「というより、私たちはな。出てくる時は、ブランシュ＝ミニョンヌのお兄さんと一緒なのだから……」

「でも、やっぱりこれは無謀です！　バスチーユの牢獄に入れられたら、決して出てはこられないのですから……」

「だから、私には考えがある。そう言ったろう？　考えがあると……。それよりも、プランシェ、国王陛下が今、どこにいらっしゃるか、そなたは知っているか？　国王はパリのルーブル宮殿にいらっしゃるのか？」

「いえ、若様」三銃士の息子の質問に、プランシェは答えた。「陛下は数日前から、フォンテーヌブローの宮殿にご滞在です」

「よし、それでは、さっそく今日の午後、フォンテーヌブローに行くとしよう」

「バスチーユに投獄してくれと、国王陛下にお願いするためでございますか？」怯えた顔で、プランシェは尋ねた。

「まあ、そうではないが、結果は同じことになるはずだ」三銃士の息子は答えた。

「ああ、私にはさっぱりわかりません」プランシェは途方に暮れたような顔をした。

「詳しいことはいずれ話そう。ただひとつ、そなたに知っておいてほしいことは、私が今日、バスチーユで夜を過ごすということだ」

「ああ、神様！」プランシェはまた天を仰いだ。

「そこで、プランシェ」三銃士の息子は話を続けた。「私がバスチーユにいる間に、ひとつ頼まれてほしいことがある。どうだ？　やってくれるか？」

「もちろんでございます。どうぞ、なんなりとお申しつけください。何をすればよろしいので？」

「この界隈に古着を売っている店はないか？」三銃士の息子は尋ねた。

「ございます。《ヤコブ爺さんの店》という、ユダヤ人がやっている店が……」

「よし。では、その《ヤコブ爺さんの店》で、イスラムの女性が着る服を買っておいてくれぬか？」

「イスラムの女性が着る服？」プランシェは訊きかえした。

「そうだ。アラブの女性が着る服だ」

「承知いたしました。それで、服を買いましたら、どうすればよろしいので？」

「私がバスチーユから戻ってくるまで、ここで預かっておいてくれ」

それを聞くと、プランシェの顔がぱっと輝いた。

「わかりました！　バスチーユから脱獄なさったあと、若様はアラブの女性に変装なさるわけですね？」

「いや、プランシェ。私はアラブの女性に変装したりはしない」

「ああ！　では、やっぱりわからなくなってしまいました」プランシェはため息をついた。

「プランシェ、バスチーユから脱獄するのは私ひとりではない。そなたはそのことを忘れておるぞ」

「わかりました！　今度こそ、わかりました！」プランシェは勢いこんで言った。「一緒に脱獄する《鉄仮面》のためのものですね。ブランシュ＝ミニョンヌの兄さんのための……」

「そのとおりだ！　よく見抜いたな」

「いいえ、若様。私はなんにも見抜いてはおりません」プランシェは謙虚に答えた。「なにしろ、《鉄仮面》に変装させるのに、どうして若様がアラブの女性の服をお選びになったのか、見当もつかないのでございますから……」

「それは《鉄仮面》――つまり、ブランシュ＝ミニョンヌのお兄さんである〈牛頭の若者〉の顔を隠すためには、イスラムの女性の服がいちばん都合がいいからだ」

「さようでございました。イスラムの女性はほとんど顔を隠していますから……」三銃士の息子の指摘に、プランシェは感心して言った。「ええ、目しか表に出しませんから、これならわかりっこありません。まったく、若様は何もかも考えていらっしゃる。素晴らしいとしか言いようがありません！」

と、そこに見習い店員のひとりが昼食の支度ができたことを告げにきたので、ふたりは店の奥にある部屋に降りていった。その部屋ではミロムとバチスタンが旅の間に起こった出来事を代わりばんこに話して、アブドンの目を丸くさせていた。

昼食が終わると、三銃士の息子とミロムは馬に乗っ

て、フォンテーヌブロー宮殿を目指した。そうして、パリを離れる直前に、眼鏡屋に寄って虫眼鏡を買った。

「おお、旦那様。その虫眼鏡でいったい何をする気でござる」三銃士の息子の横に並んで馬を走らせながら、ミロムが尋ねた。

「何をするかだって？　ミロム。この虫眼鏡は我らをバスチーユの牢獄に送ってくれるのだ」

「バスチーユの牢獄に？」鞍の上で、ミロムは飛びあがった。「どういうことでござる？」

「この虫眼鏡のおかげで、私たちふたりは、今夜、バスチーユの牢獄で夜を過ごすことになるのだ。もちろん、おまえが私を見捨てて、そんなところに行くのは嫌だと言ったら、話は別だが……。そうしたら、私はひとりで行く。どうする？　ミロム」

「おお、旦那様。そんなことを申されて、拙者がバスチーユに行くのをためらうとお思いか？」三銃士の息子の言葉にミロムは言った。「たとえ、鉛の棺《ひつぎ》に入れ

られて、バスチーユの奥深くにある秘密の独房に、何重にも鍵をかけて閉じこめられても、旦那様と一緒であれば、このミロム、恐れるものは何もござらん」

「感謝するぞ。ミロム。おまえは素晴らしい男だ」

「そんなことはまったくないでござるよ」ミロムは謙虚に言った。「それよりも、今晩、バスチーユで夜を過ごすと申されるからには、旦那様には何かお考えがあるのではござらんか？」

「そのとおりだ、ミロム。私には考えがある」三銃士の息子は答えた。

「ならば、ますます心配することはござらん。旦那様は〈思いつきの天才〉でござるからな。何かお考えがある時には、必ず窮地を脱することができる。拙者は大船に乗った気分でござるよ。いざ、バスチーユへ！」

それを聞くと、三銃士の息子は言った。

「まあ、おまえの言うとおり、心配することはまったくない。なにしろ、バスチーユには、そんなに長居をするつもりはないからな」

「でも、中では旦那様と一緒の監房に入《はい》れるのでござろうな？」急に不安になった様子で、ミロムが尋ねた。

三銃士の息子は安心させた。

「それは大丈夫だろう。私もれっきとした貴族だ。バスチーユでは、貴族の囚人が自分の身の回りの世話をさせるために、従者を連れて入ることが認められているからな。それに、私たちが入るのは〝監房〟ではなく〝部屋〟だろう」

「〝部屋〟でござるか？」

「そうだ。〝監房〟は身分の高くない、いわば庶民が閉じこめられる場所だ。あまり金のない市民とか、政府を批判する小冊子をばらまいた詩人とかがな。貴族や領主は看守たちからも敬意を払われて、金さえあれば豪奢《ごうしゃ》な暮らしをすることも可能なのだ。自由は奪われているが、居心地のよい部屋でな……」

「それを聞いたら、俄然、その気になってきたでござるよ」三銃士の息子の言葉に、ミロムが言った。「かくなるうえは、一刻も早くバスチーユの牢獄に参ろう。牢獄のなかの居心地のよい部屋に……」

「まあ、待て。そんなにあわてる必要はない」三銃士の息子は笑いながら答えた。

と、突然、ミロムが話題を変えて尋ねた。

「ところで、旦那様。先程、旦那様は虫眼鏡のおかげで、我らはバスチーユの牢獄に入ることができると申されたが、それはどういう訳でござる？　拙者にはよくわからんでござるよ」

「まあ、それはあとでのお楽しみだ」三銃士の息子は言った。

そのうちに、ふたりはフォンテーヌブローに着いたので、プランシェの持ち家である《赤砂糖荘》に寄って、年寄りの庭師と話をした。すると、庭師は、「国王様なら、朝からこのあたりの森で狩りをしていらっしゃる」と教えてくれた。

それなら、わざわざフォンテーヌブロー宮殿まで訪ねる必要はない。三銃士の息子とミロムは、庭師に馬を預け、歩いて森に行くことにした。

と、しばらくして、ミロムが言った。

「旦那様は、国王陛下が狩りからお戻りになるところをつかまえるおつもりでござるか？」

「そのとおりだ」

「それなら、もう長いこと、待つ必要はないでござるよ。ほら、狩りの行列が森から出てきたでござるから……」

なるほど、ミロムに言われて、森の方角を見ると、フォンテーヌブローに向かって、狩りの行列がやってくるのが見える。

「国王陛下の行列は我らのそばを通りすぎるでござるよ。だが、国王陛下は我らに気づいてくださるだろうか？」

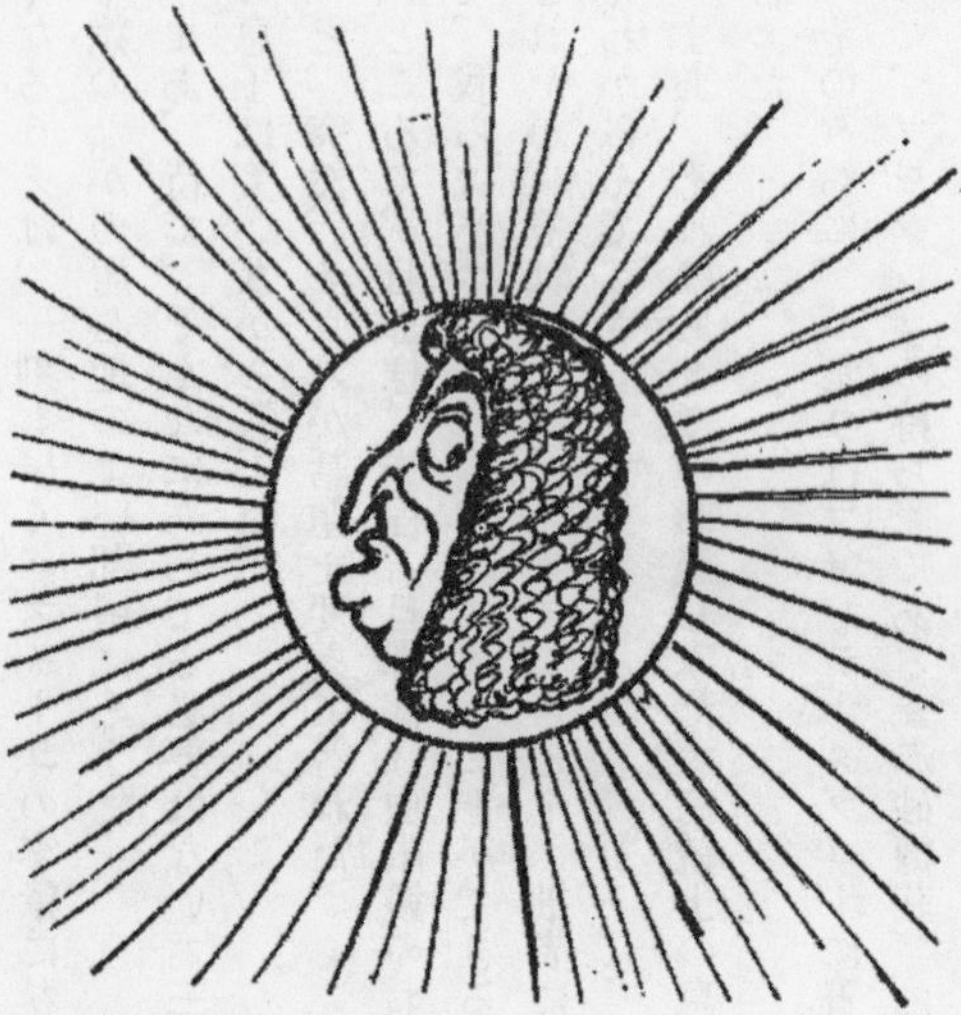

「その点は心配ない」ミロムの言葉に、三銃士の息子は謎のような笑みを浮かべて言った。

やがて、行列はかなり近づいてきた。三銃士の息子とミロムは道の脇に控えた。

行列の先頭にいるのは、《太陽王》と呼ばれるルイ十四世その人である。ルイ十四世は美しい狩りの衣裳に身を包み、素晴らしい馬に乗って、進んでくる。そのあとには廷臣や地方の領主である大貴族たちがしたがっている。国王の狩りのお供だ。

その大貴族たちのなかで、ひとりだけ、国王の隣に馬を並べて、国王と親しげに話している者がいた。年の頃は四十代の半ばくらいだろうか。国王におもねりながらも、尊大な様子をしている。その男の顔を見て、三銃士の息子は怒りのあまり、拳を握りしめた。

「ちくしょう！　トリスタン・ド・マカブルーだ」吐きすてるようにつぶやく。

「旦那様はここで、あの男にわざと喧嘩を売ろうとい

「この者は何をしておるのだ？」馬を止めると、驚いた口調で、国王が尋ねた。

「ああ、国王陛下」三銃士の息子は声をはりあげて言った。「陛下はまさに《太陽王》であらせられます。なにしろ、陛下がお近づきになった時に、この紙の上に虫眼鏡をかざしましたら、ほら、このとおり、見事に燃えあがったのでございますから……。ああ、陛下は本物の《太陽王》でいらっしゃいます」

この常軌を逸した行動に、その場はしんと静まりかえった。

〈よし、策略はうまくいったぞ〉三銃士の息子は心のなかでつぶやいた。〈国王に対して失礼なふるまいに及んだかどで、私はバスチーユの牢獄に送りこまれるにちがいない〉

だが、三銃士の息子の思惑《おもわく》とは反対に、国王は驚きから覚めると、この出来事を面白いと思ったようで、微笑を洩らした。

うのではござるまいな？」ミロムが心配そうに尋ねた。

「安心しろ。そのつもりはない。あの男はいずれこらしめてやらねばならぬが、今日はその時ではない。今日は別の目的があるのだ」

「バスチーユの牢獄に入れてもらうことでござるな？」

「そうだ」そう言うと、三銃士の息子はまた行列のほうに目をやった。

行列はもうかなりそばまで近づいてきていた。ふたりのいる場所までは、あと数歩のところだ。三銃士の息子は、胴着《どうぎ》の隠しからくしゃくしゃに丸めた紙と火打石、それから虫眼鏡を取りだした。

そして、国王がまさに自分たちの前に差しかかった瞬間——その瞬間を見はからって、火打石で紙に火をつけた。それから、燃えあがる紙の上に虫眼鏡をかざした。

すると、

そこで、廷臣たちも、国王の真似をして、微笑を洩らした。

そのうちに、国王はおかしさをこらえきれなくなったのか、声に出して笑いはじめた。すると、廷臣たちも、あわてて国王の真似をしたので、あちらこちらから笑い声があがった。

そのうちに、国王はもう笑いが止まらなくなったようで、今では目に涙を浮かべ、腹を抱えて笑っていた。なかなか笑いの発作を収めることができない。だが、数分後に、ようやく真面目な顔を取りつくろうと、廷臣たちも急に真面目な顔になった。

ただ、そのなかでひとりだけ、国王の真似をしない者がいた。トリスタン・ド・マカブルー公爵である。公爵は皆が笑っている時にも、頬をゆるめず、苦虫をかみつぶしたような顔をしていた。

と、三銃士の息子に向かって、国王が言った。
「まったく面白い男だ。この者には機知がある」

どうやら、三銃士の息子がしたことを《太陽王》という自分の仇名《あだな》にちなんだ称賛の行為と受け取ったようだ。それがわかると、廷臣たちもこぞって三銃士の息子の行為を褒めそやした。

「まったく、なんという機知でしょう！　なんという才知、なんというオチでしょう！　あんなオチになるとは思いもかけなかった！　おお、国王陛下を讃えるのに、こんなやり方があったとは！　こんな素晴らしい讃え方は、モリエールだってできないでしょう！」

「そちの名前はなんという？　出身はどこだ？」三銃士の息子のほうを見ると、満面に笑みを浮かべながら、国王が尋ねた。

「〈三銃士の息子〉と申します。生まれはガスコーニュにございます」

「何？　〈三銃士の息子〉とは！　それはよい家に生まれた。あとで訪ねてくるがよい。何か褒美をとらそう」国王は言った。

それから、行列を引き連れて、目の前を通りすぎていった。三銃士の息子は失望をあらわにした。その様子を見ると、ミロムが言った。

「陛下は旦那様のしたことを称賛とお取りになったようでござるな。陛下をからかう悪ふざけではなく……。これでは我らはバスチーユに送られるどころか、臣下にとりたてられてしまうかもしれない。旦那様の策略が裏目に出たでござるよ」

「ちくしょう！　確かに、私の策略は完全に失敗してしまった」三銃士の息子はつぶやいた。

と、ミロムが胸を張って言った。

「それにしても、旦那様。陛下は拙者を見て、目をみはってござった。おそらく、このたくましい上半身に感服なさったのでござろう。これほど鍛えられた騎士はいないと……。そうなったら、陛下が拙者のことを銃士にお取りたてになったとしても、不思議はござらんな」

しかし、ミロムの自惚《うぬぼ》れた空想には耳を貸さずに、三銃士の息子は行列が遠ざかっていくのを、がっかりした気持ちで見つめた。が、すぐに先頭の様子に気づいて、顔を輝かせた。

「いや、まだ希望は失われたわけではないぞ」ひとり言のようにつぶやく。

それを聞くと、ミロムが尋ねた。

「どういうことでござる？」

「私たちは、今夜はバスチーユで夜を過ごせるということだ。見ろ、ミロム。トリスタン・ド・マカブルーが国王陛下に何か懸命に話しかけているぞ」

「本当でござる。おお、国王陛下のほうは、今はお怒りになっているようでござるぞ」

「たぶん、マカブルーは、さっきの虫眼鏡の件では、私が陛下を侮辱したのだと言っているのだろう。陛下を称賛したのではなく、からかったのだと……。そう陛下に思わせようとしているのだ」

「そうやって、陛下を怒らせて、我らをバスチーユに送りこもうと……。そうでござるな？」

「そのとおりだ。つまり、マカブルーはそれと知らずに、私たちの計画を助けてくれているというわけだ。私があの男をこらしめる計画をな」

この三銃士の息子の推測は当たっていた。実際、この時、トリスタン・ド・マカブルーは、国王と轡《くつわ》を並べながら、三銃士の息子がいかに国王を馬鹿にし、あざけったのかと、言葉巧みに、国王に思わせようとしていたからである。

この讒言《ざんげん》は功を奏した。国王はとうとう本気で怒りだし、「三銃士の息子を捕まえよ」と、行列のなかにいた《騎馬憲兵隊》の隊長に命令したからだ。隊長は部下をふたり連れると、行列から離れた。

「よし、うまくいったようだぞ！」行列のなかから、憲兵隊の制服を着た騎馬兵たちがやってくるのを見ると、三銃士の息子は喜びの声をあげた。

騎馬兵たちは、三銃士の息子のそばまで来ると、立ちどまった。おそらく憲兵隊長だろう、なかのひとりが言う。

「国王陛下の名において、おふたりを逮捕する」

「仰せのままに」三銃士の息子はにこやかに答えた。

やがて、囚人を護送するための特別の馬車がやってきた。隊長にうながされて、三銃士の息子とミロムが馬車に乗ると、すぐに扉が閉まり、外から厳重に鍵をかける音がした。三人の騎馬兵に守られて、馬車は出発した。

と、ミロムが言った。

「旦那様が申されたとおりでござるな。今夜はバスチーユで夜を過ごすことになるでござるよ」

17

鉄仮面

三銃士の息子とミロムを乗せた馬車がバスチーユの牢獄の中庭に着いた時には、もう日は落ちかけて、あたりは薄暗くなりはじめていた。建物の前では、すでに知らせを受けて、囚人の引き渡しに立ち会おうと、監獄長が看守を連れて待っていた。

監獄長は、かなり年輩の男で、全身の毛穴から愚かさと虚栄心がにじみでていた。

それを見ると、三銃士の息子は心のなかでつぶやいた。〈よし、よし。こいつはちょっとおだててやれば、思うように操れるぞ。人から聞いた話のとおり、根っからの自惚《うぬぼ》れ屋のようだからな〉

これに対して、監獄長のほうは、三銃士の息子を見てこう考えた。〈新しい囚人は貴族のようだ。金のない市民などではない。ならば、監房や地下牢に入れるのはふさわしくない〉と……。

そこで、囚人の引き渡しがすむと、監獄長は三銃士の息子とミロムをバスチーユの八つの塔のうち、ベルトディエール塔の四階にある貴族のための部屋に入れることにした。そうして、自ら先に立ってその部屋まで案内すると、三銃士の息子に向かって言った。

「ムッシュ。お持ちになった〈封印状〉には、十リーヴルの食事を出すようにと書かれています。従者の方には三リーヴルですな。まあ、この値段でしたら、食事でがっかりすることはありませんでしょう。うちでお出しする料理が気に入っていただけるとよいのです

が……」

それを聞くと、三銃士の息子はわざと尊大に答えた。

「バスチーユの料理が美味なことは、かねてから聞いておる。だが、今のそなたの言葉を聞いて、その評判にまちがいはあるまいと確信を持ったぞ」

すると、その言葉を自分に対する賛辞だと受け取ったのだろう、頬を赤く染めながら、監獄長が続けた。

「それはもう、ご自分の舌でお確かめください。今夜は〈本日のお料理〉として、舌平目《したびらめ》にトリュフ入りのパテ。脂身《あぶらみ》をとって、上品な味わいにした鶏のお料理をご用意してあります。それから、ワインのほうはヴーヴレか、シャンペンか、あるいはスペインのものからお選びください」

「では、ヴーヴレをいただこう」三銃士の息子は答えた。

「拙者はシャンペンを所望するでござる」ミロムも言った。

だが、それを聞いた瞬間、監獄長は急に険しい顔になり、これまでとは打ってかわって、厳しい口調で言った。

「シャンペンですと？ お忘れになっては困りますな。ご主人様のお食事は十リーヴルだが、従者の方のは三リーヴルだ。その値段で、シャンペンなどと……」

「では、拙者はスペインのワインにするでござるよ」ミロムは天真爛漫《てんしんらんまん》に答えた。

けれども、監獄長はますますいきりたって、ミロムのことを恐ろしい目つきでにらんだ。

「スペインのワインですと？　三リーヴルの食事にスペインのワイン！　そんなことをしていたら、この監獄は破産してしまう。それは無理というものです」だが、そこで三銃士の息子をちらっと見ると、少し口調をやわらげて続けた。「まあ、ご主人様がヴーヴレを分けてくださるというなら、それは別に禁じられてはいませんが……。でも、ついでに言っておくと、〈三リーヴルの食事〉というのは、野菜の料理が一品だけです。飲み物は水に赤ワインを混ぜたものが一本。そのほかは……。そうですな。週に二回、大金持ちの囚人の皆様の残り物がいただけますが……」

こうして監獄長がミロムに〈三リーヴルの食事〉の説明をしている間、三銃士の息子はじっと考えこんでいたが、監獄長の話がひと段落したところで尋ねた。

「〈封印状〉には、私がこの牢獄内で紙と鉛筆を使ってもよいと書かれていたか？」

「いえ。ムッシュはここで紙と鉛筆、あるいは羽根ペンを使うことを禁じられています。〈封印状〉にはそう書かれておりましたが……」

「では、画布と絵の具、絵筆はどうだ？」三銃士の息子は重ねて訊いた。

「それは禁じられておりません。〈封印状〉には、画布のことや、絵の具や絵筆のことは何も書かれておりませんでしたので……」監獄長は答えた。「ですから、どうぞご自由にお使いください。絵の具も絵筆も、それから画布も、お好きなだけご用意いたします」

「それはよかった。好きなことでもしていなければ、ここでは退屈でしかたがないからな」

「すると、ムッシュは絵をお描きになるので？」三銃士の息子の言葉に、監獄長は尋ねた。

「そうだ。特に肖像画をな。だが、この部屋ではモデルになってくれる者がおらぬ。それだけが問題だ」そういかにも困ったような顔で言うと、三銃士の息子は監獄長を見つめた。

それを聞くと、監獄長はにこやかな笑みを浮かべて答えた。

「モデルでしたら、従者の方がいらっしゃるではありませんか！」

「いや、監獄長殿」ここぞとばかりに、三銃士の息子は続けた。「この従者など……。こんなつまらん男の肖像を描くことが芸術家の筆にふさわしいとお思いか？　だめだ。絶対にふさわしくない。芸術家の筆にふさわしいのは、もっと高貴で、もっと威厳に満ちて、誇り高く、端正で、表情豊かな――そうだな、知性と美しさがひとつになって、光り輝く、魅力的な、素晴らしいとしか言いようがない、なんというか……」

そこまで言うと、三銃士の息子はわざと言葉を切って、もう一度、監獄長を見つめた。今度はじっくりと……。まるで、画家が自分の絵の出来栄えを確かめているように目をすがめて、少しずつ見る角度を変えながら……。それから、深くため息をつくと言った。

「残念だ。いや、まことに残念だ！」

「何が残念なのです？」興味をそそられた様子で、監獄長は尋ねた。

「ああ！」三銃士の息子は大袈裟《おおげさ》に天を仰いで、言った。「このバスチーユの牢獄の虜囚《りょしゅう》になる前に、あなたとお知り合いになれていたら、監獄長、私はあなたにお願いしていたのに……。それこそ、何度でも膝を折って……。あなたに……」

「肖像画のモデルになってほしいと？　そうではありませんかな？」そう自分から言うと、監獄長は自信たっぷりに微笑んだ。

「おお、そのとおりだ」三銃士の息子は答えた。

「ムッシュがそうお考えになるのも無理はありません」自惚《うぬぼ》れた様子で、監獄長は続けた。「実を言うと、これまでにもそういったことがありましてな。ある彫刻家のモデルになってやったことがあるのです。彫刻家としては、才能のある男でしてね。まあ、この国の芸術に貢献するためにも、私がモデルになって、大理石の胸像を彫らせてやったというわけです」

「ああ、あなたのような素晴らしいモデルを持つことができるとは、その彫刻家はなんと幸運なのだろう！」三銃士の息子はため息をついてみせた。

「確かに、その彫刻家は幸運だったでしょうな」三銃士の息子の言葉に、監獄長はぐっと胸をそらして言った。自尊心をくすぐられて、すっかり上機嫌の様子だ。鼻をうごめかしながら、続ける。「どうでしょう？　その彫刻家と同じ幸運をムッシュにも差しあげるというのでは？　つまり、ムッシュのモデルになってもよいということですが……。ただ、問題がひとつありまして……。私は監獄長としての公的な職務を遂行している時のほかは、囚人の皆様のお部屋にいることが禁じられているのです。これは規則でして……」

それを聞くと、三銃士の息子はほくそえんだ。まさ

に思いどおりの展開になったからだ。

「そうか、規則なのか……」三銃士の息子はがっかりしたような声を出した。それから、急に思いついたように叫んだ。「そうだ！　いい考えがある！　これなら、規則を破らずに、あなたの肖像画を描くことができる！」

「どんな考えです？」監獄長は尋ねた。

「先程の彫刻家がつくったという胸像を数日の間、お貸しいただくのだ。それなら、その胸像をモデルにして、私は絵を描くことができる」

「なるほど！　それはいい考えですな」監獄長はうなずいた。「いや、私は考えもしませんでした。それではのちほど、私の胸像と絵の具のセット、絵筆と画布を看守に運ばせましょう」

「おお、監獄長殿、なんとお礼を言ったらよいか……」三銃士の息子は感激にむせんだような声を出した。

「いやいや、お礼には及びません。先程も言ったように、私は芸術に貢献するのが嫌いではありませんから……。むしろ、積極的に貢献したいと思っているくらいです。ですから、どうぞお気になさらずに……。それでは、これで失礼しますぞ。まずは当監獄自慢の料理を召しあがって、ゆっくりおやすみください」そう得意げに言うと、監獄長は部屋を出ていった。

その姿が見えなくなると、三銃士の息子は心のなかでひとりごちた。〈よし、よし。事前に調べたとおり、監獄長は胸像を持っていた。絵の具や絵筆も手に入ることになったし、これで必要な物はすべてそろうことになるぞ〉

と、監獄長と入れ替わりに、看守が入ってきて、テーブルの支度を始めた。白いクロスの上に、料理の盛られた高価な皿を並べていく。そうして、すべての料理を運びおわると、「どうぞ、お召しあがりください」と言って、看守は部屋から出ていった。すぐに、外から厳重に鍵のかかる音が聞こえた。

看守の足音が遠ざかると、ミロムが言った。

「旦那様は、本当にここで、あのくだらない監獄長の肖像画をお描きになるおつもりでござるか？」

三銃士の息子はただ笑って答えた。

「まあ、ミロム。そんなことは気にするな。あとでわかるから……」

「つまり、お考えがあるわけでござるな？」

「そのとおりだ。私には考えがある。だが、それより今は、バスチーユ特製の素晴らしい料理を味わおうではないか！」

そう言うと、三銃士の息子は並べられた料理を半分に分けて、ミロムと食べはじめた。もちろん、ワインも半分ずつにして……。料理はまさに評判どおりのおいしさだった。そして、ふたりがこの贅沢《ぜいたく》な料理を食べおわった頃、再び部屋の扉が開いて、看守が食器をさげにきた。看守はテーブルをきれいに片づけると、

「それではまた明日の朝食の時に……」と言って、部屋から出ていった。扉が閉まり、また外から鍵がかかる音が聞こえた。

「さて、それではそろそろ寝るとするか」看守の足音が聞こえなくなると、三銃士の息子は言った。「明日の夜はとうてい眠っている時間はないからな。今のうちに身体を休めておこう」

「ということは、脱獄するのは明日の夜なのでござるか？」ミロムが尋ねた。

「そうだ。このバスチーユのどこに《鉄仮面》が幽閉《ゆうへい》

されているのか、監獄長からうまく訊きだしたうえでな。それから、《鉄仮面》を——ブランシュ＝ミニョンヌのお兄さんである〈牛頭の若者〉を救いだして、ここから脱獄する」

「だが、そのためには、まずこの部屋から出なければいけないでござる。旦那様はそれができるとお思いか？　この部屋は外から三重に鍵がかけられているのに……」

「もちろんだ」三銃士の息子は答えた。「私たちはいつでも好きな時に出ることができる」

「では、そのあとで、誰にもとがめられずに、この牢獄内を歩きまわることは？　それもできると？」

「できるとも」三銃士の息子は言った。「まるで、自分の家のようにな」

「そうでござるか……。拙者にはとうてい不可能のように思われるが……。まあ、でも、旦那様にお考えがあるというなら、このミロムが心配することはござるまい」

そこで、ふたりは三銃士の息子が言ったとおり、もう寝ることにして、ベッドに入った。と、下のほうから、押し殺したような泣き声が聞こえてくるのに気づいた。

「なんでござろう？　あの悲しげな声は？」ミロムが言った。

「おそらく、この下に閉じこめられた囚人が、自分の不幸な運命を嘆いているのだろう」三銃士の息子は答えた。

その時、また下から忍び泣くような声が聞こえてきた。

「どうやら、この泣き声はこの部屋のすぐ下の部屋から聞こえてくるようでござる。つまり、三階の部屋から……」ミロムが言った。

三銃士の息子はうなずいた。すると、ミロムは床に腹ばいになり、床板に耳をつけて繰り返した。

「ほら、やはりそうでござるよ。旦那様も聞いてください」

そこで、三銃士の息子は自分も床に耳をつけた。と、すぐに悲しみにうめくような声が聞こえてきた。

「ああ、どうしてぼくはこんなところに連れてこられてしまったのだろう？　あの故郷《ふるさと》の懐かしい山からひきはがされて……。ああ、あの懐かしい山に帰って、牛や羊の世話をしたい。ピレネーの山で……」

その言葉に、三銃士の息子ははっとした。

「もしかしたら……。これはわざわざ探す手間が省けたかもしれないぞ。だが、まずは本当にそうなのか、確かめなくてはならん」床に耳をつけたまま、つぶやく。それから、顔をあげて、ミロムに言った。「おい、ミロム。これから、この床板を一枚か二枚、はがすぞ。下にいるのが誰か、確かめるためにな」

「でも、旦那様。どうやって、床板をはがすのでござる？　ここに入ってきた時に、我らは監獄長に剣を取りあげられているのでござるよ」ミロムが言った。

「確かに、剣は取りあげられている」三銃士の息子は答えた。「だが、監獄長は私におだてられたものだから、すっかり嬉しくなって、身体検査をするのを忘れてしまった。だから、ミロム。おまえは上着の下に、あのスペインの宿屋で買った半月刀の短剣を持っているだろう」

「おお、そうでござった。拙者は忘れてござったよ」

そう言うと、ミロムはフランネルの長い帯を少し解いて、中から短剣を取りだした。三銃士の息子に差しだす。それを受け取ると、三銃士の息子はすぐさま床をはがしにかかった。床はかなり古くなっていたので、短剣の先を隙間に入れると、板の端が少しずつ持ちあがってきた。そこに手を入れると、三銃士の息子は、父親のひとりであるポルトスゆずりの怪力でぐっと上に引きあげた。床板は割れることもなく、うまくはずれた。

こうして床板を数枚はがすと、そこには人がひとり十分出入りできるくらいの四角い穴ができた。三銃士の息子はその穴をまたふさげるよう、はがした床板を脇に丁寧に積んだ。それから、その穴に首をつっこんで、下の部屋をのぞきこんだ。すると……

ろうそくで照らされたわずかな明かりのなかに、三銃士の息子は自分が探している男の姿をはっきりと見ることができた。

「この男だ！　この男だ！」三銃士の息子は小さく声に出して、叫んだ。

実際、そこにはろうそくが薄く煙《けぶ》るなかに、鉄の仮面をかぶった男がいた。《鉄仮面》だ。おそらく、その仮面の下には、牛の頭が隠されているのだろう。《鉄仮面》は椅子に座り、小さく肩を震わせながら、頭を抱えてむせび泣いていた。そのせいで、天井の板がはずされたことには気づいてもいない様子だ。

三銃士の息子は穴から顔をあげた。それを見ると、すぐにミロムが尋ねた。

「どうでござった？」

「まちがいない。下の部屋にいるのは、まさしく我らが救いだそうとしている男だ」三銃士の息子は答えた。

「《鉄仮面》でござるか？」

「そうだ。見ろ！　ミロム」

ミロムは言われたとおり、穴から下をのぞいた。

「やや！　かわいそうに！」顔をあげてつぶやく。

「あまりの悲しみに、我らが上から見ていることにも

気がつかない様子でござる。どうなさる？　下に降りるでござるか？」

「いや、あの男にのぼってきてもらう」

「なるほど、まずはあの男の注意を引いて、それから拙者のフランネルの帯を下に垂らすわけでござるな」

「その必要はない。私はこういった場合も想定していたのだ」

「でも、はしごもないのに、どうやってのぼってきてもらうのでござる？」

その言葉に、三銃士の息子は胴着の隠しから、馬の蹄《ひづめ》の形をした、大きな磁石を取りだした。

「この磁石を使うのだ」

「拙者には理解できないでござる」

「見ろ！　ミロム」

そう言うと、三銃士の息子は床の穴に磁石を差しいれた。

その瞬間、強力な磁力に引かれて、《鉄仮面》が椅子から離れ、磁石にくっついた。三銃士の息子は腕に力をこめると、《鉄仮面》を穴からひきあげ、床に立たせた。すべては一瞬の間《ま》に起こったので、おそらく《鉄仮面》のほうは何が起こったのかもわからなかったのだろう、恐怖の叫び声はおろか、驚きの声さえあげなかった。ただ、三銃士の息子とミロムの前に茫然と突っ立っている。

三銃士の息子は、じっくりと鉄の仮面を観察した。仮面はすっぽりと頭全体を覆う形で、表面は鈍色《にびいろ》に光っている。顔の部分は、目のところに穴がふたつ、鼻のところに小さな穴がふたつ、そして口のところに、横長の大きな穴がひとつあいていた。物を見て、呼吸をし、食事をするための穴だ。だが、この穴のために、《鉄仮面》の顔は、まるで金属のどくろのように見えた。

いっぽう、《鉄仮面》は目のところにあいた穴から、怯えたように三銃士の息子とミロムを見つめていたが

——やがて、悲しげな声でうめくように言った。

「ああ、ぼくにまだなんの用事があるというんです？　それなら、早くぼくのことを殺しにきたんですか？　ここに閉じこめられているくらいなら、死んだほうがずっといい」

三銃士の息子はすぐに安心させるように答えた。

「いや、殺しにきたのではない。私はここに、そなたの友人としてきたのだ。そなたを助けるためにな。そなたをこの牢獄から出すために……」

「ここから出すために？　まさか、そんなことがあるはずがない！　誰かがぼくを助けにきてくれるなんて！　だって、ぼくに興味を持つ人がいるはずがないもの。鉄の仮面をかぶせられて、こんなところに閉じこめられている、この哀れな男なんかに……。あなたは誰かと人ちがいしているんじゃありませんか？」

「人ちがいなどではない」三銃士の息子は答えた。

「私はここにそなたを助けにきたのだ。ここからそなたを出しにきたのだ！」

「いえいえ、そんなはずはありません。きっと、それは何かのまちがいです！　だいたい、あなたはぼくが誰なのかも知らないのではありませんか？　この仮面の下に、どんな秘密が隠されているのかも……」

「その秘密なら知っている」三銃士の息子は言った。

だが、それでも、《鉄仮面》は言い張った。

「いいえ、知っているはずがありません。もし知っていたら、ぼくを助けにきたりはしないでしょう。恐怖のあまり、ぼくには近づかないようにするはずです。だから、知っているはずがない！　この仮面の下にどんな恐ろしい秘密が隠されているのか……。いいですか？　ぼくと関わったりしたら、大変なことになります。ぼくはあなたがたにご迷惑をかけたくありません」

「いや、そなたが気高《けだか》い心を持っていることは、今の言葉でよくわかった。つまり——世の中には〈気高い心の持ち主〉が〈牛の頭〉を持っていることがあると いうことだ」

それを聞くと、《鉄仮面》はびくっと身体を震わせ、「おお!」と咆えるような声を出した。

「じゃあ、ご存じなんですね? ご存じなんですね?」震える声で、繰り返す。

「知らなければ、さっきのようなことが言えるだろうか?」

「おっしゃるとおりです」三銃士の息子の言葉に、《鉄仮面》は面《おもて》を伏せた。

「だが、私の知っているのは、それだけではない」三銃士の息子は続けた。「私はそなたの出生の秘密も知っている。そなたの母上を不幸な目にあわせ、またそなた自身を不幸にした出生の秘密を……。その秘密を明かすために、私はここにやってきたのだ。そなたが自分と母親の復讐に立ち会えるように……。あるいは、そなた自身が復讐することができるように……。だが、そのためにはもちろん、そなたはこのバスチーユから出なければならない。だから、明日、私はそなたをこのバスチーユから脱獄させる。そのために、私はやってきたのだ!」

すると、《鉄仮面》は三銃士の息子に懇願した。

「おお、ぼくの出生の秘密とは? 教えてください! どうか、教えてください。ぼくの母親のことを……」

「よろしい。それでは、これからお話ししよう」三銃士の息子はうなずいた。

そうして、〈牛頭の若者〉の母親に何があったのか、どうして牛の頭の子供が生まれたのか、それから、〈牛頭の若者〉はどうしてピレネーで育てられ、どうしてまたこの牢獄に連れてこられたのか、細大洩らさず、すべてを話した。

「ああ、お母さん。かわいそうなお母さん!」三銃士の息子の話が終わると、〈牛頭の若者〉は叫んだ。「ぼくは絶対にお母さんの仇《かたき》をとってやります!」

「おお、なんと健気《けなげ》な！」三銃士の息子は心を揺りうごかされて言った。

と、母親を不幸にした出来事のことを考えて、また怒りがわいてきたのだろう、〈牛頭の若者〉が口にした。

「ぼくは脱獄します。ええ、今はその気持ちになりました。そうして、そのトリスタン・ド・マカブルーという男に会って、こう言ってやるのです。『この卑劣漢！　このぼくの顔を見ろ！　これはおまえがしたことの結果だぞ！　どうだ？　自分のしたことに満足か？』と……」

「しっ！　もっと小さな声で！」〈牛頭の若者〉の声が大きくなりすぎたので、三銃士の息子は叱った。

「そんなに大声を出したら、看守に聞きつけられる恐れがある」

すると、〈牛頭の若者〉は、声をひそめた。

「早くここから脱獄しましょう！　早く！」

そう言って、三銃士の息子を見つめる。鉄の仮面の下で、その目は怒りに光っていた。それを見ると、三銃士の息子は〈牛頭の若者〉をなだめるように言った。

「あわてるな。ここを出るのは明日の夜だ。そういう計画ができているのだ。だから、今日のところは、ひとまず部屋に戻ってくれ。ミロム！　帯をはずせ！　今度こそ、おまえの帯が役に立つぞ」

それを聞くと、ミロムは上半身に巻きつけていた赤いフランネルの帯をはずした。そうして、三銃士の息子に帯を渡しながら、低く、美しい、朗々とした声で言った。

「お貸しするのはかまわんが、また石にするのではござるまいな？」

いっぽう、三銃士の息子はミロムから帯を受け取ると、〈牛頭の若者〉の腋の下に結びつけた。安心させるように言う。

「心配はいらない。そなたの部屋まで、そっと降ろしてやるからな」

「では、明日の夜、脱獄する前に、またこの部屋に引きあげてくださるんですね？」〈牛頭の若者〉は尋ねた。

「いや、私自身がそなたの部屋の扉をあけにいく。私には考えがあるのだ。それまではおとなしく部屋で待っていてくれ。心を強く持ってな」

その言葉にうなずくと、〈牛頭の若者〉は穴の前に立った。三銃士の息子はフランネルの帯を握って、注意ぶかく〈牛頭の若者〉を下に降ろしていった。無事に下まで降りると、〈牛頭の若者〉は帯の結び目をほどいた。それを見ると、ミロムが大急ぎで帯をたぐりあげ、ほっとした顔をした。三銃士の息子は脇に積んであった板を元に戻して、床の穴をふさいだ。

こうして、思いがけなく、その日のうちに《鉄仮面》を——〈牛頭の若者〉を見つけると、三銃士の息子はベッドにもぐりこみ、満足のため息を洩らした。

その間に、ミロムはすでに、従者に与えられた粗末なベッドに横になっていた。

その時、牢獄の大時計が、ゆっくりと午前二時を告げる鐘を鳴らした。

「おお、これではもうあまり眠る時間がないでござるよ」あくびをしながら、ミロムが言った。

「ならば、明日の朝はゆっくり寝ているがよい」三銃士の息子は答えた。

「すると、旦那様、バスチーユでは、いくら寝ていてもよいのでござるか？」

「もちろんだ」

「それなら、明日はこのバスチーユの牢獄で、朝寝坊を決めこむことにするでござるよ。おやすみなさいませ、旦那様」

「おやすみ、ミロム」

そう言うと、三銃士の息子は枕もとのろうそくを吹き消した。

18

ミロム、バスチーユの監獄長になる

翌朝、三銃士の息子は激しく身体を揺さぶられて、目を覚ました。

見ると、ベッドの脇にはミロムが立っていて、怯えたような顔をしている。

「どうした？　ミロム。何かあったのか？」三銃士の息子は尋ねた。

すると、ミロムは思いつめたような顔で言った。

「旦那様。どうか、本当のことを言ってくだされ。このミロム、何があっても、勇気を持って、受け入れますゆえ……。お願いでござる」

「どうした？　頭がおかしくなったのか？　ミロム、何が言いたい？」訳がわからず、三銃士の息子はもう一度尋ねた。

「おお、旦那様。拙者の頭をご覧くだされ。拙者の頭を……」

「見たぞ。それがどうした？」あいかわらず、訳がわからず、三銃士の息子は言った。

「では、お尋ねするが、拙者の頭は蠅《はえ》になっていないでござろうか？」

「蠅？」ミロムの言葉に、三銃士の息子は呆気にとられて言った。「おまえは私をからかっているのか？」

「そうすると、拙者の頭に何か変化は見られないのでござるか？　昨日のままで変わりはないと？」

「ない！」

「本当でござるか？　本当に拙者の頭は蠅になってい

ないのでござるか？」

「しつこい！」三銃士の息子はついに堪忍袋の緒を切らして、言った。

それを聞くと、ミロムはほっとしたようにため息を洩らした。

「ああ、旦那様。安心したでござるよ。いやはや、すさまじい恐怖でござった。拙者はきっと、悪い夢を見たのでござるな」

「ということは、つまり、おまえは自分の頭が蝿になった夢を見て、それを今まで現実だと思っていたのか？」

「どうやら、そのようでござる」ミロムは正直に告白した。「拙者は鉄の仮面をかぶせられて、虫籠に入れられたでござるよ。たぶん、昨夜、鉄の仮面をかぶった〈牛頭の若者〉と話したことが、この夢を見た原因でござろう。まさに悪夢でござった」

と、その時、廊下で足音がした。

「きっと看守が朝食を運んできたのでござろうよ」ミロムが言った。

その推測はまちがっていなかった。扉が開くと、看守が姿を現わしたからだ。

「こちらが朝食になります」料理の皿をテーブルに並べおわると、看守は言った。「どうぞお召しあがりください。お食事の間に、監獄長の胸像など、ご依頼のあったものをお持ちいたします。監獄長からご命令がありましたので……」

そうつけ加えて、愛想笑いを浮かべると、看守は部屋から出ていった。そうしてすぐに、絵筆と絵の具のセット、画布、それから、監獄長の胸像を抱えて戻ってきた。サイドテーブルの上に置いて、部屋から立ち去る。

その足音が遠ざかると、三銃士の息子は胸像をためつすがめつ眺めた。出来は申し分ない。彫刻家は監獄長の自惚れに満ちた、尊大な表情まで、正確に移しとっていた。

「道具がそろったので、旦那様はいよいよ監獄長の肖像画をお描きになるのでござるか？」ミロムが尋ねた。

だが、三銃士の息子は、ミロムの質問には答えず、謎めいた微笑を浮かべた。

「いや、旦那様にはお考えがあるのでござろう。その点はよく承知いたしてござる。ミロムが重ねて訊いた。

もりなのか、少しくらい教えてくださっても……」

その時、下から物音が聞こえてきたので、三銃士の息子はミロムを制した。

「下で音がするぞ」小さな声で言う。

「ああ、あれは〈牛頭の若者〉が部屋のなかを歩きまわっているのでござるよ。あの歩き方から察するに、〈牛頭の若者〉は激しい怒りを抑えられないようでござる」

「そのようだな」三銃士の息子は相槌を打った。「母親の仇をとりたいのだろう。まるで、檻に入れられた猛獣のように歩いている」

「あの若者がトリスタン・ド・マカブルーとあいまみえることになったら、それこそ容赦のない闘いになるでござるな」

「容赦のない闘い……。まさに、そのとおりだな」

ミロムの言葉を繰り返しながら、三銃士の息子は絵の具の箱をあけて、中から何本か絵の具を取りだした。

「部屋の壁が白くてよかったぞ。これなら、下塗りをしなくてもすむからな」パレットの上で、絵の具を混ぜながら言う。

「すると、旦那様は部屋の壁を塗るおつもりでござるか？」ミロムが尋ねた。

「すべての壁ではないがな。扉の真ん前の壁だけだ」

三銃士の息子は返事をした。

だが、そのあといくらミロムが質問しても、それにはひとつも答えず、椅子の上に乗って〝壁画〟の制作に取りかかった。

　そして、三時間後、とうとうその〝壁画〟が完成した。三銃士の息子が描いたものを見ると、ミロムが目をみはった。

「これはいったいどうしたことでござるか？　旦那様は薄暗い廊下と階段をお描きになっただけではござらぬか？　そう、この部屋の前の廊下と螺旋階段を……。どうしてこんな絵をお描きになったのか、拙者にはさっぱりわからないでござる。けれども、絵そのものは素晴らしい出来でござるな。階段などは、本物そっくりで、浮きあがって見える。うっかりしたら、階段を降りていきそうになるでござるよ」

　そう言って、ミロムは褒めたたえた。だが、それは決して誇張とは言えなかった。前にも書いたとおり、三銃士の息子たちのいる部屋は、バスチーユの八つの塔のうち、ベルトディエール塔の四階にあったが、その塔の暗い廊下と階段が、寸分たがわず、見事に再現されていたのである。

「ああ、旦那様」感嘆した声で、ミロムが続けた。「旦那様の絵を見ていると、まるでもう部屋から外に出ているような気になるでござるよ。今は廊下にいるので、これからあの階段を降りていけばいいだけのように……」

　それを聞くと、三銃士の息子は自分の絵の効果がわかって、満足の笑みを浮かべた。だが、どうしてこのような絵を描いたのか、これから何をするつもりなのかは、ミロムがいくら質問をしても答えなかった。

そのうちに、あたりが暗くなりはじめた。すると、黄昏時《たそがれどき》のせいで、いくぶん心細い気分になったのか、ミロムが突然、心配そうに尋ねた。

「旦那様は、あのことについては、もうお考えでござるか？」

「あのこととは、どのことだ？」

「このことでござる。旦那様にはお考えがあるので、この部屋から出るのはたぶん簡単でござろう。けれども、衛兵たちにとがめられずに詰所の前を通るのは不可能なのではござらぬか？　いわんや、入口の跳ね橋をおろしてもらって、バスチーユの外に出るのは……」

「ふむ、おまえの指摘はもっともだ」ミロムの言葉に、三銃士の息子はうなずいた。「確かに、私たちだったら、外に出るのは不可能だろう。だが、監獄長が一緒についてきてくれるとならば、話は別だ。私たちは衛兵にとがめられることなく、跳ね橋をおろさせ、バスチーユから出ることができるだろう」

それを聞くと、ミロムはびっくりしたような声をあげた。

「なんと、旦那様は脱獄をするのに、監獄長を一緒に来させるつもりでござるか？」

「そのとおりだ。別に難しいことではない。というのも、その監獄長とはおまえだからだ」

「拙者でござるか？」

「そうだ。おまえだ。それとも、おまえはこの役割が気に入らぬか？」

「もちろん、そんなことはないでござるが……」何がなんだかさっぱりわからず、ミロムは口ごもった。

「でも、旦那様。拙者は監獄長とは似ても似つかぬ顔をしているでござる。それに、監獄長は少なくとも、頭ひとつは拙者より背が高いでござるよ」

「つまり、監獄長と同じ背丈になるには、頭がひとつあればいいというわけだな。それなら、ここにあるぞ」

　そう言うと、三銃士の息子はサイドテーブルに置いてあった監獄長の胸像を抱え、ミロムの頭に乗せた。言葉を続ける。

「ほら、この胸像を頭に乗せたまま、両手でしっかり支えろ！」

「かしこまったでござる。旦那様が何をなさろうとしているか、ようやくわかってきたでござるぞ」

　その言葉にうなずきながら、三銃士の息子は、ミロムを監獄長に見せるのにはどうすればよいか、細かい部分を考えた。

「背丈はそのくらいでよいな。では、今度は私のマントを胸像の肩にかけて、前のボタンを留めてみよう。よし、こうすれば、おまえの頭と手はマントに隠れて見えなくなる。マントは長くてゆったりしているから、形もおかしくは見えない。そうだな、あとは絵の具で顔に色をつけて、あの監獄長のいかにも多血質らしい感じを出してやれば……」

　そう言いながら、三銃士の息子は実際に絵筆をとり、パレットで色をつくりながら、胸像に彩色していった。それが終わると、やはり胴着の隠しに入れて持ってきたフェルト帽を手にとった。

「お次はこの帽子を胸像にかぶらせて……。帽子は少し目深《まぶか》にしたほうがいいな。よし、これでできた。細工は完璧だ」それから、ミロムに向かって言った。「おい、ミロム。ちょっと歩いてみてくれ」

「でも、旦那様。これでは前が見えないでござるよ」三銃士の息子の言葉に、ミロムが文句を言った。「このままでは、壁や柱にぶつかるでござる。拙者の短剣で、マントに穴をあけてくださらぬか。ちょうど、目のあたりに……。お願いでござる」

「確かにそのとおりだな」三銃士の息子は小さく笑って、答えた。短剣を手にすると、マントに穴をあける。「ほら、できたぞ！　これでどうだ？　歩いてみろ」

すると、ミロムは監獄長を真似て、いかにも気取った様子で、部屋のなかを歩きまわった。

「いいぞ！　見事だ！」ミロムの様子に思わず吹きだしながら、三銃士の息子は言った。「衛兵が胸像の頬をなでてみないかぎり、偽物だとはわからないだろう。私たちは誰にも見とがめられることなく入口の跳ね橋を渡って、バスチーユの外に出ることができる」

「監獄長の頬をなでる！」すっかり監獄長になりきったつもりで、ミロムが大声で言った。「拙者――ではなく、私の頬をなでるなどと、衛兵のなかにそんな勇気のある者がいるかどうか、見てみたいでござるよ――あ、いや、見てみたいものですな」

「まあ、そんなに張り切りすぎるな」ミロムのはしゃぎぶりを見て、三銃士の息子は言った。「それから、何があろうと、言葉を口にするな。いっぺんでばれるからな。何かを訊かれても、返事をする必要はない。心配するな。おまえが偽物の監獄長だと、疑う者は誰もいないだろう。あたりは暗いし、角灯の光だけでは、はっきり顔も見えない。その光で目の前にいるのが監獄長だと思ってしまえば、兵士たちはうやうやしく頭を下げて、監獄長が通りすぎるのを待つだろう。顔をあげて、胸像の顔を見つめたりはしまい」

「でも、看守はどうするのでござる？　もうすぐ看守が来るでござるよ。もし看守がこの姿を見たら？」三銃士の息子の言葉に、ミロムは尋ねた。「もしかしたら、看守は直前まで、本物の監獄長と話しているかもしれないでござる。それなのに、ここにも監獄長がいたら、おかしいと思うのではござらんか？」

「大丈夫だ。おまえの変装は、今、はずしてやるからな」

そう言うと、三銃士の息子はマントのボタンをはずし、ミロムを中から出してやった。続けて、言う。

「おまえはこの部屋を出たら、また監獄長になるのだ」

「わかったでござる。でも、この部屋からは、どうやって出るのでござる？」三銃士の息子の顔を見ると、ミロムはまた尋ねた。「確かに、拙者が監獄長に変装すれば、バスチーユからは出られそうでござるよ。でも、この部屋から出るのは？　夕食を持ってきた時に、看守の喉を短剣でえぐるのでござるか？」

「いや、もちろん、そんな乱暴なことはしない」三銃士の息子は答えた。「この壁に描いた絵のおかげで、看守には指一本触れずに、私たちはこの部屋から出ることができるのだ」

と、ミロムが耳をすまして言った。

「おや、誰かが階段をのぼってくるでござるよ」

「看守にちがいない。ミロム、ここが正念場だ。監獄長に変装するための胸像と衣裳を抱えて、わたしのそばに並んでくれ。扉の正面の壁の前に……。そう、私が廊下と螺旋階段を描いた絵の前だ」

その言葉に、ミロムは胸像と衣裳を抱え、三銃士の息子の横に並んだ。

「よし、今だ。明かりを消すぞ」そう言うと、三銃士の息子はろうそくを吹き消した。

部屋はたちまち真っ暗になった。

「どうして、明かりを消したのでござる？」

「必要だからだ」三銃士の息子は答えた。それから、小声でミロムに言った。「しっ！　静かに！　看守がやってくるぞ」

その言葉どおり、看守はもう階段をあがりおわって、

今は廊下を歩いていた。足音が大きくなってくる。やがて、その足音がやんだ。と思うまもなく、扉が開いて、看守が手にしていたランタンの光が、三銃士の息子たちがいる部屋のなかを照らした。

その瞬間、三銃士の息子が予測していたことが起こった。

三銃士の息子とミロムが廊下と階段を描いた壁の前に立っているのを見て、看守はふたりが本物の階段の前にいると思ってしまったのである。いつのまにか部屋から抜けだし、階段を降りようとしているのだと……。

「おお、もう少しで脱獄されるところだった。間に合ってよかったぞ！」看守は安堵のため息を洩らした。それから、ふたりに向かって言った。「だめです！　おふたりとも部屋に戻ってください」

そうして、つかつかと部屋のなかに入ってくると、ふたりの後ろにまわり、背中を押して、扉の外に押しだした。本物の廊下と階段のほうに……。それから、思い切り扉を閉めて、もう一度、安堵のため息を洩らした。

だが、そのあとですぐに自分が重大な過《あやま》ちを犯したことに気づいた。相手の策略に騙されて、囚人を外に逃がしてしまったのだ。看守は怒りの声をあげた。すると、その声に答えるかのように、扉の外からは哄笑《こうしょう》が聞こえた。それと同時に、外から鍵をかける音が……。

「ちくしょう！　鍵の束をはずすのを忘れていた。扉に差しっぱなしにしてきたんだ」取っ手を揺すりながら、看守は叫んだ。「あいつら、おれをここに閉じこめやがったんだ！　ちくしょう！　とんだ恥っさらしもいいところだ！」

いっぽう、廊下に出ると、三銃士の息子はすぐにミロムに監獄長の扮装をさせた。そうして、ふたりは階段を降りて、一階下にある《鉄仮面》――〈牛頭の若者〉が閉じこめられている部屋に行った。上から持ってきた鍵で、扉はなんなく開いた。

部屋のなかでは、〈牛頭の若者〉が三銃士の息子が来るのを待ちわびていた。だが、扉があいて、三銃士の息子と一緒に監獄長がいるのを見ると、びっくりして震えはじめた。

「ああ、あなたはぼくを騙したんですね」三銃士の息子に向かって、悲しげに言う。「これは罠だったんだ！　あなたは監獄長と通じていたんだ！」

「よしよし、これならうまくいきそうだぞ！」〈牛頭の若者〉の言葉に、三銃士の息子は喜びの声をあげた。「この調子なら、なんの問題もなく入口の跳ね橋をおろさせることができるだろう。若者よ、なにしろ、そなた自身が我らの策略に騙されたのだからな」

「どういうことです？　教えてください」〈牛頭の若者〉は尋ねた。

「見よ！」

三銃士の息子はマントのボタンをはずして、中にいるミロムの姿を見せた。そうして、バスチーユの牢獄からどうやって脱獄するのか、自分の計画を説明した。それを聞くと、〈牛頭の若者〉はあやまった。

「すみません。あなたのことを疑ってしまって……。でも、こんなこととは思いも寄らなかったので……。それにしても、よく似ている。これなら、どう見たって監獄長ですよ。完璧です！」

「それでは、さっそくバスチーユから脱獄することにしよう」三銃士の息子は言った。「ぐずぐずしている暇はない。まずはこの部屋を出る前に、そなたの仮面をはずさなければ……」

「仮面をはずすんですか？」〈牛頭の若者〉は怯えたように言った。

「当然のことだ。仮面をかぶったままでいたら、目立ちすぎるからな。すぐに見とがめられてしまう」

「それはそうですが……」〈牛頭の若者〉はうめくように言った。「でも、ぼくの頭だって……。ぼくの牛の頭だって、かなり目立つのではないでしょうか？衛兵たちの注意を引きつけるに決まっています。せめて大きな帽子でもあれば、顔を隠すことができるのでしょうが、あいにくそんなものは持っていません」

「心配ご無用。この時のために、私はちゃんと帽子を用意してきたからな」胴着の隠しから、大きなフェルト帽を取りだすと、三銃士の息子は言った。「この帽子はつばが広いから、目深にかぶれば、顔の上のほうはほとんど隠れるだろう。鼻のほうは、マントに埋《うず》めるようにすればよい」

そう言いながら、三銃士の息子はミロムの短剣を鞘《さや》から抜き、その鋭い切っ先で、鉄の仮面の接合部分を切りはなした。仮面は簡単にふたつに割れた。

すると、その下からは牛の頭が現われた。といっても、角はなく、毛も生えていない。だが、それを除けば、どこからどう見ても牛の頭で、〈人間の肌をした

〈牛の頭〉と言えば、読者にも想像してもらいやすいかもしれない。顔全体が大きく、鼻面も突きだしている。けれども、その顔や鼻面とは対照的に、肌は美しく、きめこまやかで、その上品な色合いは、百合の花や薔《ば》薇《ら》の花を思わせた。この肌を見たら、おそらく宮廷一の美女でさえ、嫉妬の気持ちを抱いたろう。また、〈牛頭の若者〉は、肌だけではなく、素晴らしい瞳も持っていた。その瞳は――愁いを帯びた、つぶらな瞳は、かぎりない優しさにあふれていた。

この若者の顔を見ると、そのあまりの奇異な外観に、ミロムは思わず声をあげそうになった。それがわかったので、三銃士の息子はすばやく視線を送って、ミロムを黙らせた。

その間に、〈牛頭の若者〉は、三銃士の息子が差しだした帽子をすばやくかぶり、目がすっかり隠れるくらい、深くつばをおろした。そうして、マントをかきあわせて、そのなかに鼻を埋めた。

「よし、それでは出発しよう」三銃士の息子は言った。

その言葉を合図に、三人は監獄長の扮装をしたミロムを先頭に、ベルトディエール塔の螺旋階段を降りていった。そして、塔を出ると、誰にも見つかることなく、暗い中庭を渡り、跳ね橋の前にある衛兵の詰所が見えるところまで来た。

だが、そこまで来ると、さしもの冷静沈着、豪胆無比で鳴らした三銃士の息子も、心臓の高鳴りを覚えずにはいられなかった。その高鳴りは、詰所が近づけば近づくほど、激しくなってくる。

はたして、この策略は成功するのか？　ほんのわずかでも失敗をすれば、バスチーユから出ることは叶わない。自分たちは、衛兵に怪しまれずに、ここを無事に通りぬけることができるのだろうか？　ミロムが扮する監獄長の姿を見て、衛兵たちは跳ね橋をおろしてくれるだろうか？

と、その時、突然、闇のなかから誰何《すいか》の声がした。

「誰だ？　そこにいるのは？」

　だが、あらかじめ、三銃士の息子が指示していたとおり、一行は返事をせず、そのまま跳ね橋を目指して進んでいった。

「誰だ？　そこにいるのは？」先程の衛兵が繰り返した。

　すると、その声に気づいて、角灯を手に、隊を指揮する軍曹が現われた。三銃士の息子は身を固くした。だが、その角灯をミロムが頭の上で支えている監獄長の胸像に向けると、軍曹はうやうやしくお辞儀をした。それから、衛兵を怒鳴りつけた。

「こら、この馬鹿！　道をあけて、監獄長閣下をお通ししろ！」

　衛兵はあわてて飛びのいた。すぐに跳ね橋もおろされた。

　その間、軍曹は監獄長のご機嫌をとろうとして、かわいそうな衛兵をこきおろしていた。

「まったく、閣下のことを存じあげないとは、どうしようもない男でして……。こともあろうに、閣下とご友人の皆様の行く手をさえぎって、『誰だ？　そこにいるのは？』などと、ぬかしやがるんですから……。いや、その誰何の声を聞いた時、自分はあの稀代《きだい》の脱獄犯、ラチュードこと、ジャン・アンリがまた脱獄を試みたのかと思いましたよ」そう言うと、軍曹は馬鹿にしたように笑った。

訳注　ラチュードは一七二五年生まれなので、この時はまだ生まれていない。ご愛嬌である。

やがて、跳ね橋がおりると、ミロムが堂々とした足取りで、向こう側に渡っていった。そのあとに、三銃士の息子と〈牛頭の若者〉も続く。軍曹やほかの衛兵たちは、監獄長が偽物だとは疑いもしなかった。というのも、監獄長はこれまでよく牢獄内の自宅に友人たちを招いて、晩餐会《ばんさんかい》を催し、それが終わったあとには、招待客たちを外まで送っていくことがあったからだ。軍曹や衛兵たちは、今夜もまたそういった晩餐会が開かれたのだろうと思ったのである。

さて、こうして無事にバスチーユから脱獄すると、三銃士の息子たちはサン＝タントワーヌ街を抜け、ロンバール通りを目指した。そうして、数十分後には《金の杵亭》に着いていた。そこでは、プランシェが三銃士の息子たちの帰りを待ちわびていた。

店に入ると、三銃士の息子は、フォンテーヌブローに出かけた時のことから始めて、太陽王ルイ十四世にお目見えし、策略を使ってなんとかバスチーユに入れたこと、そこで当初のもくろみどおり、《鉄仮面》を――ブランシュ＝ミニョンヌのお兄さんである〈牛頭の若者〉を見つけたことをプランシェに話した。それから、最後にどうやってバスチーユから脱獄したのか、その一部始終を報告すると、プランシェに尋ねた。

「ところで、プランシェ。頼んでおいたものは買っておいてくれたか？　アラブの女性の服は……」

「はい、今朝、買ってきまして、若様のお部屋に置いてあります」

「感謝する。それではさっそく部屋にあがって、この若者の着替えを手伝うことにしよう」

そう言うと、三銃士の息子は傍らにいた〈牛頭の若者〉を目で示した。〈牛頭の若者〉は、あいかわらず大きな帽子で顔を隠したまま、自分から口を開くようなこともせず、そばでじっとしていた。

「ということは、もうどこかに出発なさるんですか？」三銃士の息子の急ぎようを見て、プランシェが不満の声を出した。「この《金の杵亭》にお泊まりにならずに？」

「そうだ。どうしても、すぐに行かなければならんのだ」三銃士の息子は答えた。「明日になったら、我らが脱獄したことは、監獄長の耳に入るだろう。そうなったら、すぐに捜索が始まる。この店にいたら、ねずみ取りの籠のなかにいるのと同じことだ」

「けれども、憲兵隊は私たちのつながりを知らないのではありませんか？」三銃士の息子の言葉に、プランシェが反論した。「若様が《金の杵亭》に隠れていることはわかりますまい」

「いや、そんなことはない」三銃士の息子は首を横にふった。「そなたはトリスタン・ド・マカブルーのことを忘れておる。私がバスチーユから脱獄したことを知ったら、マカブルーは真っ先に手下を送って、私がここに隠れていないか、調べにくるだろう。私はその先手を打って、マカブルーのところに行き……」

すると、その言葉を途中でさえぎって、プランシェが言った。

「いいえ、若様。それはできません。というのも、マカブルー公爵は今朝、パリを発ったからです」

「マカブルーがパリを発った？」三銃士の息子は驚いて、訊きかえした。

「はい。今頃はスペインに向かって、馬車を走らせているでしょう」

「ちくしょう！　それじゃあ、あの男はブランシュ＝ミニョンヌの居場所を突きとめたのか？」三銃士の息子はいきりたった。

「いえ、ご安心くださいまし……」プランシェはなだめるように言った。「実はスペイン王カルロス二世陛下のお招きで、ルイ十四世陛下の弟君《おとうとぎみ》でいらっしゃるアンジュー公フィリップ殿下がスペインを表敬訪問なさるのですが、トリスタン・ド・マカブルーは、そのお供を務める貴族のひとりとしてマドリードに行くことになったのです」

訳注　原文はルイ十四世の弟ではなく孫で、これはのちのスペイン王となるフェリペ五世のことだと思われるが、フェリペ五世は一六八三年生まれなので、この時点では生まれていない。同じくアンジュー公で、名前も同じフィリップと混同したものと思われる。本当はフェリペ五世のほうがスペインとの関わりが強いのでふさわしいのだが、生まれていないのではしかたがない。兄ルイ十四世とは二歳ちがいで、当時四十歳のアンジュー公兼オルレアン公フィリップに代役をお願いすることにする。

「よし、それではこちらもスペインに行くぞ」プランシェの話を聞くと、三銃士の息子は言った。「ミロム、バチスタン、すぐに馬の用意をしてくれ！」

ふたりはすぐに外に飛びだしていった。いっぽう、プランシェはびっくりしたような声を出した。

「なんですって？　スペインにいらっしゃると？　若様はマドリードにお戻りになるのですか？」

「そうだ。マカブルーがスペインに行ったのは、神の思し召しだと思われる」三銃士の息子は重々しく答えた。「神の思し召しで、マカブルーはスペインに行った。そして、これもまた神の思し召しで、あの男がもうフランスに戻ってくることはない。絶対にな！」

「絶対にだ！」〈牛頭の若者〉が力強く繰り返した。

「さあ、急ごう。早く着替えるのだ」

そう言うと、三銃士の息子は〈牛頭の若者〉をうながして、自分の部屋にあがっていった。アラブの女性の扮装をさせるためだ。着替えを手伝いながら、三銃士の息子は言った。

「この服を着れば、目だけを除いて、そなたの顔は完全に隠れる。それゆえ、そなたは誰の注意を引くこともなく、旅をすることができるのだ」

その言葉に、〈牛頭の若者〉は大きくうなずいた。

着替えはたちどころに終わった。頭を覆い、顔の下半分をヴェールで隠すと、〈牛頭の若者〉は魅力的なアラブの女性に変身した。

と、そこに馬の支度ができたと、ミロムが告げにきた。三銃士の息子と〈牛頭の若者〉は《金の杵亭》の中庭に降り、すぐさま鞍にまたがった。ミロムとバチスタンも馬に乗った。

「ああ、若様、どうかブランシュ＝ミニョンヌを無事に連れて戻ってくださいまし」三銃士の息子が出発の合図をすると、ブランシェが言った。

「もちろんだ」三銃士の息子はきっぱりと答えた。

「まもなく、ブランシュ＝ミニョンヌにはなんの危険もなくなるだろう。トリスタン・ド・マカブルーの陰謀を恐れて、心配しながら暮らす必要もなくなる。マカブルーはもうフランスに戻ってこないのだから……絶対にな！」

「絶対にだ！」〈牛頭の若者〉が力強く繰り返した。

「よし、行くぞ！」三銃士の息子は言った。

それと同時に、四頭の馬は全速力で駆けだした。あっというまに、《金の杵亭》を遠ざかる。

と、それからしばらくして、鞍の上でミロムが言った。

「まあ、それにしてもなんでござるな。スペインに戻るというのは、悪くないでござるよ。拙者はあちらにアンダルシアの女を何人か残してきてしまったものでな。あの女たちは、拙者がいなくなって、さぞかし淋しい思いをしているにちがいない。早く戻って、安心させてやるでござるよ」

19

奇妙な警告状

それから、半月後……。マドリードでは、国賓であるアンジュー公の訪問を記念して、しばらく前から町をあげての祝賀行事が繰り広げられていた。松明《たいまつ》の明かりで、町は夜遅くまで照らされ、バレエの公演や闘牛が毎日のように開かれる。そのなかでいちばん大きな催し物は、《騎馬闘牛《コリーダ・デ・レホネアス》》で、これは祝賀会の華《はな》として、さまざまな行事の最後に行なわれることになっていた。

この《騎馬闘牛》は、普通の闘牛とはちがう。

まずはそのちがいを説明しよう。一般に、《騎馬闘牛》は、王子や王女の誕生、王族の結婚、国賓の来訪などを記念して行なわれる。その特徴は闘牛士を宮廷の貴族が務めること、そして、その闘牛士が最初から最後まで馬に乗っているということである。普通の闘牛であれば、騎馬のピカドールが雄牛の首に槍を打ったあと、徒歩《かち》のバンデリジェーロが銛を打ち、最後になって、やはり馬に乗らないマタドールが剣でとどめを刺す。だが、この《騎馬闘牛》では、槍を持った貴族が馬に乗ったまま雄牛と闘い、その息の根を止めるのである。

週末に開かれる、この《騎馬闘牛》には、もちろんスペイン王カルロス二世と主賓であるアンジュー公、そしてそれぞれの宮廷の廷臣たちの観覧が決まっていて、マヨール広場には、すでにこの催し物のためだけに、巨大な闘牛場が特設されていた。

そういったわけで、貴族たちによる《騎馬闘牛》は、マドリードじゅうの注目を集め、町の人々は、その日が来るのを心待ちにしていたのである。

しかも、今度の《騎馬闘牛》には、スペインの貴族たちと並んで、アンジュー公につきしたがってきたフランスの貴族たちも、騎馬闘牛士《レホネアドール》として参加するという。フランスの貴族が雄牛と闘うなんて、そんな機会はめったにあるものではない。そのことで、闘牛好きの人々の好奇心はいやがうえにも高まっていた。

さて、その栄《は》えあるフランス人騎馬闘牛士の筆頭には、トリスタン・ド・マカブルー公爵の名前があがっていた。といっても、もちろん、卑怯者のマカブルーのこと、自分から騎馬闘牛士に志願したわけではない（それは読者がいちばんよく知っているだろう）。フランスの貴族がスペインの貴族に伍して勇猛果敢に闘うのを見たいと思ったアンジュー公が、トリスタン・ド・マカブルー公爵にその誉《ほまれ》を与えようと、登録リストの先頭に名前を記したのである。

その日は目前に迫っていた。

なにしろ、今日は土曜日で、貴族たちによる《騎馬闘牛》は、明日の日曜日に行なわれる予定になっているのである。

そうして、夜の十一時を告げる鐘が鳴った。

プラド通りにある豪華な宿舎では、トリスタン・ド・マカブルー公爵が落ち着かない様子で、部屋のなかを行ったり来たりしていた。

「まったく、スペインなどに来るのではなかった。こんなことになるとわかっていたら、アンジュー公のお供をするなどとは言わなかったものを！」そばにいる〈情け無用の側用人《そばようにん》〉に言う。

「でも、スペインはなかなか魅力的な国でございましょう。情熱の国と申しますか……」

公爵の言葉に、〈情け無用の側用人〉は皮肉に聞こえないように注意を払って答えた。だが、そこにはいくばくかの揶揄《やゆ》が混じっていないわけでもなかった。

「情熱の国だと！　スペインなど、闘牛ごと呪われるがいい！」公爵は大声で続けた。「わしら貴族に闘牛士の真似事をさせるとは、まったくアンジュー公はなんと馬鹿げたことを思いついたのだ！」

「でも、お殿様。闘牛はちっとも危険ではございませんよ」〈情け無用の側用人〉は、落ち着き払って言った。

「危険ではない？　そんなことを言うとは、無責任にも程があるぞ。すると、おまえは雄牛がその恐ろしい角で、闘牛士や馬の腹を切り裂くことを知らんのか？」

「もちろん、知っておりますよ。お殿様」〈情け無用の側用人〉は平然と答えた。「でも、牛たちは、お殿様に対しては、ちっとも危険ではございませんでして……」

「わしに対しては、ちっとも危険ではない？　どういうことだ？」公爵は尋ねた。

「お殿様は槍のひと突きで、牛を仕留めることができるということです」

「槍のひと突きで？　つまり、わしが槍を突けば、それだけで牛が倒せるということか？」

「御意！」〈情け無用の側用人〉はにやりと笑って、頭を下げた。「お殿様がお望みなら、一回、槍を突いただけで、牛を死に至らせることができましょう」

「おお、いったいどうするのだ？　その笑い方を見れば、おまえが何か悪だくみをしているのがわかるぞ。さあ、申してみよ！」

その言葉に、〈情け無用の側用人〉は、公爵に近づいて、耳もとで何かささやいた。それを聞くと、公爵は思わず大きな声を出した。

「それはいい！　おまえの言うとおりだ！　しかも、簡単だ。そんなやり方があるとは、わしは考えてもみなかったぞ」

「このやり方を用いれば、お殿様が明日の《騎馬闘牛》の主役となることは、まちがいありませんでしょう」〈情け無用の側用人〉は言った。「お殿様に危険はまったくありません。そうです！　お殿様は昔、ヴォー城での祝宴のおりに、フーケ閣下が催された、あの闘牛の真似事の時のように安全なのです！」

「おお、ヴォー城の祝宴か……。今ではもうかなり遠い日の出来事になってしまったな」昔の話を聞いて、公爵はため息をついた。「あの頃は、まだわしも若かった。古き良き時代だ。そう言えば、あの時は洞窟で美しい娘と愛のひとときを交わして、楽しい思いをしたな」

「ああ、お殿様。あれは本当に楽しゅうございました」公爵の言葉に、〈情け無用の側用人〉も相槌を打った。「なにしろ、お殿様ときたら、牛の頭のかぶりものをして、美しい〝洞窟の精〟に会いにいくのですからね。よくもまあ、あんな奇想天外なことを……。

私はもう可笑《おか》しくて……」

「確かに、あれは可笑しかった。結果も面白かったがな。なんといっても、牛の頭の赤子が生まれたのだから……」そうまったく悪びれもせずに口にすると、公爵はこうつけ加えた。「いや、貴族の名にかけて、初めてあの赤子を見た時、わしはあまりの可笑しさに、腹がよじれるかと思ったぞ。いや、あの頃は本当に楽しかった。ふむ、たまにはこうして昔を懐かしむのもよいものだ」

そう言うと、顔をゆがめて、恐ろしい笑い声をたてる。

と、〈情け無用の側用人〉が尋ねた。

「それで、そのお殿様と〝洞窟の精〟の愛の結晶は、あいかわらずバスチーユの牢獄に？」

「そのとおりだ。おまえはわしのモットーを忘れたわけではあるまい。《牢獄に、邪魔者送れば、この世は天国》。それとも、このモットーを知らんと申すか？」

「もちろん、存じておりますよ。お殿様」〈情け無用の側用人〉はへつらうように言った。それから、急に思い出したようにつけ加えた。「そう、そう、バスチーユと言えば、あの三銃士の息子とかいう、おかしなガスコーニュ人も、今はあそこに閉じこめられているとか……。天下のトリスタン・ド・マカブルー公爵様の恋路の邪魔をしたら、どんな目にあうか、今頃、思い知っていることでございましょう」

それを聞くと、公爵は歯をぎしぎし言わせて、いきりたった。

「おお、あのガスコーニュ人め！　フランスに戻ったら、あの男を拷問にかけて、何があっても、ブランシュ＝ミニョンヌが今、どこにいるか、訊きだしてやる。必要なら、喉の奥に手をつっこんでも、秘密を吐かせてやるのだ！」

「ということは、お殿様は、まだあの娘にご執心で？」

「これまで以上にな」公爵は答えた。「障害があればあるほど、わしの恋は燃えあがるのだ！　ものにするのが難しいと思えば、それだけ助平心《すけべ》が刺激される。あのかわいらしい口から、愛の言葉をささやかせたくなるのだ！　おお、ブランシュ＝ミニョンヌを早くわしのものにしたい！　バロッコの報告によれば、ブランシュ＝ミニョンヌは今、絶対にスペインにいるはずなのだ。それを思うと、いっそうもどかしさが増してくる。おお、わしは二倍も三倍も、もどかしいぞ！」

「確かに、ブランシュ＝ミニョンヌは、今、スペインにいるのでありましょう」公爵の言葉に、〈情け無用の側用人〉は言った。「でも、いったいどこに？　どこの町に？　どこの村に隠れているのでしょう？　ああ、あのあほんだらのバロッコがクレールモン・フェランの近くで、三銃士の息子たちを見失わなければ……」

と、その時、突然、扉が開いて、

「そのあほんだらのバロッコがブランシュ＝ミニョンヌの居場所を見つけまして……」

勝ち誇ったような声がしたかと思うと、ひとりの男が部屋に入ってきた。三銃士の息子たちを追っていた悪党の首領、バロッコ本人である。それがわかると、公爵は言った。

「ブランシュ＝ミニョンヌを？　おい、バロッコ。おまえはブランシュ＝ミニョンヌを見つけたというのか？」

「それだけじゃありません」バロッコは答えた。

「それだけではないと？　話せ！　バロッコ、話すのだ！　早く！」バロッコの胸ぐらをつかんで激しく揺さぶりながら、公爵は言った。

「公爵様、どうか、その手をお放しください。息ができなくなってしまいます」

「わかった。放すから話せ！　話さんなら放さん！」公爵は重ねて言った。「話せ！　ブランシュ＝ミニョンヌは今、どこにいるのだ？」

すると、バロッコは思いがけないことを口にした。

「公爵様の宿舎のなかで」

「わしの宿舎のなか？　つまり、ここか？」

「ここです」

「おい、バロッコ。それは本当だろうな？　もしおまえが嘘をぬかして、わしをぬか喜びさせただけだとしたら……」

「いいえ、ぬかりはありません。ブランシュ＝ミニョンヌはここにいます」バロッコは自信たっぷりに答えた。

「ということは、おまえはブランシュ＝ミニョンヌを見つけて、さらってきたのだな？」公爵は尋ねた。

「へい、そのとおりで」

「ブランシュ＝ミニョンヌはマドリードにいたのか？」

「へい、三銃士の息子と一緒に……」

「三銃士の息子と一緒にだと？」公爵は、再びバロッコの胸ぐらをつかんで、大声を出した。「おい、貴様はわしをからかっているのか？　三銃士の息子は今、バスチーユの牢獄にいるのだぞ！」

「いいえ、三銃士の息子は……マドリードにいます」公爵の手から逃れようと、必死にもがきながら、バロッコは答えた。

「いや、そんなことはありえない。そんなことはあるはずがないのだ！」怒りで顔を真っ赤にして、公爵は叫んだ。

「でも、見たんです……」バロッコは蚊の鳴くような声で言った。

「ということは、あやつは脱獄したのでございますな」〈情け無用の側用人〉が口をはさんだ。

「きっと、そうに決まっていますよ」ここぞとばかりに、バロッコも言った。「でも、それなら、かえって喜ばしいことですぜ。三銃士の息子が脱獄してくれたおかげで、ブランシュ＝ミニョンヌの居所《いどころ》がわかったのですから……」

「どういうことだ？」バロッコの言葉に、怒りをいっそう燃えあがらせながら、公爵は訊いた。

「三銃士の息子と一緒にいてくれたおかげで、ブランシュ＝ミニョンヌがいるとわかったんです。そうでなければ、絶対にわからなかったでしょう。なにしろ、ブランシュ＝ミニョンヌはアラブ女に変装していたんですから……」

「アラブ女だと？　ブランシュ＝ミニョンヌがアラブの女の格好をしていたというのか？」

「へい、公爵様。アラブの女は顔をヴェールで隠すんで、目しか見えませんからね。だから、ブランシュ＝ミニョンヌがひとりで歩いていたとしたら、たとえ、近くですれちがったとしても、それとは気がつかなかったでしょう。まさか、アラブの女に変装しているとは、想像もしていませんからね。けれども、たまたま三銃士の息子と一緒にいるのを見たおかげで、すぐにわかったんです。いや、まったくたいした策略です。まあ、こっちはそれを見ぬいて、相手の秘密を白日のもとにさらしてやったわけですがね。これも普段から……」

だが、その言葉を最後まで言わせず、公爵は尋ねた。

「それで、おまえはブランシュ＝ミニョンヌをさらったのだな？」

「すぐにではありませんがね」バロッコは答えた。

「ブランシュ＝ミニョンヌを見つけてから、二日の間、こちらはじっと誘拐の機会をうかがっていたんです。けれども、ブランシュ＝ミニョンヌがひとりになることがまったくなくて……。いつも、三銃士の息子が一緒なんです。ところが、今夜、ついにその機会がやってきまして……。ブランシュ＝ミニョンヌがひとりで外出したんです。そこで、細い路地に差しかかったところを手下どもに襲わせて、無理やり馬車に乗せると、ここまで連れてきたってわけです。馬車を三倍の速度で走らせましてね」

「おお、ブランシュ＝ミニョンヌは今度こそ、わしの手から逃れることはできまい」早くも欲望で目をぎらつかせると、公爵は言った。「今度こそ、愛の言葉をささやかせてやる！　おい、ブランシュ＝ミニョンヌは、今、どこにいる？　すぐに会いたい」

「今は《緑の壁の居間》で……。いや、公爵様。アラブの女の格好なんかをしていますと、ますますそそられますぜ」

「よろしい。バロッコ、おまえにはいずれ、たんと褒美をくれてやろう。とりあえずは、さがるがよい。〈情け無用の側用人〉、おまえもだ。わしをひとりにしてくれ」

その言葉に、バロッコと〈情け無用の側用人〉は部屋の扉に向かった。だが、そこで、バロッコが後ろをふりむいて尋ねた。

「公爵様、どうせでしたら、ブランシュ＝ミニョンヌをこの部屋に連れてきましょうか？」

公爵は首を横にふって、答えた。

「いや、いや。わしをひとりにしてくれ。ブランシュ＝ミニョンヌが《緑の壁の居間》にいるところに突然行って、驚かしてやりたいのでな」

それを聞くと、バロッコと〈情け無用の側用人〉はうやうやしくお辞儀をして、部屋から出ていった。

こうして、ひとりになると、公爵は喜びの唸り声をあげた。猛獣が獲物の匂いを嗅ぎつけた時の唸り声だ。

燭台《しょくだい》を手に廊下を渡りながら、公爵は《緑の壁の居間》に向かっていった。目を真っ赤に充血させて、鼻孔を広げ、唇をまくりあげて、ひきつったような笑みを浮かべながら……。もし、ここでその姿を見た人がいたとしたら、とうてい人間が歩いているとは思えなかったろう。そう、公爵はもはや人間ではなかった。虎であった。自分が勝つことを確信して、獲物のほうに静かに近づいていく、冷酷で残忍な虎であった。

燭台で照らしていても、廊下は薄暗い。また、長い。その長い廊下の壁には、何枚も何枚も、金糸や銀糸で刺繡された豪華なタペストリーが掛かっていた。そこには、アンダルシアの踊り子たちや、月夜のセレナーデ、闘牛の一場面など、スペインを題材にした絵が縫いとられている。それはどれも素晴らしい出来で、完璧にしあげられていた。実際、燭台の明かりのもとで、その絵を見ていると、そこに描かれた人物たちが、突然命を宿して、今にも動きだすのではないかと思われた。

と、真夜中を告げる鐘が鳴って、静かな廊下に響きわたった時のことだ。

廊下の少し離れたところに、いきなり現われたものを見て、公爵は持っていた燭台を危うく落としそうになった。ゆったりと重なるようにして掛かっているタペストリーとタペストリーの間から、青白い顔がぬっと突きだされたのだ。いや、それだけなら、まだしも……。

身じろぎひとつせず、じっと公爵に向けられたその頭は——牛の頭だった。

公爵は顔に冷や汗が浮かび、身体じゅうに震えが走るのを感じた。自分の歯がカスタネットのように、カチカチ鳴っているのが聞こえる。だが、その間も、目の前の牛の頭から目をそらすことはできなかった。公爵は魔法の力に吸いよせられるように、その牛の頭を

見つめた。

が、牛の頭は現われたのと同じように、突然消えた。公爵があっと思うまもなく、気がついた時には、二枚のタペストリーの間に姿を隠していたのだ。

魔法の力は消えてなくなった。

「ちくしょう！」

そう低く、怒りの声を洩らすと、公爵は牛の頭があったところに駆けつけて、二枚のタペストリーを横に開いた。だが、その後ろには誰もいなかった。

「ということは、幻覚だったというわけか」髪の生え際にたまった冷や汗をぬぐいながら、公爵はひとりごちた。「まったく！　わしは本当にあの牛頭の怪物が……。いや、そうか！　わかったぞ。さっき、わしは〈情け無用の側用人〉と、ヴォー城であったことを話していた。一夜の恋の思い出と、その結果、牛の頭の赤子が生まれたことを……。そのことが頭のどこかに残っているうちに、この廊下で闘牛の場面を描いたタペストリーを見たので、想像力が刺激されたのだろう。牛の頭の幻覚を見たというわけだ。まったく、牛の頭など、地獄に落ちるがよい。それよりも、恋を謳歌《おうか》せねば……。そうだ！　存在しないはずの牛頭の男を探して、これ以上、時間を無駄にすることはない。早く、ブランシュ＝ミニョンヌの腕に抱かれて、この嫌な出来事を忘れることにしよう。うん、あれは幻覚だったのだ」

そう納得して気持ちを落ち着けると、公爵は急いで廊下を進み、《緑の壁の居間》の前まで来た。もどかしげな手つきで鍵をあけて、扉を開く。

だが、一歩、居間に入ったところで、怒りの咆え声をあげた。

部屋のなかには誰もいなかったのだ！

《緑の壁の居間》はもぬけの殻だったのだ！

と、公爵の咆え声を聞きつけて、バロッコと〈情け無用の側用人〉がやってきた。

「ちくしょう！　このわしを騙したな！　ブランシュ＝ミニョンヌはここにおらんではないか！」バロッコの胸ぐらをつかむと、公爵は叫んだ。

「お許しを！　公爵様、ブランシュ＝ミニョンヌは、確かにこの部屋に閉じこめたのです」バロッコは悲鳴をあげた。

　すると、〈情け無用の側用人〉が、横から口をはさんだ。

「おや、窓があいておりますよ。ブランシュ＝ミニョンヌはバルコニーから逃げたにちがいありません！」

　それを聞くと、公爵はバロッコの胸ぐらから手を放して、バルコニーに出た。

「いや、それは不可能だ」あたりを見まわして言う。「ここから逃げるには、この建物のバルコニーから隣の建物のバルコニーに飛びうつらなければならん。そんな軽業のような真似は、男だってやってみようと思うかどうか……。ましてや、ブランシュ＝ミニョンヌのようなかよわい娘に、そんなことができるはずがない！」

「ああ、公爵様。もう頭がおかしくなりそうです！」バロッコが言った。「ブランシュ＝ミニョンヌは、確かにこの手で閉じこめたのです。お願いです！　信じてください！」

　だが、公爵はもうバロッコの言葉を聞いていなかった。

「くそったれ！　ブランシュ＝ミニョンヌは、結局いつもわしから逃げると、運命で決まっていると見える！」

そう言いながら、もしかしたら、まだブランシュ＝ミニョンヌが部屋のどこかに隠れているのではないかと疑うように、《緑の壁の居間》のなかを眺めまわす。と、壁に掛かったタペストリーに、大きな紙がピンで留められているのに気づいた。

「なんだ！　あれは？」

そう叫んですぐに紙をはがすと、公爵は書面に目を走らせた。だが、読みおわった瞬間、全身を震わせながら、へなへなとその場に座りこんだ。

紙には大きな文字で、次のようなことが書かれていた。謎に満ちた、恐ろしい言葉で……。

マカブルー公爵殿　ご注意召されよ！
人生、いたるところに牛頭《ぎゅうとう》あり
牛頭、もし復讐ならざれば、故郷に還《かえ》らず

20

騎馬闘牛

翌日はいよいよ《騎馬闘牛《コリーダ・デ・レホネアス》》の開催日である。

この日のために特別に設置されたマヨール広場の闘牛場には、すでに十万人の観衆が詰めかけていた。観衆は男も女も色とりどりの美しい衣服に身を包み、灼熱の太陽の光に装身具をきらめかせながら、貴族たちによる《騎馬闘牛》が始まるのを今か今かと待ちこがれていた。

と、突然、ファンファーレが鳴り響いた。

スペイン王カルロス二世と、その賓客であるアンジュー公が闘牛場に到着したのである。観衆は立ちあがって、万雷の拍手でふたりを迎えた。そうして、随身たちを連れて、ふたりが貴賓席に着席すると、再びファンファーレが鳴って、今度は闘牛に参加するスペインとフランスの貴族たちが、馬に乗って円形の砂場《アレーナ》に入場した。馬はいずれも豪華な馬衣をつけている。

貴族たちは円形の砂場《アレーナ》を一周すると、貴賓席の前で一礼し、入ってきた口とは反対側の口から出ていった。

こうして、最後の貴族がゆっくりと出口から消えると、それとほとんど同時に、またファンファーレが響きわたった。

すると、今、退場したばかりの貴族たちのうちふたりが、今度は手に槍を持って、入場口から入ってきた。このふたりが一頭の雄牛と闘うのである。

そして、またファンファーレが鳴った。いよいよ雄牛の登場である。

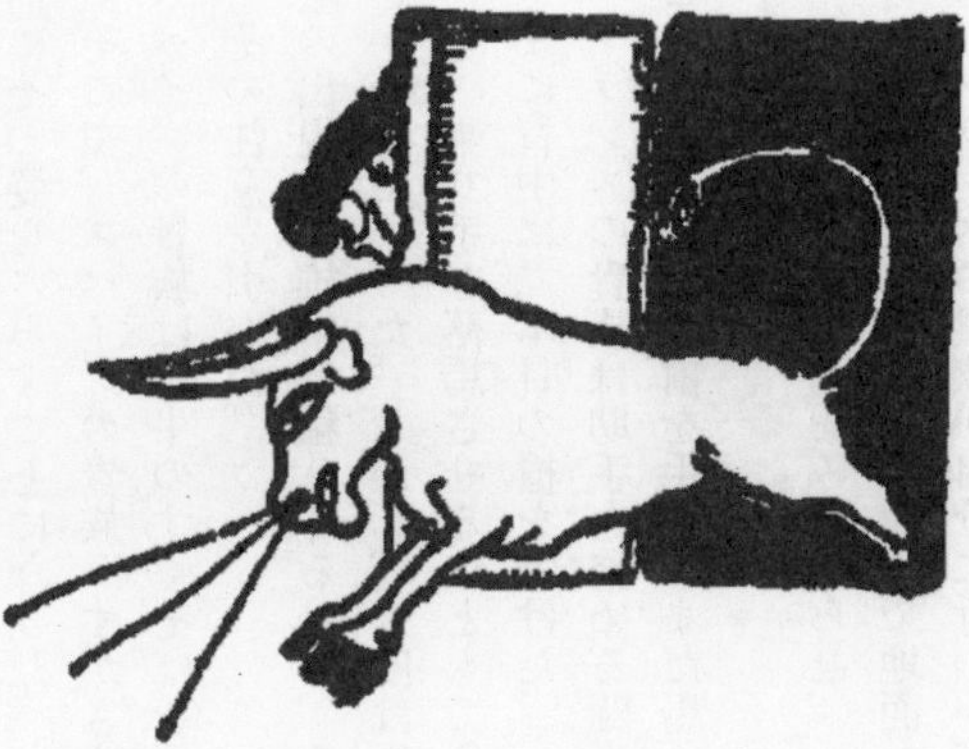

さっそく、〈牛の控えの場《トリル》〉に通じている専用の門が開いて、雄牛が一頭、踊りでた。雄牛は急に明るい場所から出てきたので、突然、目が眩《くら》んだように円形の砂場《アレーナ》の中央で立ちどまり、前方にふたりの貴族がいるのを見つけると、怒ったような唸り声をあげた。それから、頭を低くして、そのうちのひとりにまっすぐ向かっていった。フランスの貴族のほうである。

自分に向かって雄牛が突進してくるのを見ると、フランスの貴族は勇敢にこれを迎え撃ち、雄牛が脇を通りぬける時に、横腹に槍を突き刺した。だが、経験が不足していたため、突進を完全にはよけることができず、怒った雄牛に馬の下腹を突きあげられて、その衝撃で馬から落ちた。といっても、幸いなことに、足にも腕にも怪我はなく、馬もほとんど傷を負っていなかった。

だが、とっさのことにどうしていいかわからず、フランスの貴族はその場にじっとしていた。もちろん、また馬に乗ることも、安全な場所に逃げこむこともできない。結局、立ちあがることもできないまま、興奮する雄牛の前にその姿をさらすことになった。

けれども、そこで、スペインの貴族がすかさず助けに入った。スペインの貴族は雄牛のすぐそばを馬で駆けぬけると、その注意を引いた。

あらたな敵の出現に、雄牛は猛りくるって、そちらのほうに襲いかかっていった。しかし、今度は馬を突きあげることも、乗り手を落馬させることもできず、すれちがいざまに背中に二本目の槍を受けた。

その間に、フランスの貴族は助手を務める闘牛士たちに助けおこされ、あらたな槍を手に、また馬に乗っていた。

いっぽう、雄牛は全身に怒りをみなぎらせ、「モォー!」と不吉な唸り声をあげると、前脚で地面をかいた。それから、フランスの貴族が自分に近づいてくるのを見ると、そちらに向かって、矢のように突進していった。これに対して、フランスの貴族は、今度は巧みに馬を操り、雄牛の突進を避けると、肩の間に槍を打ちこんだ。すると、これが致命傷となって、雄牛はいきなり突進をやめた。そして、その次の瞬間には膝を折って、どうっとばかりに地面に倒れていた。

それを見ると、観客席からは拍手が巻きおこった。歓呼の声に送られて、フランスの貴族は退場していった。そのあとで退場したスペインの貴族にも、拍手と歓声が送られた。

それが静まると、またファンファーレが鳴った。

すると、あらたにふたりの貴族が馬に乗って、円形の砂《アレーナ》場に入ってきた。先程と同じように、スペインの貴族とフランスの貴族だ。

そのフランスの貴族の顔を見た時、観客席の前方の列では、若い娘が怯えたような声を出した。

「あれは? もしかしたら、あの男では?」

「おお、ブランシュ=ミニョンヌ、心配なさるな」すぐ右隣にいた若い男が言った。

その若い男とは──読者もお気づきのとおり、三銃士の息子である。

「やっぱり、あの男よ」フランスの貴族を恐ろしげに見つめながら、ブランシュ＝ミニョンヌが続けた。「お母様をひどい目にあわせた卑劣な男……。トリスタン・ド・マカブルーだわ」

「そのとおりだ。だが、ブランシュ＝ミニョンヌ、勇気を出して、これから起こることをよく見るのだ！」三銃士の息子は言った。「復讐の時は近づいている。目をしっかりあけて、よく見るのだ！」

ブランシュ＝ミニョンヌは心細げにうなずいた。その左隣にはジャンヌ、そしてさらにその隣には、ドーニャ・エルビラと娘のパキータがいて、ブランシュ＝ミニョンヌを力づけている。いっぽう、三銃士の息子の右隣には、ドン・ホセ・ペスキートとミロム、それにバチスタンが座っていた。

さて、その間に円形の砂場《アレーナ》では、馬に乗ったまま場内を一周すると、トリスタン・ド・マカブルーがスペインの貴族とともに貴賓席の前で止まり、カルロス二世とアンジュー公にうやうやしくお辞儀をした。マカブルーは少し長めの槍を手に、素晴らしい黒毛の馬にまたがって、余裕たっぷりの笑みを浮かべていた。

それを見ると、三銃士の息子に向かって、ミロムが言った。

「ああ、旦那様、マカブルーの奴、いかにも自信がありそうでござるよ。まるで本物の闘牛士のように落ち着いてござる」

「そうだな。これは不思議だ」三銃士の息子は答えた。「あの男は卑劣なうえに、臆病者のはずだ。そのことは前に闘った経験からよくわかっている。それなのに、あれほど落ち着いているとは……。確かに奇妙だ」

それを聞くと、ドン・ペスキートがふたりのやりとりに口をはさんだ。

「そうですな。どんなに勇敢な貴族でも、円形の砂場《アレーナ》に入ったら、多少は怖気《おじけ》をふるうものです。私はこれまで何度も、貴族たちによる《騎馬闘牛》を観覧していますが、騎馬闘牛士《レホネアドール》があれほど落ち着いているのを見たのは、ペスキート家の名に懸けて、これが初めてです！」

「おやま、それなのに、あの男は虫籠のなかにいるように、すました顔をしているよ」バチスタンも不思議そうな声を出した。

「やはり奇妙だ」三銃士の息子は繰り返した。

　そのうちに、二頭目の雄牛の登場を告げるファンファーレが鳴り響いた。

　すると、トリスタン・ド・マカブルーが、優雅な手綱さばきで馬首をめぐらし、〈牛の控えの場《トリル》〉に通じる門の前に立った。

　と、まもなく門が開いて、入ってきた雄牛がマカブルーを目指して、まっすぐに突進した。

　だが、マカブルーはあいかわらず槍を手に、不吉な笑みを浮かべて、牛が来るのを待っている。そして……。

　闘いは一瞬のうちに終わった。

　槍が届くところまで来るのを待って、マカブルーがひと突きした瞬間、雄牛が地面にどうっと倒れたのだ。観客席からは、たちまち熱狂的な拍手が起こった。

　だが、トリスタン・ド・マカブルーは軽く左手をあげて、観衆の興奮を静めると、笑みを浮かべて、こう言った。

「別の雄牛を！」

　すると、また熱烈な歓声と拍手が巻きおこった。闘牛場は興奮の渦に包まれた。カルロス二世やアンジュー公を始めとする王族や随身の貴族たちも、一般の人々に交じって拍手を送っている。闘牛場は今やひとつになって、十万人の観衆がトリスタン・ド・マカブルーの名を連呼していた。それを聞くと、ブランシュ

＝ミニョンヌは死人のように蒼白になった。

「ああ、なんという拷問でしょう！」つぶやくように言う。「お母様を辛い目にあわせた男の勝利の瞬間を見せられるなんて！　あの呪われた名前を歓呼の声として聞かされるなんて！　ああ、こんなひどい拷問には、これ以上、耐えられません。出ましょう！　ここから……。この闘牛場から……」

そう最後は叫ぶように口にすると、ブランシュ＝ミニョンヌは席を立とうとした。それを見ると、三銃士の息子はすぐに声をかけた。

「待つのだ！　ブランシュ＝ミニョンヌ。もう少しの辛抱だ。復讐の時は近づいている！」

そうして、ブランシュ＝ミニョンヌの肩に手を置くと、また席に座らせた。

「でも、この歓声をお聞きくださいまし！」ブランシュ＝ミニョンヌは言った。「トリスタン・ド・マカブルーは、観衆の心をつかんでしまったのです！」

「いや、マカブルーは私が知るかぎり、最も臆病な男だ。これには何か仕掛けがある。卑劣な悪だくみが……。その悪だくみを見破って、あの男の化けの皮をはがしてやったら、観衆の歓呼は非難の嵐に変わるだろう」

「どういうことですの？　わたしの騎士様」三銃士の息子の言葉に、ブランシュ＝ミニョンヌは尋ねた。

「それは見ていれば、じきにわかる。ブランシュ＝ミニョンヌ、貴女にも……」三銃士の息子は答えた。それから、円形の砂場《アレーナ》に目をやって、言葉を続けた。

「おや、助手たちが〈牛の控えの場《トリル》〉の門に手をかけている。もうすぐ、マカブルーが要求した、新しい雄牛が出てくるぞ。私の推測にまちがいがなければ、今度もまたあの雄牛はマカブルーの槍のひと突きで倒れるにちがいない！」

「まあ、どういうことですの？　若様はどんな推測をなさっているのですの？」

だが、そのブランシュ＝ミニョンヌの質問には答えず、三銃士の息子は謎めいた笑みを浮かべた。

その間、〈牛の控えの場《トリル》〉に通じる門の前では、マカブルーが雄牛の登場を待ちかまえていた。手には新しい槍を持っている——古い槍と引き換えに、〈情け無用の側用人〉に持ってこさせたものだ。

と、雄牛の登場を告げるファンファーレが鳴りわたった。すぐに門が開いて、雄牛が飛びだしてくる。マカブルーは黒毛の馬を駆って、雄牛を迎え撃った。すると、三銃士の息子が予想したとおりのことが起こった。

マカブルーの槍の穂先が肩に触れると、雄牛は地面に倒れたのである。観衆はまた盛大な拍手を送った。いたるところから、歓声がわきあがる。

けれども、トリスタン・ド・マカブルーは前回と同じく、軽く手をあげただけで、その拍手と歓声を静め、あいかわらず笑みを浮かべながらこう言った。

「別の雄牛を！」

しばらくして、またファンファーレが鳴り響いた。

そして、三頭目の雄牛が現われ、マカブルーの槍のひと突きで地面に倒れた。それを確かめると、

「別の雄牛を！」また不敵な笑みを浮かべながら、マカブルーが要求した。

観衆はまた歓声をあげた。いや、それはもはや歓声とは言えなかった。轟音だった。闘牛場全体を揺るがす、地鳴りのような轟音だった。

その耳をつんざくような声の嵐のなかで、女たちはブラウスに挿していた花を今日の主役に向かって投げ入れた。男たちは帽子を投げ入れている。誰もかれもが熱狂し、闘牛場は興奮のるつぼと化した。

だが、花や帽子が雨のように降りそそぐなかでも、トリスタン・ド・マカブルーは顔色ひとつ変えなかった。古い槍と引き換えに、〈情け無用の側用人〉が持ってきた新しい槍を受け取ると、静かに四頭目の雄牛が出てくるのを待っている。

「旦那様、あの男はどうやら悪魔と契約を結んだようでござる」マカブルーを見ながら、ミロムが言った。

「でも、不思議なのは槍でござる。どうして、あの男は一回、一回、槍を新しいものに換えるのでござろう？　雄牛に突き刺したままになっているわけではないのに……」

「おお、その理由なら、よくわかっている」ミロムの言葉に、三銃士の息子は答えた。「あの男の様子はじっくり観察させてもらったからな。もう少し待て！　今にあの男を観衆の笑い者にしてやる！」

そうこうするうちに、またファンファーレが鳴り、四頭目の雄牛が飛びだしてきた。そして、この四頭目の雄牛もその前の三頭と同じく、マカブルーの槍のひと突きで、地面に倒れた。すると、その息の音がまだ止まらないうちに、マカブルーが叫んだ。

「別の雄牛を！」

すぐに新しい槍が運ばれ、マカブルーは五頭目の雄牛が出てくるのを待った。

その時、観衆をかきわけながら、階段席の前方の列から、男がひとり駆けおりてきてた。男は観客席の柵をひらりと飛びこえると、円形の砂場《アレーナ》に降りたった。言わずと知れた三銃士の息子である。

トリスタン・ド・マカブルーの前に立つと、三銃士の息子は相手が驚きから覚める暇《いとま》も与えず、あっというまに、その手から槍を奪っていた。観衆に向かって、大音声《だいおんじょう》を張りあげる。

「マドリードの方々《かたがた》に申しあげる。この男は卑劣な詐欺師で、歓呼の声を送られるような英雄ではない！　この男は臆病者のなかでも、いちばんの卑劣漢であり、卑劣漢のなかでも、いちばんの臆病者なのだ。その証拠に――この槍の穂先には、毒が塗ってあるのだ！」

この思いがけない告発に、観衆の間からどよめきがあがった。

「嘘だ！」そのどよめきがまだ収まらないうちに、マカブルーが叫んだ。すぐさま腰の剣を抜くと、三銃士の息子に向かってふりあげる。

だが、三銃士の息子はひとつもあわてず、槍の穂先をマカブルーの顔に突きつけると、落ち着いた声で言った。

「さがれ！　さもないと、この槍で貴様を突くぞ。そうすれば、私の言葉が嘘かどうかわかるだろう」

それを聞くと、マカブルーはありったけの力をこめて、手綱を引いた。馬が前に進んで、毒を塗った槍の穂先が自分の顔を突いたりしないようにするためだ。だが、馬はもちろんびっくりして、後ろ脚で立った。その拍子に、槍の穂先が前脚の膝のあたりに触れてしまった。

すると、たちまち猛毒が全身をめぐり、かわいそうに、馬は地面に倒れてしまった。馬に乗っていたマカブルーも円形の砂場《アレーナ》に投げだされる。それを見ると、観衆は怒号をあげた。そのなかで、マカブルーは顔面を蒼白にして、目を真っ赤に充血させ、唇をひきつらせながら、恐怖に震えていた。その姿はあまりに惨《みじ》めで、見られたものではなかった。

トリスタン・ド・マカブルーは、決定的な敗北を喫《きっ》したのだ。

なにしろ、自分が臆病者であり、また卑劣漢であることが、はっきりした証拠をもとに、十万人の観衆の目にさらされてしまったのである。策を弄《ろう》して、観衆の称賛を受けたところまではよかったが、その策を三銃士の息子に暴かれたことによって、称賛はたちどころに非難に変わってしまったのだ。今や闘牛場のなかには、マカブルーに死を求める声が渦まいていた。その声は次第に大きくなっていく。

いっぽう、貴賓席では、やはり怒りに身を震わせながら、アンジュー公が立ちあがった。アンジュー公は両手をあげて、「これから話をするので、静まるように」と、観衆に合図を送った。

それを見ると、観衆は叫ぶのをやめ、闘牛場は水を打ったように静まりかえった。

やがて、その静けさを破るように、アンジュー公の重々しい声が響いた。

「マカブルー公爵。このままでは、そちは貴族の名を持つにふさわしくない卑劣漢として扱われることになろう。そこで、私はそちに命じる。剣を取って、雄牛と闘い、命を懸けて、この汚名をすすぐのだ。そちと、そちのせいでフランスの貴族が蒙《こうむ》った汚名を! さもなくば、フランスの貴族を貶《おとし》めた罪で、首切りの刑に処す!」

21

神の裁き

「さもなくば、フランスの貴族を貶《おとし》めた罪で、首切りの刑に処す！」

そうアンジュー公が重々しく口にすると、その言葉が最後まで終わらないうちに、円形の砂場《アレーナ》では、〈牛の控えの場《トリル》〉の門が開いて、雄牛が一頭、踊りでて――くるのかと思ったが、実際に出てきたのは〈牛頭の若者〉だった。〈牛頭の若者〉は、トリスタン・ド・マカブルーの前まで来ると、腕を組んで、仁王立ちになった。

この予想外の若者の出現に、観客席からはざわめきが起こった。あちらこちらから驚きの声があがり、その声はだんだん大きくなっていく。

すると、そのざわめきを制するように、ひときわ大きな声が轟《とどろ》いた。〈牛頭の若者〉の声だ。

「マカブルー！　この人殺しの卑劣漢！　このぼくの顔を見ろ！　これはおまえがしたことの結果だぞ！　どうだ？　自分のしたことに満足か？」

「ああ、ということは……」全身を恐怖で震わせながら、マカブルーは口にした。「あれは幻覚ではなかったのだ。昨日のことは……。あれはこの男だったのだ。暗い廊下で、タペストリーの間から、顔をのぞかせていたのは……」

「そのとおりだ。この人殺しめ！　昨日、ぼくはああやって、おまえに警告を発しにいったのだ。そして、今日はこの闘牛場で、おまえの罪を白日のもとにさらしてやる！　おお、トリスタン・ド・マカブルー！　おまえはぼくの母親に何をした？　おまえの息子に何をした？　高潔な砲兵隊長に何をした？　そして、今、ぼくの妹に何をしようとしている？」

「おまえの妹に？　おまえの妹だって？」マカブルーは口ごもった。「わしはおまえの妹など知らんぞ」

「おお、それなら、おまえはブランシュ＝ミニョンヌを知らないというのか？」〈牛頭の若者〉は大声をあげた。

それを聞くと、マカブルーは飛びあがった。

「ブランシュ＝ミニョンヌ……」当惑した声で言う。

「ブランシュ＝ミニョンヌはおまえの妹なのか？」

「そのとおりだ！」マカブルーの言葉に、それまでずっとふたりのそばで話を聞いていた三銃士の息子が口をはさんだ。「ブランシュ＝ミニョンヌはおまえがヴォー城で乱暴した若い女性の娘なのだ。その若い女性と砲兵隊長の間の……。そうだ！　おまえがひどい目

にあわせた女性と、卑怯にもおまえが殺させた砲兵隊長との間に生まれた娘なのだ！　おまえはその若い女性を辱《はずかし》めたばかりか、その女性が牛の頭の息子を生むと、誘拐して最初はスペインに隠し、その後はバスチーユの牢獄に閉じこめた。また、その女性の夫である砲兵隊長を暗殺させて、女性を絶望の淵に落とし、死に追いやった。だが、それだけでは飽きたらずに、二十年後には、その女性の娘を――ブランシュ＝ミニョンヌを辱めようとしている。いや、私が危ういところで、窮地から救わなかったら、実際に辱めていたことだろう。純真で純潔なブランシュ＝ミニョンヌを……」

その言葉に、トリスタン・ド・マカブルーは、罠にかかった獣《けもの》のような唸り声を出した。

闘牛場は死んだように静まりかえった。

十万人の観衆は今、目の前で何が起こっているのか、どうして突然、牛の頭の若者が飛びだしてきて、もうひとりの若者とともにトリスタン・ド・マカブルーを責めているのか、ふたりの若者の言葉を聞いても、よくわからなかった。だが、これからこの闘牛場で、何か恐ろしいことが起こるにちがいないということは――それだけは、はっきり感じていた。

いっぽう、貴賓席では、あいかわらず怒りに身を震わせながら、アンジュー公が柵から身を乗りだして、三銃士の息子の言葉をひと言も聞きもらすまいとしていた。

「いったい、どういうことだ？」

そうつぶやくと、アンジュー公はそばに控えていた副官に声をかけ、三銃士の息子を貴賓席に連れてくるように命じた。命令はすぐに実行に移され――数分後、三銃士の息子はアンジュー公の隣に座って、事の経緯《いきさつ》を説明していた。ヴォー城でのことから始めて、これまでにトリスタン・ド・マカブルーが犯してきた数々の悪行《あくぎょう》を、ひとつ残らずアンジュー公に話したのであこの宣告に、トリスタン・ド・マカブルーは、恐怖につかれた様子で膝をガクガクさせ、歯をガチガチ言わせながら、円形の砂場《アレーナ》の中央で震えていた。その姿はもはや〝人間ぼろ切れ〟でしかなかった。

いっぽう、〈牛頭の若者〉は、マカブルーのところにまっすぐに歩みよった。それを見ると、「いよいよ殺される」と思ったのだろう、マカブルーが哀れな声を出した。

「お願いだ！　助けてくれ！」

だが、その言葉には返事をせずに、〈牛頭の若者〉は、剣の柄《つか》を握りしめているマカブルーの指を一本いっぽん、丁寧にはがし、その手から剣を取りあげた。

マカブルーは、その剣で自分の喉が切られると思ったようで、地面にひざまずいて、懇願した。

「お願いだ！　命だけは助けてくれ！　牛の頭をしているが、おまえはわしの息子ではないか！　おまえだって、実の父親の喉を切る勇気はあるまい」

る。

その間、〈牛頭の若者〉は――こちらは観衆に向かって、スペイン語で声を張りあげ、トリスタン・ド・マカブルーの悪事を暴きたてていた。

それを聞くと、人々は怒りに燃え、とりわけ興奮した数千人の観衆が柵を乗りこえ、円形の砂場《アレーナ》になだれこんだ。マカブルーを私刑《リンチ》にかけて、殺してしまおうというのだ。

だが、そこで、殺到する観衆の前に、〈牛頭の若者〉が立ちはだかった。

「待ってください。お母さんの復讐は、ぼくがこの手でしてやりたいんです！」

「それはそのとおりだ」〈牛頭の若者〉の言葉を聞くと、円形の砂場《アレーナ》になだれこんだ人々はうなずいた。それから、スペイン語で、声をそろえて、こう叫んだ。

「殺せ！　卑劣な男に死を！　人殺しに死を！　〈牛頭の若者〉万歳！」

すると、〈牛頭の若者〉は、持っていた剣を遠くに放りなげて言った。

「そうだ。おまえを切るつもりはない。ぼくはおまえの穢《けが》れた血で、自分の手を汚したくない。だから、剣を取りあげたのは、おまえを殺すためではない。貴族として剣を持つのに、おまえがふさわしくないからだ」

「おお、それは本当だ。わしは貴族でもなんでもない。哀れな男にすぎぬ」誇りというものがないのか、なりふりかまわず、マカブルーは言った。「いや、わしは反省している。わしは悪いことをした。その罪は償うつもりだ。だから、命だけは助けてくれ。生かしておいてくれ。そのためなら、遠くに行ってもいい。砂漠に行っても……。そうだ！　わしは砂漠で苦行をしよう！　隠遁《いんとん》生活をして、神に祈りを捧げ、聖人になろう。だから、命だけは……」

「だめだ！」マカブルーの言葉に、〈牛頭の若者〉は

はっきりと言った。「この円形の砂場《アレーナ》に入ってくる時、ぼくはひとつ誓いを立てたんだ。《おまえが死なないかぎり、ぼくは生きて、この囲いの外に出ることはない》と……。だから、生きてこの闘牛場から出るのは、おまえかぼくかのどちらかだ。といっても、おまえとちがって、ぼくは人殺しはしない。そこで、どちらが死ぬかは、神に決めてもらうことにした」

「神に？」マカブルーは怯えた声を出した。

「そうだ。ぼくは神の裁きにすべてを委《ゆだ》ねることにしたのだ。だから、マカブルー公爵、そのままそこにひざまずけ！　そうして、神に祈るのだ」

そう強い口調で言うと、〈牛頭の若者〉は貴賓席のほうを向いて、スペイン王に深々と頭を下げた。

「陛下！　お願いがございます。陛下のご命令で、雄牛を一頭、円形の砂場《アレーナ》に放っていただけませんでしょうか？　陛下がそうしてくださるなら、ぼくはこの男の横に並んでひざまずき、神に祈ります。雄牛がその角でどちらに裁きを下すか、神の御心《みこころ》にお任せしたいと思います」

その言葉に、スペイン王は傍らにいたアンジュー公に意見を求め、そのあとで首を大きく横にふった。

「罪なき者が、罪人と同じように危険に身をさらすのは不当である。されば、闘牛場に雄牛を放つことは認めよう。だが、そちは円形の砂場《アレーナ》から出なければならぬ。気の毒な若者よ。そちはそこから出《い》でよ。そして、雄牛がその角で、そこにいる卑劣な男に罪を償わせるのを見届けるのだ」

「ああ、陛下、お言葉ですが、ぼくはここから動きません」〈牛頭の若者〉は断固たる口調で答えた。「ぼくは神の裁きを信じています。だから、ここから出るわけにはいかないのです。おお、どうか、陛下、ぼくの苦しい胸のうちをお察しください。ぼくはもちろん、母親の復讐をすると誓いました。けれども、その復讐の相手はぼくの父親なのです。したがって、この男がいくら極悪非道で残忍無比なひどい男であろうと、ぼくは自分の手で父親の血を流すわけにはいかないのです。ですから、ぼくがこの男に復讐するとしたら、それは神の裁きによるものでしかありえません。実の父親に対して母親の復讐をするという、この良心の問題を解決してくれるのは、ただひとつ、神の裁きだけなのです！　神はぼくとこの男のどちらをお選びになるのか？　はたして、罪ある者に裁きを下し、咎《とが》を与えてくださるのか？　ぼくはすべてを神に委ね、その御心のままにしたがうつもりでおります」

それを聞くと、スペイン王やアンジュー公、そして貴賓席に居並ぶ貴族たちは、〈牛頭の若者〉の決心が絶対に揺るがないことを確信した。また、やはり貴賓席にいた宮廷の貴婦人たちは、〈牛頭の若者〉のこの気高い言葉に心を打たれ、その美しい瞳を涙に濡らさずにはいられなかった。

王はもう一度、アンジュー公に意見を訊いた。その

アンジュー公は、隣にいた三銃士の息子のほうを向いて、どうすればよいか、目顔《めがお》で尋ねた。

「もし、神の裁きというものが、本当に存在するなら、〈牛頭の若者〉が死ぬことは絶対にないでしょう」三銃士の息子は簡潔に答えた。

アンジュー公はあらためてその言葉を、スペイン王に伝えた。すると、スペイン王は、貴賓席の柵からわずかばかり外に身を乗りだして、重々しく、スペイン語で宣言した。

「神の御心のままに《ア・ラ・グラシア・デ・ディオス》!」

「神の御心のままに《ア・ラ・グラース・ド・デュー》!」アンジュー公も、フランス語で繰り返した。

こうして、国王から許しを得ると、〈牛頭の若者〉は、貴賓席に頭を下げた。それから一刻も時間を無駄にすまいと、マカブルーの隣に行き、〈牛の控えの場《トリル》〉に向かってひざまずいた。マカブルーは恐怖に青ざめ、髪の毛を逆立てながら、それでも言われたとおりにひざまずいていた。

まもなく、国王が合図を送った。

それと同時に、雄牛の登場を告げるファンファーレが鳴り響いた。

闘牛場はしんと静まりかえった。十万人の観衆の胸で鳴る、十万個の心臓の鼓動のほかは、物音ひとつ聞こえてこない。

と、〈牛の控えの場《トリル》〉の門が開いて、雄牛が一頭、飛びこんできた。きれいに湾曲して、鋭くとがった角を持つ、見事な黒毛の牛だ。

この雄牛の姿を見ると、トリスタン・ド・マカブルーは、恐ろしさのあまり、しわがれた叫び声をあげた。それから、立ちあがって逃げようとしたが、足がもつれて動かない。恐怖のせいで、身体がいうことをきかなくなっているのだ。マカブルーは惨めな格好で、また地面に膝をついた。

いっぽう、雄牛は門から飛びだしてくると、太陽の光に目が眩んで、突然、立ちどまった。それから、真っ赤に充血した凶暴そうな目で、円形の砂場《アレーナ》にひざまずいているふたりの人間を代わるがわる見つめた。どちらに襲いかかるか、考えているようだ。だが、すぐに、その目は〈牛頭の若者〉の上で止まった。どうやら、狙いは定まったらしい。と思うまもなく、雄牛が「モォーッ!」という、恐ろしい唸り声をあげた。頭を低く下げると、そのまま〈牛頭の若者〉に向かって突進していく。十万人の観衆の口から、十万個の悲鳴があがった。

だが、それには動ぜず、〈牛頭の若者〉は胸の前で両手を組んで、静かに雄牛が来るのを待ち受けていた。突進する〈死〉を前に、神に祈りを捧げているのだ。その姿はすべてを達観した修道僧を思わせた。

と、〈牛頭の若者〉にあと数歩というところまで来た時、突然、雄牛が立ちどまった。あらためて、〈牛頭の若者〉の顔を見つめている。その目にはもはや先

程までの凶暴な光はなく、優しい光があふれているように見えた。

　そうやって、しばらくの間、雄牛は何かを確かめるように、じっと〈牛頭の若者〉を見ていたが、やがて、その結果に満足したのか、ゆっくりと〈牛頭の若者〉に近づいた。そして……。観客たちがびっくりしたことに、長い舌を出すと、〈牛頭の若者〉の顔をぺろりと舐めたのである。

　その瞬間、観客席からは拍手と歓声が巻きおこった。

「ブラボー！　雄牛！　ブラボー！　雄牛！」

　その間、雄牛は愛情をこめて、〈牛頭の若者〉の顔を丁寧に舐めていたが、突然、トリスタン・ド・マカブルーが円形の砂場《アレーナ》から逃げだそうとしていることに気づいた。マカブルーはようやく恐慌が収まって、足がいうことをきく状態になったので、出口に向かって一目散に駆けだしていたのだ。

　それを見ると、雄牛はたちまち〈牛頭の若者〉の顔を舐めるのをやめ、「モォーッ！」と不吉な唸り声をあげながら、マカブルーのあとを追った。

　雄牛が追ってきたのがわかると、マカブルーは絶望の叫び声をあげた。だが、その時にはもう、雄牛はマカブルーのそばまで来ていて、角を下から突きあげると、マカブルーの身体を五メートルほどの高さまではねあげていた。そうして、その身体がくるくると回転しながら、落ちてくるのを待ち受けて、角でしっかり受けとめた。それから、またマカブルーの身体をはねあげると、また落ちてくるのを受けとめ、そうやって、何回か、マカブルーの身体でお手玉をすると、最後に地面に落とした。地面に横になると、マカブルーの身体はぴくりとも動かなくなった。

　観客席からは、再び拍手と歓声が巻きおこった。

「ブラボー！　雄牛！　ブラボー！　雄牛！」

　そこで〈牛の控え場《トリル》〉の門が開いたので、観客の歓呼の声に送られながら、雄牛は悠々とした足取りで門から退場していった。

　こうして、円形《アレーナ》の砂場のなかには、〈牛頭の若者〉と、トリスタン・ド・マカブルーの身体だけが残された。マカブルーの身体は、円形《アレーナ》の砂場の中央に横たわっている。

　雄牛の姿が消えるのを見届けると、〈牛頭の若者〉はゆっくりとマカブルーの身体に近づいた。天を見あげて、胸がいっぱいになったような声で言う。

「お母さん！　ああ、これでもうお母さんは安らかに眠れますよ。お母さんを苦しめた男は今、死にました。お母さんの復讐は成ったのです！　神は正しい裁きを下されたのです！」

　すると、その時、「死ね！　この牛頭！」と、近くで咆えるような声がした。見ると、トリスタン・ド・マカブルーが起きあがって、短剣を手に、こちらにぶつかってくる。おそらく怒りと憎しみで最後の力をふりしぼったのだろう。マカブルーは〈牛頭の若者〉によける暇《いとま》も与えず、短剣を突き、気づいた時には、柄まで深く、胸に刺していた。それから、また地面に倒れて、今度こそ、本当に死んだ。

　いっぽう、〈牛頭の若者〉は、叫び声もあげずに、マカブルーの身体の上にくずおれた。

＊＊＊＊＊＊＊＊＊＊＊＊＊

　それから数分後、闘牛場のなかにある特別の看護室では、〈牛頭の若者〉が最期の時を迎えていた。傷は深く、助かる希望は失われていた。〈牛頭の若者〉は身じろぎひとつせず、静かに目を閉じていた。

　ベッドのまわりには、三銃士の息子を始めとして、ブランシュ＝ミニョンヌやジャンヌ、バチスタンとミロム、それにドン・ホセ・ペスキートや妻のドーニャ・エルビラ、娘のパキータまで、マドリードで〈牛頭の若者〉を知る者がみんな集まっていた。ブランシュ

＝ミニョンヌはどうすることもできない悔しさにすすり泣きをしながら、その小さな両手で〈牛頭の若者〉の手を包みこむようにしてなでていた。だが、〈牛頭の若者〉の手はすでに血の気を失い、冷たくなりはじめていた。

と、ブランシュ＝ミニョンヌの優しい愛撫に、少しだけ力が呼びさまされたのか、〈牛頭の若者〉が目を開いた。

「おお、泣くな、妹よ。泣くんじゃない」弱々しい声でつぶやく。「だって、ぼくは幸せに死んでいけるのだから……。神の裁きによって、あの男が正当な報《むく》いを受けたことで、お母さんの復讐は果たせたし、おまえもしつこく、あの男につきまとわれずにすむようになった。ぼくの魂はなんの未練もなく、この牛の身体を離れ、天国に昇ることができるのだ」

「ああ、お兄様。お兄様は死なないわ。わたしたちが看病して、きっとお助けしますから……」ブランシュ＝ミニョンヌが叫ぶようにして言った。

「いや、妹よ。ぼくは死ぬ。そのことはわかっているんだ」〈牛頭の若者〉は答えた。「でも、ぼくにとって、死ぬことは決して嫌なことではない。死はむしろ解放なんだ。だから、妹よ。涙を拭いて！　《終わりよければ、すべてよし》なのだから……」

それを聞くと、ベッドのまわりにいた者は、誰もが胸を締めつけられた。その気持ちを隠すために、ハンカチを取りだすと、大きな音をたてて鼻をかむ……。

と、〈牛頭の若者〉が三銃士の息子に顔を近づけてくれるよう合図をした。

「ああ、三銃士のご子息様。あなたにはとってもお世話になりました。死ぬ前にもう一度、お礼を言います。あなたはまさしく〈三銃士の息子〉の名にふさわしい。高潔で勇気があって――そのおかげで、ぼくはバスチーユの牢獄から出て、母の仇をとることができたのです！　また、あなたの素晴らしい知略と大胆な行動力

のおかげで、ブランシュ＝ミニョンヌは——ぼくの大切な妹は、執拗な追手の攻撃から逃れることができたのです！　ありがとうございます。本当にありがとうございます！　ぼくは死にます。ああ、あとは死ぬ前に、ぼくのいちばんの望みを……。これだけは……。このことだけは……」

しかし、そこで突然、力が尽きたように、〈牛頭の若者〉は話すのをやめた。一同はその続きを待った。だが、そのあと、言いかけた言葉が最後まで口にされることはなかった。口からは、ただ苦しそうなあえぎ声が洩れるだけだった。

けれども、〈牛頭の若者〉はあきらめなかった。いよいよ息が絶えるかと思われた時、どこにどう残っていたものか、身体じゅうの力を集めて、ブランシュ＝ミニョンヌの手をつかむと、三銃士の息子の手にそっと握らせたのだ。

こうして、自分の最後の望みを——いちばんの望みを伝えたことに満足すると、〈牛頭の若者〉は安らかに眠りについた。王であろうと、ドン・ジュアンであろうと、はたまた牛の頭であろうと、誰もが平等につく、覚めることのない眠りに……。

エピローグ

　この悲しい出来事があってから、数カ月後のこと……。フォンテーヌブローの《赤砂糖荘》では、三銃士の息子とブランシュ＝ミニョンヌの婚礼の宴《うたげ》が開かれていた。

　かつての主人の息子と、自分が大切に育てた養女の結婚に、プランシェは大喜びで、すっかり若返った気分になると、やはり嬉しそうな顔をしているジャンヌとともに、自ら陣頭に立って祝宴の準備をした。花嫁衣裳を着たブランシュ＝ミニョンヌは、いつにもまして美しく、参列者の称賛の的となった。

　もちろん、この宴の間、ミロムとバチスタンが争うようにして、ガスコーニュ人やマルセイユ人の出てくる小話を、ここぞとばかりに披露したことは言うまでもない。

　かわいそうなのは、番頭のアブドンである。ふたりの話に触発されて、アブドンは自分も何か小話を語ってみせたくなった。けれども、どんなに頑張っても、「昔、昔、あるところに……」という出だしの言葉しか出てこない。結局、出だしの言葉を十回ほど繰り返したのちに、アブドンはみんなの笑いを一身に受けて、再び椅子に腰をおろした。

　宴には番羊のブルータスも自分なりのやり方で参加していた。ブルータスは、テーブルの下の特等席に陣取ると、みんなが時々投げてくれる料理の分け前を心ゆくまで味わいながら、飼い主の結婚を祝ったのである。

さて、祝宴がそろそろ終わりに近づいた頃、国王からの使者が《赤砂糖荘》にやってきた。

アンジュー公から話を聞いて、マドリードでの出来事と、それまでの三銃士の息子の活躍ぶりを知ったルイ十四世がいたく心を動かされ、三銃士の息子を中尉として銃士に任命したのである。

この知らせに、三銃士の息子がどれほど喜んだかは、読者にも容易に想像がつくだろう。なにしろ、夢を抱いてパリにやってきた、いちばんの目的が叶ったのである。ミロムもおおいに喜んだ。ミロムはもともと主人と自分の区別がつかないところがあったので、知らせを聞くと、胸を張って、その低く、美しい、朗々とした声で言った。

「おお、旦那様、これで我らも銃士になったのでござるから、旦那様も拙者も、今日からは大きな羽根飾りのついた、つばの広いフェルト帽をかぶる必要がござるよ」

こうして喜びのうちに祝宴が終わると、三銃士の息子はブランシュ＝ミニョンヌを伴って、《赤砂糖荘》に用意された初夜の間に入った。すると、そこには、ブランシェが気をきかせて、わざわざ《金の杵亭》から運ばせたのだろう、三銃士の息子の三人の父親の肖像画が掛かっていた。

「おお、父上たちよ」ブランシュ＝ミニョンヌをその広い胸にかき抱きながら、三銃士の息子は感激して言った。「私は今、息子として父上たちの名に恥じない男になりましたぞ。なにしろ、今夜、私は父上たちと同じく銃士に任命されたのですから！」

その言葉に、金の額縁のなかでは、アトス、ポルトス、ダルタニャンの三人が、幸せな若い夫婦に微笑みかけたように見えた。

完

訳者あとがき

抱腹絶倒《ほうふくぜっとう》のユーモア冒険小説をお届けする。

それにしても、よくこれだけ突飛なことを思いつくものである。まずは設定が奇抜である。主人公は〈三銃士の息子〉で、フランスの文豪アレクサンドル・デュマが生みだした『三銃士』に出てくる登場人物たち――ダルタニャン、アトス、ポルトスの息子なのだが、この三人のうち、誰かひとりの息子なのではない。三人全員の息子なのである。それはこの三人が国王のお供をして、南フランスのベアルンの宮廷に行った時に、ひとりのご婦人と同時に恋に落ちたせいなのであるが、そのため、〈三銃士の息子〉は、ダルタニャン、アトス、ポルトスの特徴を遺伝的に受け継いでいるのである（そんな馬鹿な！）。

設定からしてこうであるから、その後の展開は推して知るべしである。話の大筋は、「父親たちと同じく〈銃士〉になろうとパリにやってきた〈三銃士の息子〉が、とある事件に巻きこまれ、美しい娘のためにスペインに行き、大活劇を繰り広げる」というものであるが、その「大活劇」というのが、奇妙奇天烈《きみょうきてれつ》、摩訶不思議《まかふしぎ》なのである。〈三銃士の息子〉は現実にはありえないお馬鹿な設定のなかで、そのさらに上を行くお馬鹿な方法で、目の前に立ちふさがる障害を次々と乗りこえていく。このお馬《ば》鹿度《かど》は落語にひけをとらない。アボカドにも負けない。それでいて、冒険小説としての話の骨組みはしっかりしていて、最後にはほろりとさせられるエピソードまで用意されているのである。

ということで、あらためて言うと、この作品（『三銃士の息子』Le Fils des Trois Mousquetaires）は、アレクサンドル・デュマが生みだした『三銃士』と、その続篇である『二十年後』、またその続篇である『ブラジュロンヌ子爵』の続篇的パロディである（ちなみに、『三銃士』と『二十年後』と『ブラジュロンヌ子爵』は、三作合わせたものを『ダルタニャン物語』と呼び、講談社文庫で邦訳された。今は絶版だが、古書なら入手可能。『三銃士』については、岩波文庫、角川文庫で手に入る。この機会にぜひお読みいただきたい）。

では、本作はネタ元の『ダルタニャン物語』とどこまで関連しているのか？　そこで、比べてみると、本作の物語が始まったのは一六八〇年の夏。『三銃士』の始まりは一六二五年の春であるから、その五十五年後である。最初に登場するのは、かつて、『三銃士』の主人公ダルタニャンの従者を務めたプランシェで、プランシェは『ダルタニャン物語』で書かれているように、パリのロンバール通りで、《金《きん》の杵《きね》亭》という食料品店を経営している。

このように、読者はいきなり、『ダルタニャン物語』の後世譚《こうせいたん》の世界にひきずりこまれるのだが、本作が踏襲しているのは、登場人物や舞台になる場所だけではない。『ダルタニャン物語』で重要な役割を演じた「ヴォーの祝宴」や「鉄仮面」のエピソードも、形を変えて、やはり重要な役割を果たしている。ヴォー城の描写は、明らかに『ダルタニャン物語』で使われている描写を持ってきているし、鉄仮面が閉じこめられているのが「バスチーユの牢獄のベルトディエール塔の三階」というところまでネタ元と同じで、芸が細かい。また、文体的にも『ダルタニャン物語』の「語り手が前に出て、読者に話しかけながら物語を進めていく文体」が使われていて、ネタ元を彷彿《ほうふつ》とさせる。それはたとえば、冒頭のいくつかの文章を比較してみただけでもわかる。

《一六八〇年のある晴れた八月の午後のことである。この物語と深い関わりのあるパリのロンバール通りは、平素なら思いもよらない〝熱狂〟のさなかにあった》（本作）

《一六二五年四月の第一月曜日のことである。《薔薇《ばら》物語》の作者の郷里マンの町は、まるで新教徒《ユグノー》が第二のラ・ロシェルを築くために襲って来たとでもいうように、大混乱であった》（『三銃士』生島遼一訳／岩波文庫）

《ということで、この食事の間を利用して、この物語に出てくる登場人物たちの肖像をさっとひと刷毛《はけ》で描いてみよう》（本書）

《一人の青年、その肖像をひと刷毛で描き出すとすれば、――十八歳のドン・キホーテを想像し

ていただきたい》（『三銃士』生島遼一訳／岩波文庫）

このような例は枚挙に暇《いとま》がない。つまり、パロディとしても非常に緻密《ちみつ》につくられていて、そのうえに冒険小説としての確かな骨格があり、いちばん上に奇抜な発想による、お馬鹿な展開がのっているのだ。このあたりは作者の手腕に舌を巻くしかない。ただ、ひとつ気になるのは、普通「三銃士」というと、ポルトス、アトス、アラミスのことで、ダルタニャンは入っていないが、本作ではアラミスの代わりにダルタニャンが入れられていることである。おそらく、これは「三銃士の息子」というネーミングを大切にしたうえで、「ダルタニャンの息子」であることにもしたかったからだろう。そう考えると、少し気にはなるが、まあ、しかたがないという気もする。もともと、ダルタニャンの物語に『三銃士』という題をつけたデュマがいけないのである。

作者のカミについては、最近ハヤカワ・ミステリ文庫で出版された『機械探偵クリク・ロボット』（以前、ハヤカワ・ミステリで刊行されたものを文庫化）のあとがきにも書いたが、カミの作品を読むのは本書が初めてという方のために、簡単に紹介しておく。

「カミ」は苗字だけをペンネームにしたもので、本名はピエール・ルイ・アドリアン・シャルル・アンリ・カミ。一八八四年の六月二十日にフランス南西部の町ポーに生まれた。ポーは、『三銃士』の主人公であるダルタニャンの故郷ベアルン地方の首都なので、そういった意味からしても、カミにとって『ダルタニャン物語』はなじみの深い作品だったろうと思われる。また、ポーはスペインに近いということもあり、カミは幼い頃から闘牛に興味を持っていた。父親に反対されてあきらめたが、小さい時には闘牛士になりたかったということである（この点、本作品に登場する闘牛士キュウリモミータと正反対なのも面白い）。

さて、闘牛の代わりに、カミが興味を持ったのは演劇で、一九〇三年、十九歳の時にパリの国立音楽演劇学院で、コメディ・フランセーズの名優として知られたモーリス・ド・フェロディーに師事する。だが、修士の資格は得られないまま、オデオン座やテアトル・モンダン、リトル・パレス座などを転々とし、結局、俳優としては大成しなかった。

頭角を表わしたのは、文章と絵のほうで、一九一〇年、二十六歳の時に、葬儀店のための会報、《挿絵入り　小さな霊柩車》という風変わりな新聞を創刊。この新聞は「〈不死の存在〉とされるアカデミー会員が不死であることを認めない唯一の新聞」という触れ込みで、ブラックユーモアにあふれる記事を載せたが、残念ながら隔週刊で第七号を発行したところで、十一月一日の〈死者の日〉に廃刊になった。その後、一九一一年からは、《ジュールナル》紙で、週に一回、一篇につき七十五フラン（現在の日本円で七万五千円）という多額の報酬で、「奇妙な生活」というアルフォンス・アレーを思わせる絵と文を執筆。同時に《パリ・ソワール》紙を始め、数多くの新聞にも寄稿する。

そのいっぽうで、一九一二年には戯曲形式のコントを集めた『シャワーを浴びながら読む本』(Pour lire sous la douche) を上梓、それからは一九一九年に刊行された本作品を含め、一九四〇年までの間に、小説二十篇、六百以上のコントを収めた四十冊ほどの本を出した。だが、ナチスの台頭とともに、生まれ故郷のポーの近くに引っ込み、第二次世界大戦後にパリに戻ると、Académie de l'Humour（ユーモア・アカデミー）を設立。一九五三年には国際ユーモア大賞を受賞。この間に、かの有名な喜劇俳優チャーリー・チャップリンとも親交があり、チャップリンは「世界でいちばん偉大なユーモア作家だ」とカミを讃えている。晩年はあまり人前に姿を現わさず、一九五八年十一月三日、パリ十八区のエテックス通り十四番地でひっそりと亡くなった。七十四歳であった。

代表作はシャーロック・ホームズのパロディで奇想天外な事件が続出する『ルーフォック・オルメスの冒険』（Les Aventures de Loufock-Holmès）。日本ではこのオルメスもののほか、『エッフェル塔の潜水夫』（Le Scaphandrier de la Tour Eiffel）、そして、先にあげた『機械探偵クリク・ロボット』（Krik-Robot Détectieve-à-moteur）などが翻訳されている。本作は〈三銃士の息子〉を主人公にした長篇小説であるが、同じく〈三銃士の息子〉を主人公にした短篇小説集もある。これもまたいずれ、ご紹介したい。

挿絵についてもひと言。本書の挿絵は、いずれもカミ自身の手によるものである。よく見ると、文章の内容とはちがうところもあって、「本人の挿絵なのに、どちらが正しいの？」というツッコミも入れたくなるが、これはご愛嬌である。本書の内容とともに、この魅力的な挿絵も楽しんでいただきたい。

翻訳はユーモア小説であることを第一に考えて、原文のダジャレは日本語のダジャレに置きかえた。だが、「意味」を優先しなければならないところでは、「ダジャレ」のほうはあきらめざるを得ず、その分、日本語でダジャレができるところで、訳者がダジャレをつくった。カミが日本語で書いていたら、ここで言葉遊びをする誘惑には勝てないだろうと思われた部分は、その誘惑に逆らわず、言葉遊びをしている。原文の言葉遊びに気がつかなかったところもあると思われるので、それで量的には同じくらいにはなるのではないだろうか？　ということで、原文とは対応しないところもあるので、その点はご理解いただきたい。

最後になるが、翻訳にあたっては、早川書房編集部の川村均氏に大変お世話になった。ここに感謝の意を表したい。

二〇一四年三月

HAYAKAWA POCKET MYSTERY BOOKS No. 1882

高野《たかの》　優《ゆう》

1954年生，早稲田大学政治経済学部卒
フランス文学翻訳家
訳書
『機械探偵クリク・ロボット』カミ
『わが体内の殺人者』ルネ・ベレット
『バルザック刑事と女捜査官』フランソワ・ラントラード
『ワニの黄色い目』カトリーヌ・パンコール
（以上早川書房刊）他多数

この本の型は，縦18.4センチ，横10.6センチのポケット・ブック判です．

〔三銃士《さんじゅうし》の息子《むすこ》〕

2014年4月10日印刷　　2014年4月15日発行

著　者　カ　ミ
訳　者　高　野　優
発行者　早　川　浩
印刷所　星野精版印刷株式会社
表紙印刷　大平舎美術印刷
製本所　株式会社川島製本所

発行所　株式会社　早川書房
東京都千代田区神田多町2-2
電話　03-3252-3111（大代表）
振替　00160-3-47799
http://www.hayakawa-online.co.jp

（乱丁・落丁本は小社制作部宛お送り下さい
送料小社負担にてお取りかえいたします）

ISBN978-4-15-001882-5 C0297
Printed and bound in Japan

ハヤカワ・ミステリ〈話題作〉

1853 特捜部Q ―キジ殺し― ユッシ・エーズラ・オールスン 吉田 薫・福原美穂子訳

カール・マーク警部補と奇人アサドの珍コンビは、二十年前に無残に殺害された十代の兄妹の事件に挑む！ 大人気シリーズの第二弾

1854 解錠師 スティーヴ・ハミルトン 越前敏弥訳

少年は17歳でプロ犯罪者になった。アメリカ探偵作家クラブ賞最優秀長篇賞と英国推理作家協会賞スティール・ダガー賞を制した傑作

1855 アイアン・ハウス ジョン・ハート 東野さやか訳

凄腕の殺し屋マイケルは、ガールフレンドの妊娠を機に、組織を抜けようと誓うが……。ミステリ界の新帝王が放つ、緊迫のスリラー

1856 冬の灯台が語るとき ヨハン・テオリン 三角和代訳

島に移り住んだ一家を待ちうける悲劇とは。英国推理作家協会賞、「ガラスの鍵」賞、スウェーデン推理作家アカデミー賞受賞の傑作

1857 ミステリアス・ショーケース 早川書房編集部・編

『二流小説家』のデイヴィッド・ゴードン他ベニオフ、フランクリン、ハミルトンなど、人気作家が勢ぞろい！ オールスター短篇集

ハヤカワ・ミステリ〈話題作〉

1858 アイ・コレクター

セバスチャン・フィツェック
小津　薫訳

子供を誘拐し、制限時間内に父親が探し出せなければ、その子供を殺す――連続殺人鬼を新聞記者が追う。『治療島』の著者の衝撃作

1859 死せる獣 ―殺人捜査課シモンスン―

ロデ&セーアン・ハマ
松永りえ訳

学校の体育館で首を吊られた五人の男性の遺体が見つかり、殺人捜査課課長は休暇から呼び戻される。デンマークの大型警察小説登場

1860 特捜部Q ―Pからのメッセージ―

ユッシ・エーズラ・オールスン
吉田　薫・福原美穂子訳

海辺に流れ着いた瓶から見つかった手紙には「助けて」と悲痛な叫びが。「ガラスの鍵」賞を受賞した最高傑作。人気シリーズ第三弾

1861 The 500

マシュー・クワーク
田村義進訳

首都最高のロビイスト事務所に採用された青年を待っていたのは華麗なる生活だった。だが彼は次第に巨大な陰謀に巻き込まれてゆく

1862 フリント船長がまだいい人だったころ

ニック・ダイベック
田中　文訳

漁業会社売却の噂に揺れる半島の町。十四歳の少年は、父が犯罪に関わったのではと疑いはじめる。苦い青春を描く新鋭のデビュー作

ハヤカワ・ミステリ〈話題作〉

1863 ルパン、最後の恋 モーリス・ルブラン 平岡 敦訳

父を亡くした娘を襲う怪事件。陰ながら見守るルパンは見えない敵に苦戦する。未発表のまま封印されたシリーズ最終作、ついに解禁

1864 首斬り人の娘 オリヴァー・ペチュ 猪股和夫訳

一六五九年ドイツ。産婆が子供殺しの魔女として捕らえられた。処刑吏クィズルらは、ひそかに事件の真相を探る。歴史ミステリ大作

1865 高慢と偏見、そして殺人 P・D・ジェイムズ 羽田詩津子訳

エリザベスとダーシーが平和に暮らすペンバリー館で殺人が！ ロマンス小説の古典『高慢と偏見』の続篇に、ミステリの巨匠が挑む！

1866 喪失 モー・ヘイダー 北野寿美枝訳

〈アメリカ探偵作家クラブ賞最優秀長篇賞受賞〉駐車場から車ごと誘拐された少女。狡猾な犯人を追うキャフェリー警部の苦悩と焦燥

1867 六人目の少女 ドナート・カッリージ 清水由貴子訳

森で発見された六本の片腕。それは誘拐された少女たちのものだった。フランス国鉄ミステリ大賞に輝くイタリア発サイコサスペンス

ハヤカワ・ミステリ〈話題作〉

1868 **キャサリン・カーの終わりなき旅** トマス・H・クック 駒月雅子訳

息子を殺された過去に苦しむ新聞記者は、あるきっかけから、二十年前に起きた女性詩人の失踪事件に興味を抱く。贖罪と再生の物語

1869 **夜に生きる** デニス・ルヘイン 加賀山卓朗訳

〈アメリカ探偵作家クラブ賞最優秀長篇賞受賞〉禁酒法時代末期のボストンで、裏社会をのし上がっていこうとする若者を描く傑作！

1870 **赤く微笑む春** ヨハン・テオリン 三角和代訳

長年疎遠だった父を襲った奇妙な放火事件。父の暗い過去をたどりはじめた男性が行きつく先とは？ 〈エーランド島四部作〉第三弾

1871 **特捜部Q ―カルテ番号64―** ユッシ・エーズラ・オールスン 吉田薫訳

悪徳医師にすべてを奪われた女は、やがて復讐の鬼と化す！「金の月桂樹」賞を受賞したデンマークの人気警察小説シリーズ第四弾

1872 **ミステリガール** デイヴィッド・ゴードン 青木千鶴訳

妻に捨てられた小説家志望のサムは探偵助手になるが、謎の美女の素行調査は予想外の方向へ……『二流小説家』著者渾身の第二作！

ハヤカワ・ミステリ〈話題作〉

1873 ジェイコブを守るため　ウィリアム・ランディ　東野さやか訳
十四歳の一人息子が同級生の殺人容疑で逮捕され、地区検事補アンディの人生は根底から揺らぐ。有力紙誌年間ベストを席巻した傑作

1874 捜査官ポアンカレ ―叫びのカオス―　レナード・ローゼン　田口俊樹訳
かの天才数学者のひ孫にして、ICPOのベテラン捜査官アンリ・ポアンカレは、数学者爆殺事件の背後に潜む巨大な陰謀に対峙する

1875 カルニヴィア1 禁忌　ハヤカワ・ミステリ創刊60周年記念作品　ジョナサン・ホルト　奥村章子訳
二体の女性の死体とソーシャル・ネットワーク「カルニヴィア」に、巨大な陰謀を解く鍵が！　壮大なスケールのミステリ三部作開幕

1876 狼の王子　クリスチャン・モルク　堀川志野舞訳
アイルランドの港町で死体で見つかった三人の女性。その死の真相とは？　デンマークの新鋭が紡ぎあげる、幻想に満ちた哀切な物語

1877 ジャック・リッチーのあの手この手　ジャック・リッチー　小鷹信光編・訳
膨大な作品から編纂者が精選に精選を重ねたすべて初訳の二十三篇を収録。ミステリ、SF、幻想、ユーモア等多彩な味わいの傑作選